ナイトランド叢書 2-5

ジョージおじさん

――十七人の奇怪な人々――

オーガスト・ダーレス

中川聖 訳

アトリエサード

MR.GEORGE
and Other Odd Persons

August Derleth
1963

装画：中野緑

目次

ジョージおじさん
——十七人の奇怪な人々——

オーガスト・ダーレス　中川聖　訳

前書き

この本に収録した短篇小説は、いずれも二十年ほど前、おもに〈ウィアード・テイルズ〉[*1]のページ数をかさ増しするために、ひと月もかけずに書いたものだ[*2]。今はすでにない、かの尊敬すべき雑誌には、オーガスト・ダーレス名義ではもう何度となく、小説を発表していたので、スティーヴン・グレンドンという筆名を使った[*3]。是非とも正体を隠そうとしたわけではない。〈ウィアード・テイルズ〉の読者の中には、一九四一年に発表した私の自伝的小説、*Evening in Spring* を読んで、語り手の名前スティーヴン・グレンドンと、作家の名前が同じだと気づいた人が、かなりいたからだ[*4]。

その上、ここに収めた小説を構想し、書いていた頃は、長編小説 *The Shield of the Valiant* の校正を最優先にしていた。おかげで毎日、小説に取りかかれるのは、たいてい夜の遅い時刻から で——午後九時より早いことはけっしてなく——しばしば午前二時まで続いた。しかもその時分になると、仕事場にはいつも、来客がひっきりなしだった。少年たちが勉強を教わりにくることも多く——翌日の宿題の答えを、本棚に備えたブリタニカ百科事典からではなく、執筆中の作家から得ようとしたのだ。要するに、普通の作家であれば、そもそも仕事をするのが困難な状況下で、小説を書いていたのである。そしてようやく、これら書きっぱなしの小説を、この一冊にまとめることができた。あのてんてこ舞いの日々には、原稿を読み返して直したり清書したりは、時間的に叶わなかったからだ。どの作品も、タイプライターから打ち出された翌日には、印刷のために郵送された*5。

にもかかわらず、いや、だからこそなのか、変化に富む状況で書かれたために、ここに収めた作品の多くは、それまでに書いてきた小説の中でも、ひときわ怪奇な味わいがあると思う。「ジョージおじさん」という、風変わりで厄介者だが、もちろん魅力的でもある存在や、「マニフォールド夫人」という、感じは良いが冷淡で、身震いするほど恐ろしい人物は、これまでにそうたくさんは生み出せなかったものだ——だからと言って、他の物語がこの二篇には及ばない、とは思わない。読者各位が「その点には同意しかねる」とお思いにならないよう願っている。

オーガスト・ダーレス
ウィスコンシン州ソークシティ
一九六三年五月二十七日

【編集部註】

＊1　〈ウィアード・テイルズ〉は創刊の一九二三年三月号から、一九五四年九月号の終刊まで、通巻二七九号を発行した。ダーレスの同誌デビューは、一九二六年三月号の「蝙蝠鐘楼」で、最後の掲載作は一九五四年七月号の「爬虫類館の相続人」。二十九年の間、寄稿したことになる。

＊2　本書の収録作十七篇のうち、十三篇までが〈ウィアード・テイルズ〉掲載作。最も古い作品が一九四四年十一月号掲載の「プラハから来た紳士」で、最も新しい作品は一九四八年一月号掲載の「黒猫バルー」。執筆時期についてのざっくりとした記述は、作品が拙速であるかのような弁同様、ダーレスの韜晦かもしれない。なお、本書中で最も新しいのは「ミス・エスパーソン」。

＊3　グレンドン名義の第一作は、本書未収録の「吹雪の夜」（〈ウィアード・テイルズ〉一九三九年二月号）。他に本書未収録のグレンドン名義作は、"The Ghost Walk"（1947）、"The Song of the Pewee"（1949）、"Open, Sesame!"（1949）があり、三作とも *Dwellers in Darkness*（1976）に収録されている。

＊4　*Evening in Spring*（1941）と、後出の *The Shield of the Valiant*（1945）は、ともにダーレスの代表作である郷土小説、〈サック・プレイリー・サーガ〉シリーズに属する作品。

＊5　一九三〇年代なかばから四〇年代にかけて、オーガスト・ダーレスは作家業の他に、地域の青少年教育に尽力し、ウィスコンシン大学で教鞭を取り、地元の新聞や雑誌に寄稿する日々を送っていた。この序文では、その頃の多忙さを、少々の誇張でユーモラスに書いているのだろう。

ジョージおじさん

遅い午後の日光が、芝生を斜めに横切る時間になると、プリシラは集めた花々を手に取り、小さな青いリボンで束ねた。書いておいたメモを添え、その花束をしっかり抱き締めて、爪先立ちで自分の部屋のドアに向かう。ドアを開けた。階段の下から話し声が聞こえてくる。だがあの人たちは屋外の裏手にいるから、自分が出て行く音は聞こえないだろう。自分が戻ってくるのが見えたとしても、やはり音は聞こえないだろう。プリシラは後ろ手にドアを閉め、五歳児らしく元気いっぱいに、絨毯の敷かれた階段を下り、玄関のドアから外に出た。

路面電車の車掌が会釈した。髭面を傾けて尋ねる。「お一人なんですか、ミス・プリシラ？」

「はい、そうです」

「そろそろ暗くなってきますよ。遠くまで？」

「いいえ。ジョージおじさんに会いに行くんです」

車掌は悲しげな顔をした。活気のない、微かな笑みを浮かべる。それからは何も言わなかった。

路面電車はガタゴトと進んだ。車掌がどこで降りるか教えてくれるだろうと、プリシラは知っていた。だがそれでも、彼女は街区を数えた。次の次の街区には、レンショー一家が住んでいる。

その次はバートン一家が住んでいるところで、その次は空き地だらけ。それからいよいよ、知り合いが誰も住んでいないない、三つの街区を過ぎたあとで――全部で七つだ――ここが彼女の降りる停留所だと、車掌は大声で告げた。

「はい、知ってます。ありがとう」

彼女はにっこりと微笑みかけ、電車を降りた。

車掌は心配そうにあとを見送り、首を振った。「あんな欲ばり連中に囲まれて、あの子はどうなっちまうんだろう?」と、ほこりっぽい空気に問いかけた。

プリシラは道すがらずっと、その大きな鉄の門のことが気がかりだった。だがまだ六時になっていないので、開いていた。門を抜けて、まっすぐジョージおじさんの墓に行く。花束を入れるものが何もないので、おじさんが必ず見てくれそうな場所に、そのまま残す。ジョージおじさんについては、あまり確信がなかった。近頃は戸惑うことばかりだ。おじさんのことも、母親のいとこたちのもとに、自分一人を置いて行った理由も分からない。彼らがジョージおじさんのようには愛してくれていないことは、子供の的確な本能で分かっていた。あるいは、おじさんより前に亡くなってしまった、母親のようには。

メモを取り出して、おじさんに必ず見てもらえそうなやり方で留めた。立ち去ろうとして何度か振り返り、来てくれたかどうか確かめる。だが花束は手つかずのままそこに置かれ、メモの紙の白さを際立たせていた。ハナダイコン、ワスレナグサ、バラからなる花束は――ジョージおじさん好みの、古風なものだった。だがおじさんは来てはくれず、彼女が門のところに着いた時にも、姿は見えなかった。なので最後に名残惜しそうに見やると、街路に出て曲がり角まで行き、路面電車を待った。あの人たちは自分がいないことに気づいたかしらと、すでに案じはじめながら。

だがあの人たちは、気づいていなかった。プリシラがこっそり家の中に入った時、彼らはまだ話をしていた。今では一人が食堂におり、三人ともやや声を張り上げているが——玄関広間の向こうまで、よく聞こえるほどではない。彼女は静かにたたずみ、耳を傾けた。女二人とその兄は、母親のいとこなのだが、プリシラは自分のおばとおじだと思っていた。女たちは台所にいて、ラバンおじは食堂にいる。

ラバンおじがこう言っていた。「おまえの問題はだね、バージニア、工夫という観念がなく、機転が利かないことだ。金を欲しがるばかりで、手に入れる方法には関心がないんだから」

「わたしたちの邪魔をしてるのは、まさにあの子よ。あなただって分かってるでしょう」

「ジョージ亡き今となってはね」ラバンが言う。

「ええ」と、バージニア。

アデレードが神経質な忍び笑いを漏らす。

「よく考えるんだけど、あの二人は一体、どんな関係だったのかしら？」バージニアがまた話を始めた。「恋人同士だったの？」

「それは問題じゃない」

「あら、問題よ」アデレードが口をはさむ。「もしもの話だけど、あの子こそが彼の娘だと証明できれば……」

ラバンはいらいらと舌打ちした。「見当違いだし、取るに足らんことさ。シシーの遺言は明確で、どっちみち大差はない。たとえプリシラがジョージの娘だろうと、誰の娘だろうと、あるいはシシーの娘じゃないとしても。遺言に書かれてたのは、ジョージは出て行きたいと望むまで、ここシシーの屋敷に留まるべきだということと……」

「もしくは、死ぬまでね」バージニアは口をはさんだ。

「まあ待てよ」ラバンがぶっきらぼうに言う。「そしてこの屋敷と土地と、遺産はすべて――」

「三十万ドルの遺産よ！」アデレードはため息まじりに言った。

「――プリシラのものになるということだ」

「あなた、いちばん重要な部分を抜かしてるわ」バージニアが言う。「プリシラの次には、わたしたちがいるってことを」

「そうだとも。だから俺たちはここにいるわけさ」

「そのとおりよ」アデレードが辛辣に言う。「今までずっと、そうしてきたようにね。誰かさんのお恵みで」

「それのどこが気になるんだ？」ラバンがすねたように尋ねる。「俺たちはこの家に、自由に出入りを許されてるし――彼女の銀行口座の大部分も、自由にさせてもらってる」

「わたしは大っぴらに、正々堂々とやりたいの」と、バージニア。

「おや、笑わせてくれるじゃないか」ラバンが言う。「だが、おまえが何かを企んでることはお見通しだぞ――使用人を一人、また一人と追い出してな」

「あれはシシーの使用人だもの——わたしのじゃなく」

「まだ一人も補充してないくせに」

「ええ、その件は考えてみるわ。テーブルの準備はできた？」

「ああ」

「あの子を呼びに行ってちょうだい」

　プリシラは音を立てずに、階段を駆け上がった。ラバンおじに呼ばれた時、用意ができているように。


　日も暮れて夜になりつつある頃、持ち場を巡回中のキャンビーは、門の向こうではためく白いものを目にした。おきまりの仕事の一環として、それが何かを調べるために中に入った。メモを取り外し、懐中電灯で周りを照らして、必要になりそうな細々とした情報をつかむ。やがてそのメモを所轄署に提出した。

　警部はそれを読んだ。

「ジョージおじさん、帰ってきて。またわたしたちと暮らしてほしいです。お部屋はたくさんあります。路面電車でまっすぐ東に行ってください。おうちの中は、おじさんがいなくなった時とおんなじです。今はバラがもっといっぱい咲いているけど」

「署名はなしか？」

「ありません。ちょうどあそこの墓石の上にあったんです。花束と一緒に。花束はそのままにしておきました。ジョージ・ニューウェルという名の男の墓石です。一カ月ほど前に死亡。享年五十一歳でした」
「どうやら子供の筆跡らしい。オーロ・ウォードに渡したまえ――ニューヨーカー誌の記事にしたがりそうだからな」

廊下の古時計は、かつては祖父のデッドマンのもので、一晩中おしゃべりしていた。ジョージおじさんの話では、プリシラの母親はそれがどんなふうにしゃべるか、覚えていたそうだ。「シシー、シシー、シシー、もう寝なさい、シシー！」と、古時計は母親が寝るまで、何度も何度も言ったものだという。プリシラは今、古時計が同じように自分に話しかけている気がした。だが、眠くはなかった。彼女は横になって、古い屋敷が立てるあらゆる物音に耳を傾けていた。自らの運命を嘆きながら。今では料理人が――好きだった最後の使用人が――暇《いとま》を出されてしまい、自分はこの家に残った人たちから嫌われているからだ。それは皆の目つきや口ぶりで分かり、身に染みて感じていた。ジョージおじさんが帰ってきてくれさえしたら！　母親の死後の状況はすっかり変わってしまったのは、おじさんが気分が優れないとこぼし、あとでプリシラをベッドに呼んで、こう告げた日以来だ。「良い子にするんだよ、プリシラ。そして覚えておきなさい。もし何かまずいことになったら、ローラのところにお行き」と。ローラはジョージおじさんにとって、大切な存在だった。プリシラが母親にとって、そうであったように。だがレケット兄妹とは違って、おじさんと血の繋がりはなかった。

微かな話し声が、廊下を伝って聞こえてくる。

バージニア・レケットは兄の部屋で、髪を三つ編みに結っているところだった。ラバンはすでにベッドの中だ。

「で、もしあの子の身に何か起きれば、わたしたちが遺産を相続することは、間違いないわよね？」彼女はそう尋ねていた。

「その質問はこれで十回目だが、誓ってもいい」と、ラバン。

「間違いないわよね？」彼女は譲らなかった。

「そうだろ？　他に親戚は一人もいないんだから」

「わたしの考えてたのは、まさにそれよ」

「とにかく、あの子は雌牛並みに健康だ」

「あら、何か起きるかもしれないでしょ」

「何かって何が？」

「分かったもんじゃないわ、ラバン」

「おまえにはぞっとするよ、バージニア」

「ジョージの死因をご覧なさいな」

「ふむ、プリシラが心臓病になるとは期待できんね」

「お医者さんは、口ではそう言ってたけど」

「医者はそう信じてもいたさ」

「なんとかできるかもよ。心臓発作を引き起こすものは、いろいろあるんだから」

「そんなふうに言わんほうがいいぞ、バージニア」

「だめ？」

「だめだ！」

「どうでもいいけど」彼女はさらに早口になって続けた。「もしプリシラの身に何か起きれば——考えてもみて、三十万ドル入るのよ！　ラバン——自分の取り分でできることを、考えてごらんなさい。このわたしだって！　そうねえ、ヨーロッパに行けるわ」

「だが、絶対に行きやしないだろう。あの金のことで、頭を悩ますのはやめたらどうだ？　手が届かないんだからな」

「そうかしら？」

「自分の部屋に戻ったほうがいいぞ」

バージニアが廊下をやって来る足音が聞こえ、プリシラの部屋の戸口で止まる。神様、彼女を中に入れないでくださいと、信頼の限りを込めて願った。バージニアはそのまま廊下を進んで行き、やがて遠くのアデレードの部屋から、ガヤガヤと話し声が聞こえてきた。ジョージおじさんが亡くなって以来、幾晩もこんな状態だった。プリシラは時々、バージニアがいちばん憎いと思った。だがそのあとで、ママの言葉を思い出すのだ。けっして誰も憎んではだめよ、憎しみは相手よりも、自分を傷つけるのだから——とかいうようなことを。それでもプリシラは、バージニアを信用しなかった。アデレードおばや、ラバンおじのことも信用しない。だが最も信用ならないのは、バージニアおばだ。意味は理解できなかったが、ママがジョージおじさんに、よくこう言っていた。「あの人たちを気の毒に思うわ。ひどく心の狭い、粗野な人たちね。お金がある時には、パリにもウィーンにも行けたでしょうに――でもあの人たちときたら、さらにお金を手に入れたくて、危なっかしい株に手を出すはめになり、すべてを失ったのよ。哀れな人たち！」と。

古時計が語りかける。「プリシー、プリシー、プリシー、もう寝なさい、プリシー」

「眠くないもん」プリシラは暗闇に向かって言った。

屋敷は静まり返って、あちこちできしむ音が聞こえた。どこかで蛇口から水が滴り、戸外の風の中では、家の北西の角にあるヒマラヤスギの大枝が時折、壁をコツコツと叩く。古時計はチクタク、チクタクと大きな音を立てつつ、おしゃべりを続けた。外をガタゴトと通り過ぎる路面電車の数は、夜が更けるにつれて、どんどんまばらになって行く。プリシラは横になったまま、ほとんど夢うつつで考えていた。ママやジョージおじさんのこと、ほんの一年前の様子などを。あの頃は海のある場所におり、自分は砂浜で日がな遊んでいた。そのうちにママの咳がますますひどくなり、ジョージおじさんは、悲しそうに無口になった。おまけに吹きつける風が、次第に冷たさを増すようだった。そして三人はついには、風に吹き飛ばされるかのごとく、ママの生家であるエルム街のこの屋敷に戻ったのだ。それは昔々、あまりにも遠い昔のことに思えた。時が果てしなく広がり、四方から自分を取り囲んでいるかのようで、迷子になった気分だった。ママとジョージおじさんから遠ざかり、あの砂浜やたくさんの列車、海のはるか向こうの町々の、風変わりな小さい馬車や、船からも遠ざかり、そして……。

だが今や、眠くなりつつあった。すると誰かがドアから入ってきて、自分の上に屈み込み、こう囁いたのだ。「もう寝なさい、プリシラ」

「分かったわ、ジョージおじさん」彼女は言った。

日の出とともに起きるプリシラは、朝になるとセリーヌを連れて、庭の外れの東屋《あずまや》に遊びに出かけた。そこは生い茂るシラカバの木々の陰になった、涼しい場所だ。セリーヌというのは、手持ちの人形の中で最も古く、お気に入りでもある。パリからアルルに出かけ、素敵な休暇を過ごした時、ママとジョージおじさんに買ってもらったからだ。屋敷内の誰かが起きだすよりもずっと早く、プリシラはセリーヌと一緒に、自分の避難所にたどり着いた。彼女はセリーヌと、長い会話をするのが習慣だった。セリーヌは小生意気だが、風変わりで面白く、異国の不思議な雰囲気を持っているので、あまりおしゃべりではなく、つねに正しいことだけを口にした。

今朝もセリーヌは、真向かいのいつもの場所に据えられ、プリシラは茶器を並べながら人形に話しかけた。昨夜、よく眠れたか。それとも、また正座して起きていたのか。紅茶に入れるのは、砂糖とレモンのどちらか、あるいは両方ともか。もしくは正しい作法で、何も入れずに飲むほうが好きか、と。鳥たちがさえずっていた。木々に囲まれた庭は、都会の真ん中の避難所であり、ここから街区七つ分を隔てた墓地の木々までは、飛ぶのにちょうど良い距離だったからだ。なので鳥たちは一日中、行ったり来たりしては、東屋の周りの茂みの中で、くつろいで騒いでいた。

セリーヌは次々と適切な返事をした。

だが今朝はどこか妙なところがあったため、プリシラはほどなく、人形に新たな目を向けはじめた。セリーヌは一生懸命に、何かを伝えようとしているかに見えた――プリシラが用意しておいたものではなく、人形が自分の頭で考えついたことをだ。「気をつけて」と、人形が言ったように思えた。「用心しなさい」

プリシラは一瞬警戒し、辺りを見回した。セリーヌの声が、それほど現実的に聞こえたのだ。だが、そこには誰もいなかった。

「用心するって誰に？」プリシラは小声で尋ねた。

「あの人たちに！」セリーヌは言ったが、人形にしては、なんて変な声だろう。

それからプリシラはこっそりと、東屋の四方を見渡した。誰の声だか分かった！　実際に分かったのだ。それはジョージおじさんの声であり――まさしくセリーヌのまねをしているかのようだった。

プリシラは手を叩いて、陽気に叫んだ。「ジョージおじさん、出てらっしゃい、出てらっしゃいよ。どこにいるか知らないけど」

誰も出てこない。

「ねえったら、ジョージおじさん」

ナゲキバトがクークーと鳴いた。

「じらさないでちょうだい」

返事はない。

セリーヌを見つめても、人形は相変わらず知らん顔だ。プリシラは目をそらして、肩越しに後ろを見やった。

「用心しなさい」セリーヌがジョージおじさんの声で言う。

プリシラはぐるりと振り返り、そこかしこを見回した。「見つけるもん。きっと、きっとよ！」そう叫ぶと、茂みの中に駆け込んで、あちらこちらと覗いた。あまりの乱暴さに、鳥たちが静かになったほどだ。アオカケスだけは、庭の隅々まで侵入している彼女に、警告の鳴き声を上げたが。

「あの子は一体、何をやってるのかしら?」アデレードは窓辺から問いかけた。

「なあに?」バージニアは鏡の前で、流行遅れのドレスのホックを留めながら尋ねた。

「ほら、東屋の周りをぐるぐる走ってる。まるで何かを探してるみたい。あるいは、誰かを」

「子供には空想の遊び相手がいるのよ」

「それって変だわ、ジニー。たった今、思ったんだけど！」

バージニアは彼女を見つめた。自分が思うに、その小柄な細い身体の上に載った、大きすぎる頭は時々、価値のあることを考えつくようだ。「今度はなんなの、アディ?」

アデレードは目を細めて、見つめ返した。「もしかして、可能だと思う? あの子が正気じゃないと証明させることは――まあ、正確には違うけど――でも……」

「いいえ、うまく行きっこないでしょう。他にも方法はたくさんあるわ。効き目の遅い毒物とかね、例えば」

「露骨なまねはやめろって、バージニア」ラバンが敷居のところから言った。「おい頼むよ、朝食にはありつけるんだろうな？　料理人をクビにすると言い張るなら、この家の誰かが進んで台所の責任を負うべきだぞ」

「はいはい、ただ今」バージニアが言う。「プリシラが何をやってるか、見てごらんなさいってば」

ラバンは部屋を横切って窓辺に行き、外を眺めた。

しばらくして、彼は言った。「どうやら会話をしてるようだ」

「ええ、人形とでしょ。そんなの分かってるわ」バージニアが言う。

「いいや、人形とじゃない」

「そうなの？　じゃあ、独り言？」

「ああ。人形には背を向けてる。そっちを見てすらいないよ」

バージニアは振り返った。「アデレード、外に行って、あの子を朝食に呼んできてくれる？」

そして彼女が行ってしまうと、ラバンに言った。「『露骨なまね』呼ばわりされたくないわ、ラバン」

彼は肩をすくめた。もしプリシラの身に何か起きたら、自分が相続するであろうものについて、ずっと考えていたのだ。豊かな想像力の土壌に種をまいてくれたのは、バージニアだった。「それなら、控えろよ」そう言った。「あの子がそんな死に方をしたら、人がどう考えると思う？　なんせ、シシーの遺言の条件は、極秘ってわけじゃないんだ。疑いが生じるだろう。結局、死因は毒物だと突き止められてしまうかもしれん――最もばれにくいやつでもな。どっちみち、おまえには手に入らんだろうが」

「もっといい方法が思いつけるなら、言ったらどう？」

「なんらかの事故であるべきだろうな――あるいは少なくとも、そう見えるようなものさ。ついこの間、子供二人の命を奪った事故のことが、サン紙に載ってたよ。屋根裏部屋で遊んでて、トランクから出られなくなったんだ。二人は窒息死した。そういうことは、いとも簡単に起こり得るだろう。事故じゃないって、誰が証明できる？　だが毒物となれば、科学的・生理的な要因がいくらか含まれる。事実と異なる作り話を許さない要因がね」

アデレードがやや息を切らして戻ってきた。「空想の遊び相手ですって？　あの子はジョージが外のどこかにいて、隠れてるって言ってたわよ。話しかけられたんだって」

バージニアは微笑んだ。「そうやって心の奥底にある願いを、楽しい空想に託してるわけね。想像力の極致よ。彼は何を話したの？」

「それは教えてくれなかったけど」

「あの子は戻った？」

「そろそろ来るわ」

「皆で確かめましょう」

プリシラがやって来て、テーブルに着いた。準備はまだ整っていない。彼女は待つ間に三人を眺めた――ラバンおじは太っていて陽気に見えるが、柔らかそうな分厚い唇と、小さな黒い目は別だ。アデレードおばは奇妙に大きな頭をしており、あまりの重みにいつも少しうつむき加減。バージニアおばは口を一文字に結び、厳しい青い目をしている。三人とも喪服姿で――アデレードのはタフタ、バージニアのは繻子地、ラバンのは黒ラシャ地だ。今や皆して、あれやこれやと忙しく――ラバンは朝刊を読み、アデレードはテーブルの準備をしようと、ちょこちょこ走り回り、バージニアは朝食を作っていた。

　プリシラはじっと座っているのが大変だった。ジョージおじさんが自分と一緒に、こっそり家の中に入り、この瞬間も部屋のどこかに隠れている、と確信していたからだ。彼女はあちこちに問いたげな視線を投げた。おじさんが姿を現すのを、今か今かと期待して。だが何も起きず、そうこうするうちに、アデレードが皿をすべて運び終わり、ようやくバージニアとともに現れた。バージニアはベーコンエッグとトースト、そしてプリシラ用にミルクの入ったグラスを運んできた。全員が座ると、ラバンは新聞を脇に置いた。

「東屋で誰と話してたの、プリシラ？」バージニアが尋ねる。

「セリーヌとよ」プリシラはすでにミルクを飲みはじめており、グラスを持ったまま答えた。

「他には？」ラバンが尋ねる。

返事はない。

「他には、と聞いてるんだが？」

プリシラは首を振った。

「わたしには言ってたでしょ」アデレードが言う。

「ジョージおじさんと」プリシラは答えた。

「へえ！　で、彼はなんて言ったの？」バージニアが尋ねる。

プリシラは再び首を振った。

「答えなさい」

プリシラは黙ったままでいる。

バージニアは他の二人のほうを向いた。「ほらね、空想だわ」

「おじさんは昨夜、帰ってきたの。あたしが頼んだから」と、プリシラ。

アデレードはクスクス笑った。バージニアが彼女に、怒りの視線を投げる。ラバンは咳払いをして、ベーコンエッグの皿に身を乗り出した。

質問はもう出なかった。彼らはそれぞれの考えにふけっていたのだ。プリシラはなおもひそかに、ジョージおじさんがぱっと現れて、皆を驚かせてくれるのを願っていた。アデレードは子供がよくやる、一人遊びのことを考えていた。バージニアは三人だけでこの屋敷に——自分たちの屋敷に——プリシラ抜きでいるところを、じっくり想像していた。ラバンは事を遅らせるのは無駄だと考えていた。事故というものは、幸先の良い時を待ってはくれないものだ。おまけに、好きに使える十万ドルが、自分のものになるかもしれないという考えが、すでに果てしなく膨らんでいた。それは心の中では今や、自由の縮図である山としてそびえ、一度も見たことのないような世界を、目の前に示していたのだ。

ラバンは朝食を終えるや、同じく食べ終わっていたプリシラを見つめ、にっこり微笑んだ。

「ジョージはどこに行ったんだい?」

彼女は警戒心を解いた。「きっと、隠れてるのよ」

「請け合ってもいいが、どこに隠れてるか知ってるぞ」ラバンが続けた。「捜しに行くべきじゃないかな?」

「そうね、行きましょう」ラバンは椅子を押しやって、立ち上がった。「じゃあ、一緒においで」

「ごちそうさま」プリシラがおば二人に言う。

そしてラバンの手をつかみ、一緒に廊下に出て行った。

「ジョージがまさにいそうな場所を知ってるんだ」ラバンは言いながら、階段のほうに導いた。

「お二階?」

「屋根裏部屋さ。あそこは暗いからね」

屋根裏部屋の暗さは、ラバンには巨大な煙突の内部のように思えた。端にぼんやり見えるのが、いくらか中身の入った薄い幅広のトランクで、階段のてっぺんから遠くないところにある。彼は煙突の向こう端から回り込み、物を移動したり、その後ろを覗いたりしはじめた。プリシラは方々に駆けて行ったが、何分かおきにじっと立ち止まり、カビ臭い暗闇に向かって、「ジョージおじさん?」と、いぶかしげに問いかけた。

「きっと見つかるよ」ラバンはそのたびに、そわそわしつつも、思いやりを装って言った。手は湿ってべたつき、トランクに近づけば近づくほど、額に冷や汗が浮かびはじめた。

大きくてとても重いトランクだ。中に入ってしまえば、プリシラには蓋を持ち上げるのはまず無理だろう。たとえ、締め金が掛かっていなくとも。古い屋敷の切妻まで達する暗闇がすべて、トランクに集中しているかに見えた。プリシラが二度、そのほぼかたわらで立ち止まった。

「ここにはいないわ」と、ついには言った。

「絶対にいるとも」ラバンが言う。「もう一つ、ちょうど隠れられるところがある。そら、そこだ」

ラバンは身を屈めて、重い蓋を持ち上げた。まだ物が詰め込んである分、少し浅くなっているが、トランクの奥行きはプリシラの身長とほぼ同じだ。横目で子供の様子をうかがった。どうやら彼女は我を忘れたように、ほとんど爪先立ちで、ぱっくりと開いた真っ暗なトランクの中を覗いているらしい。

「もしジョージがそこにいるとしても、暗すぎて姿が見えないな」ラバンが言う。「服の下に隠れてるのかもしれない。こっそり入って、捜しておくれ、プリス」

プリシラが二歩前に出た時、誰かが言うのが聞こえた。「よせ、プリシラ」

「ああ!」彼女は両手の指を組み合わせて叫んだ。「ジョージおじさんよ!」

「え?」ラバンはぎょっとした。

「このお部屋のどこかにいるわ。声がしたもん」

ラバンは彼女の鮮やかな想像力に、驚きの目で見つめた。それから言った。「おじさんはきっと、この服の下に隠れてるのさ。こっそり入って、驚かしておやり、プリス」

プリシラは首を振った。「ジョージおじさんが、よせって言うの」

ラバンは内心、一種のいらだちを覚えはじめた。トランクの脇に両膝をつく。「それじゃあ、蓋につっかえ棒をするよ」そう言って、トランクと蓋の間に重い本を立てる。「おじさんが出てきた場合に備えて、ここで待ってるから」

プリシラが首を振る。「ラバンおじさんが調べて」

ラバンは急いで考えた。もし自分の横に立つよう、彼女を丸め込めれば、軽く押すだけで簡単にトランクの中に入れられるだろう。そのか弱い肌に傷跡が残るような、手荒なまねをせずに。

「手伝っておくれ」ラバンは身を屈めて、真っ暗なトランクを覗き込んだ。

プリシラが前に出る。

ラバンに近づく寸前に、何かがプリシラを止めた。目に見えない手のようなもので、後ろに押されたのだ。丈の高い真っ黒なものが、膝をついて彼女を待つラバンの横で、ぼんやりとした形を取る。その何ものかが手を伸ばして、トランクの蓋を下から支えている本を引き抜いた。力を込めて蓋を押し、ラバン・レケットの首の上に落とす。

彼は苦しそうに叫び、背中をぎゅっと丸め、少しだけ足をばたつかせたが、ぐったりとなった。

「お行き、プリシラ。今すぐ下へ」

「はい、ジョージおじさん」

プリシラは素直に屋根裏部屋を出て、階段を下り、東屋に戻った。そして中に座り、一部始終を生々しくセリーヌに語った。

バージニアは窓辺にたたずんで、目を細めて嘲笑を浮かべ、外を眺めていた。「思ったとおりだわ」と、肩越しにアデレードに言う。「ラバンには男らしさが足りなかったのよ。怖じ気づいたわけね」

葬儀の日、終わってからローラ・クレイグがやって来た。レケット姉妹と同じく五十代だが、ローラはかなり若く見えた。立派な身なりをして、お金を持っているだけでなく、使い方も心得ていた。お金は目的のための手段にすぎず、目的そのものではないと知っていたのだ。昔から美人だったが、今でもはっとするほどきれいだった。ぱっと見だけでも、彼女と姉妹の間には、昼と夜ほどの差がある。ローラが色彩豊かな装いで、宝石も身に着けているのに、姉妹は気に障るほど質素な身なりだ。

「ラバンのことを新聞で読んで、びっくりしたわ」彼女は前置きなしに言った。「今朝方、知ったばかりよ。ずっとコネティカットにいたから、お葬式に出られなくてごめんなさい。一体全体どうして、あんなことが起きたの？」

「トランクの蓋がとても重くて」バージニアは急いで言った。アデレードに何か言う暇も与えず。

「ラバンはたぶん、うっかりしてたんでしょう」

「なんて恐ろしいこと！」ローラは叫んだ。「でも、彼は何を探してたのかしら？」

バージニアは肩をすくめ、さっと眉を上げた。

「何か父のものだろうと思います」アデレードが言う。「あれは父のトランクでしたからね。父が最後に使ったのは、セントルイスの博覧会に出かけた時です」

「わたしたちはほんの偶然、兄を発見したんです」バージニアは付け足した。「兄がいないことに気づいて、ようやく捜しに行ったんです。亡くなってから、かなり時間がたってました。ひどい有様でしたよ――トランクの蓋が大変な強さで閉じたらしく、首がほとんど切れてて。もちろん、トランクはとうに壊してしまいましたわ」

「そうでしょうとも」ローラが言う。

三人は礼儀正しくゆっくりと、プリシラの話題に移った。そしてほどなく、ローラ・クレイグのことも「おばさん」と呼ぶ、当のプリシラが現れ、二人で表門のほうに歩いて行った。レケット姉妹は窓のカーテンの陰に立ち、プリシラがあまりにも長く、ローラと一緒にいないよう見張った。この女がやって来た理由はおもに、子供の無事を知って安心するためだと、姉妹には分かっていたのだ。

「あの子が例の馬鹿げた話を、あの女には一切しないことを願いましょう」バージニアは苦々しげに言った。

「そんな話は二度とするなと、あなたが禁じたんでしょうに」

「そりゃあ、そうだけど――子供は禁じても聞かないものよ。あの子はジョージ・ニューウェルを忘れてくれるかしら？　怪しいもんだわ」

「別に問題ないでしょう？」アデレードがクスクス笑う。

「お黙り、アデレード」彼女はため息をついた。「屋根裏部屋では一体、何が起こったのかしら？ラバンはうっかりなんかしない人だったのに！」

「あの子がなんと言ったか、知ってるでしょ」

「アディったら！　影だとかジョージだとか、戯言《たわごと》だらけよ！　あなた、この家にジョージの幽霊が出ると思ってるわけ？　笑わせないで！」

アデレードは軽く鼻であしらい、窓辺を離れた。

「でも確かなのは、ラバンが死んだおかげで、わたしたちは二人とも、もう五万ドルずつお金持ちになれるということ――プリシラがいなくなればね」

「よくもそんなことが言えるわね、アディ！」バージニアはきつい口調で言った。

アデレードが振り返る。「よくもそんなことって？」

「ラバンが死んだおかげでって、あなたがたった今、言ったことよ」

「そんなこと、なんにも言ってないけど」

バージニアは怒った顔を向けた。「ちょっと、アディ！　確かに聞いたわよ。ごまかさないで」

「頭がおかしくなったの、ジニー？　わたしは口も開いてやしないわ。たった今、何を聞いたような気がしたわけ？」

「あなたは言ったわ。ラバンが死んだおかげで、わたしたちは二人とも、もう五万ドルずつお金持ちになれるって」

「え？　絶対に言ってないわ！」

「言ったじゃない！」

「言ってないってば！　それってむしろ、あなたのほうがずっと前に、考えつきそうな話よ」

アデレードは考え込んで、こう付け加えた。「でも、真実だわね？」

バージニアは無言だった。何かが執拗に心を悩ませた。それはプリシラが死ぬ前の時点で、アデレードの身に何か起きれば、自分は誰とも分け合う必要なしに、三十万ドルの遺産を受け継ぐことになるという認識だ。バージニアはわずかに動揺して、午後の日差しの中で門のそばにいる、プリシラとローラ・クレイグのことを忘れ、窓辺を離れた。貪欲と、相反する様々な欲望の罠に掛かって。

廊下の古時計がチクタクと五回鳴るごとに、ヒマラヤスギの大枝が一度、家の壁をコツコツと叩いた。プリシラは暗闇の中で回数を数え、結果をセリーヌに伝えた。その晩は、人形をベッドに一緒に寝かせていたのだ。彼女は次に、蛇口から水が滴る回数を数えようと努めた。だがこれは、ほぼ不可能だと分かった。水滴の音はあまり確かなものではなく、はっきりと聞こえもしなかったからだ。おまけに古い屋敷の暗闇では、他にもいろいろな音がしていた。屋根裏部屋の鎧戸が外れて、風の中できしみ、バタバタと鳴っている。何かがこすれるような音が、廊下をこちらにやって来たため、またアデレードおばさんだなと分かった。女たちの声はすぐにつぶやきになり、夜の物音に加わった。

アデレードは姉の部屋で、ベッドのそばをいらいらと歩いていた。「気のせいだとか言っても無駄よ、バージニア。わたしは確かに見たんだから。これで三度目だし、幻覚が三度続けて起きるなんて、聞いたためしがないわ」

「で、今度はなんだったの？　筋の通った話をしてね、アディ」

「影よ。廊下にいたの、階段のてっぺんに」

「自分の目が信じられなくなったなら、目医者に行って眼鏡を作れば、自分の影だと分かるでしょうよ」

「こっちはじっと立ってたの。影は動いてたわ。あれは男だった」アデレードは早口になった。「わたしが彼に会いたがってた、とでも思ってるわけ？　もし思ってるなら、とんでもないわ！　わたしはこの家を出て行きたいんだもの。この家は大嫌い！　これまでも嫌いだった――わたしたちがここに来て、シシーの『お客さん』として住むはめになってからずっとね」

「わたしもよ。辛抱してちょうだいな、アディ。時間がかかるんだから」

「ええ、いつだって待ってばかり！」アデレードは振り返り、姉のほうに身を屈め、本能的に声をひそめた。「いいことを思いついたの。ラバンが事故について言ったこと、覚えてるでしょ。わたしはあの子がブランコに乗るのを、見たことがあるの。ひどく重いブランコで、ジョージがあれを作った時、オーク材の座板を鉄で補強したのよ。もし飛び降りるタイミングが早すぎて、素早くよけられなかったら――そしてどういうわけか、ブランコがあの子に当たったとしたら……そういうことって、あると思うんだけど」

「もしくは、そうできるってことね」バージニアが優しく付け足す。「そういうことを考えてちょうだい、アディ。馬鹿げた幻想の代わりに。そして後生だから、階段の上に人影が見えるような気がするなんて、誰にも言わないで――人にどう思われるか、分かってるでしょ！」

デッドマンおじいさんの時計が告げた。「プリシー、プリシー、プリシー、もう寝なさい、プリシー」ヒマラヤスギの大枝は今回、「寝なさい」のところで、家の壁をコツコツと叩いた。プリシラはベッドの奥まで身をずらし、セリーヌに向き直った。

「おねむになった、セリーヌ？」

セリーヌは丁寧にも、眠くないと身ぶりで示してくれた。

アデレードおばが、衣ずれの音を立てて廊下を引き返し、自室に戻った。プリシラはおば二人には話し合いたいことがあり、自分に聞かせたくないのだと分かっていた。なんの話だろうと時には思ったが、無視されるのは気にならない。もはやセリーヌとの会話を、二人に聞かれても構わなかった。あるいは、ジョージおじさんとの会話も。

両肘をついて上体を起こし、部屋の暗闇に目をこらす。外からの光はあまり入ってこない。窓に近い木々のせいで、二つの街灯の小さな光の他は、外の光はすべてさえぎられているのだ。片方の光は、ドアに近い向かい側の壁に当たっている。もう片方は鏡に当たり、まだ遠い昼間の世界への入り口さながら、微かに反射していた。

「ジョージおじさん、そこにいるの？」と、暗闇に向かって囁いた。

「いるよ、プリシラ」

その返事は自分を包み込むように、また同時に自分の内側から聞こえたように思えた。彼女は疑いを持たなかった。

「あたしの見えるところに来てちょうだい」

ドアの近くの暗闇の一部が離れ、ベッドのほうに移動する。光の前を横切ったが、鏡やドアに当たる光をさえぎりはしなかった。それ自体が影であるため、影を残すこともない。影はベッドの上をさまようと、その片側に落ち着き、そこに座った。プリシラにとっては奇妙ではなく、慰めとなるものだった。

「ジョージおじさんに、おやすみを言いなさい、セリーヌ」彼女は言った。

ローラ・クレイグは寝間着に着替え、ロンドンにいるジョージ・ニューウェルの兄に手紙を書いていた。夜も更けたため、辺りは静かだった。聞こえるものと言えば、遠くでざわざわと響く街の生活音、夜間には控えめになる地下鉄の轟音、地球が回る音のようにささやかな、無数の生き物たちが誕生から死へと容赦なく進む音だけだ。彼女は速やかにペンを走らせた。言葉がすらすらと出てくるのは、実に長きにわたって胸に秘められてきたせいだ……。

「……疑う余地もなく、あのプリシラはジョージの子でしょう。目の辺りが彼に似ていて、少し前まではさほどではなかったけれど、今ははっきりしつつあります。そしてプリシラは、絶えずジョージのことばかり考えています。好ましいことかどうかは分かりません。ジョージがまだ生きていれば、きっと好ましいとは思わないでしょう。ご存じのように、彼はあの子をとことん溺愛してはいましたが。わたしたちの多くはその溺愛ぶりを、シシーがゆっくりと死に向かっているせいだと考えていたんです。わたしが大事だと思うのは、プリシラをレケット姉妹から取り上げるために、なんらかの手を打つべきだということ。姉妹は明らかに十九世紀然としていて、あのような抑圧的な暮らしぶりは実際、ただの浪費よりもずっと不快極まりないものです。だって、シシーはもったいないほど気の毒に思い、良くしてあげてもいたのに、あの二人は間違いなく、それをずっと恨んでいたんですからね。姉妹はけっして、プリシラのためにはなりません。でも見たところ、あの子は驚くほど自立していて、おそらくあまりにも独りぼっちにされているせいでしょう。それも好ましいことではないと、あなたも同意してくださると思います。プリシラは暇に任せて、とても奇妙な話を思いつきました。例えば、ジョージがまだあの家にいると信じていること。あの子が言うには、ジョージがトランクの蓋を押して、ラバンの首の上に落としたとか。もちろん、馬鹿げた話です。とっぴな妄想も甚だしいけれど――聞いたかぎりでは、ラバンの首の損傷は、トランクの蓋が落ちたにしては大きかったそうで。もしも、自然に落ちたとすればですが。この一件には非常に妙な点があり、わたしはジョージの死に関しても、少し不審に思いはじめているとお伝えしても、あなたは驚かないでしょう。だって、彼の心臓はそこまで悪くはなかったんですから。亡くなるほんの三日前に会った時には、じっと座って過ごしているおかげで、病状はいくらか好転したようだと言っていました。わたしがレケット姉妹に抱いた印象は、最悪と言わざるを得ません――自分勝手で貪欲で、怠惰で邪悪な人たちだと思います。古めかしい世間体を隠れ蓑に、どんなことでもやりそうなね……」

夏も盛りとなり、蒸し暑さが増すにつれ、プリシラが庭で過ごす時間はいっそう多くなった。彼女の午前中の日課は、変わらなかった。朝食の前に東屋に行き、済むとまた戻る。ローラ・クレイグから時々、ちょっとした手紙や贈り物をもらうことがあると、あとでバージニアとアデレードから、質問攻めにされた。プリシラには知る由もなかったが、ローラ・クレイグに何か話したかどうか、おば二人はしきりに知りたがっていたのだ。おばたちの他愛ない質問の意図が理解できず、彼女は答えなかった。無意識に質問を受け流し、はぐらかしたわけだ。理解はできなくても、二人が内心では自分を憎んでいることは気づいていた。だが、そのせいで悩みはしなかった。意地悪な言動を越えて、こらしめられたりしないかぎりは。

午後になると、おば二人から使うのを許されている、庭の自分だけの片隅で遊んだ。そのあとは、塀で囲まれた芝生の、こんもりと陰になった一角に引きこもる。オークの古木の大枝から、ブランコが吊してある場所だ。ブランコ遊びなら、何時間でもできた。漕いで描いた弧のてっぺんからは、街路が眺められ、時には通り過ぎる路面電車が見られる。ブランコ遊びをしている間は、解放されていた。乗っていると、屋敷やおば二人から逃れて、緑の木々と太陽と空と、鳥たちの世界に戻ったような気分になる。パリやソレントや、フロリダの浜辺で過ごした、もう戻らない素敵な時間に戻ったような気分に。あの頃はまだ、三人一緒だった——ママとジョージおじさんと自分と。彼女は飽きもせずに、子供らしい元気な脚を勢いよく動かして、街路が見えるほど高いところまで行ったが、やめなさいと誰にも言われないのが嬉しかった。時にはアデレードおばが来て、押してくれることもあり、そうするともっと高くまで行けた。

その八月の午後、アデレードおばが再びやって来た。

「今日はもっと高いところから飛ぶの」プリシラは言った。

彼女はアデレードおばにうながされて、大きく揺れるブランコから飛び出し、いわば一人で空中を飛ぶ楽しさを知ったのだ。

アデレードおばは微笑んだ。

雨が降りそうな、曇り空の日だった。鳥たちは静かで、セリーヌは東屋に置かれたまま、おとなしく座っていた。風はなく、オークの葉は芝生のその一角に、芳香を放ちつつ垂れ下がり、空の大部分をさえぎって、近所の人々の好奇の目から二人を守っていた。

「あの高さから飛ぶつもり」プリシラは言った。

「いいえ、あそこは高すぎるわ」

「できるってば、アデレードおばさん」

「だめよ、プリシラ、高すぎるわ。脚でも折るかもしれないでしょ。考えてもごらんなさい、六フィートあるのよ」

プリシラは強情だった。「絶対に飛べるもん」

「だめ」アデレードおばがにべもなく言う。「せいぜいこの高さまでね」

「でもこの前は、あそこから飛んだのに」

「そんなに変わらないわ。ここでも充分に高いんだから」

アデレードは念入りに計算済みだった。プリシラはしゃがむような格好で飛び降りる。それから立ち上がって、またブランコに乗ろうと走ってくるのだ。その戻り道のここぞという場所で立ち止まらせ、気をそらせば、ブランコは猛烈な勢いで後頭部に当たるだろう。プリシラのことが憎いのは、シシーを思い出させるからだった。頭の大きすぎる自分とは大違いで美しく、子供の頃はつねにあこがれていたシシーを。アデレードにとっては、プリシラの可愛らしい小さな頭に何かしてやるのが、この世で最も重要なことに思えた。そうすればともかく、もっと可愛らしかったシシーのあの頭に、何かしてやることになるのだから。自分の頭が不格好だという事実に対して、なんらかの埋め合わせができるような気がしていた。バージニアにとって非常に意味があるお金よりも、これははるかに重要なものだった。

「だいたい、ここだって充分に高いわよ」アデレードおばは言い直した。

「じゃあ、あとで飛ぼうっと」

「やってみましょう。さあ、乗って」

プリシラがブランコによじ登ると、アデレードはゆっくりと着実に、彼女を押しはじめた。ブランコの描く弧が大きくなる。プリシラは今や、塀のてっぺんと同じ高さから物を見ることができた。塀の向こうが見える。暑い八月の空気の中で、こんなに高いところにおり、オークの葉をこすらんばかりだ。葉の真下に来るたびに、木の芳香を深々と吸い込む。すると路面電車がガタゴトと、曲がり角に現れて、屋敷のほうに向かってきた。それはブランコが往復している間、視界に入っているだろう。彼女は手を振って合図できるように、車掌がこちらを見てくれればいいなと、ずっと思っていた。だが車掌には、彼女の姿は見えなかった。大枝や葉が密集しすぎていたし、線路からあまり目を上げなかったからだ。

アデレードは押すのをやめて、少し後ろに下がった。

「そのまま座っててね」

「はあい」と、プリシラが言う。

ブランコの速度が落ちはじめ、弧が小さくなって行く。彼女は毎回さらに少しずつ、オークの葉で覆われた空から、至福の場所から降りてきた。頭上の木でさえずるタイランチョウから離れ、アデレードおばのほうへ戻ってくる。自分が飛んだらすぐさま、ブランコをつかもうと待つおばのほうへ。

「もうすぐ飛ぶわ」

「まだよ」

プリシラはちょっと我慢した。

「じゃあ、そろそろ」

「まだよ」

小さくなりつつある弧が、もう一往復するまで待つ。

「えいっ」彼女は言いながら、鳥のように両腕を上げて飛んだ。そして一羽の白い鳥が地面に舞い降りるかのごとく、柔らかな身のこなしでしゃがみ、ぴょんと立ち上がった。

「ああ、楽しい！」そう叫んで向きを変え、頭上に高々とブランコを掲げて立つ、アデレードおばのほうへ走って行く。

「あら、見て——赤い鳥さんよ！」アデレードおばが叫びながら、塀のほうを示す。

プリシラが立ち止まり、急いで振り返る。

ありったけの力で、アデレードは重いブランコを押した。ブランコは申し分ない曲線を描いた。弧が最も低い地点を通過する時、プリシラの後頭部に当たるだろう。それはシシーとそっくりな可愛らしい頭を、めちゃめちゃに叩きつぶしてくれるだろう。自分のよりもずっと可愛らしいその頭を。アデレードが三歩前に出る。恐怖を装った叫び声が、すでに喉元にせり上がってきて……それから口ごもった。

ブランコがプリシラの頭に届く寸前で、止まったのだ。

オークの木から垂れ下がっているような、真っ黒なひょろ長い影にとらえられ、ブランコはするすると上がって行き、葉の間に消えた。次にブランコは信じられない勢いで、びゅんと下りてきた。プリシラを避け、まっすぐこちらに向かって。アデレードは恐怖のあまり、まさにその軌道の上で、根が生えたように動けなくなった。鉄で補強された重い座板が、真横から額にぶち当たる。彼女が音もなく倒れる一方、プリシラはなおも虚しく赤い鳥を探していた。

プリシラが振り向くと、女がそこに倒れているのが見えた。

「アデレードおばさん！」

バージニアおばが家から走ってきながら、「アディ！　アディ！」と叫んだ。

「自分の部屋へお行き、プリシラ」

その声がオークの葉のざわめきに混じって聞こえるや、葉の間からにわかに一陣の風が吹きはじめた。声は木の暗い中心部から立ち上り、下りてきて、外套のごとく彼女を包み込んだ。叩きつぶされた頭や飛び散った血痕、そしてアデレードの死体のかたわらで、気が触れたようにひざまずく、バージニアの姿をさえぎるかのように。

プリシラがベッドに入ったあと、バージニアおばが部屋に入ってきた。おばはやって来て、ベッドの上の彼女の横に座った。葬儀屋は随分前に来てもう帰り、新聞社の男たちも来たが、すでに帰ったあとだった。

「さあ、何が起きたのか話しなさい、プリシラ」

「分かんない」

「どうしてそんなに頑固なの？」

「知らないんだもん。おばさんが赤い鳥さんがいるって言ったの。あたしは探したんだけど、見えなかった。振り返ったら、おばさんが地面に倒れてたの」

「他には？」

「なんにも。ただジョージおじさんが、自分の部屋へ行けって言ったけど」

「ジョージが？」

「うん」

「姿が見えた？」

「ううん」

「ううん、ですって？」

「いいえ、バージニアおばさん」

「なんでジョージだったと分かるわけ？」

「分かるんだもん」

「どうして？」

「声が聞こえたんだもん」彼女は憤慨して言った。バージニアおばが何故、そこまでしつこいのか理解できずに。「それにジョージおじさんは毎晩、話しかけてくれるの。あたしが寝る前に」

バージニアの顔は厳めしく、真っ青に見えた。口の片端がピクピクと動き、目をすがめていた。膝の上で両方の拳を固めている。心の奥には震えんばかりの恐怖があり、それを執拗に意識していたが、すさまじい決意で押し戻した。

「嫌ったらしい子だねえ」バージニアおばが言う。「彼はどんな話をするの？」

プリシラは傷つき、首を振った。

「答えなさい」

彼女は黙っていた。

「プリシラ！」

答えない。

当惑と怒りに、バージニアは立ち上がり、部屋を出て行った。ドアのところで電気のスイッチを切って。

プリシラはおばがいなくなったと確信できるまで待った。それから暗闇の中で起き上がり、人形のセリーヌを探し当てる。人形を持って戻ると、ベッドの中にたくし込んだ。次に爪先立ちでドアまで行き、少し開けてみた。おばはすでに階下に行ったらしく、耳を澄ましていると、微かな引っかくような音が下から聞こえてきた。おばが何か書き物をしているらしい。当然ながら、アデレードの死について、詳しく書きつけているのだろう。プリシラは音を立てずにドアを閉め、爪先立ちでベッドに戻り、中にもぐり込んで、セリーヌのそばにすり寄った。

古い屋敷の立てる心地良い様々な音が、室内に忍び込んできて、平穏をもたらしてくれた。ブランコ遊びをすると、プリシラはいつもくたびれる。その午後はいつもと同じくらい、たっぷりと乗っていたわけではないのに、それでもくたびれていた。うとうとしたが、眠りはしなかった。ジョージおじさんが来ると確信して、待っていたのだ。

手紙を書き終えてしまうと、バージニア・レケットはランプを消し、しばしたたずんで暗闇に目を慣らした。それから明かりをつけずに、階段を上った。プリシラの部屋のドアの前で立ち止まる。

中で聞こえたのはなんだろう？　複数の声、あるいは一人の声？

彼女は聞き耳を立てた。

「ジョージおじさん、もっとはっきりと見えるところまで来てくれない？」

バージニアには返事は聞こえなかった。

「ジョージおじさん、そこのドアのそばで寝るの？」

何も聞こえない。

「いいわ、ジョージおじさん」

そのあとはずっと無音だった。

バージニアは静かにドアを開け、室内を覗き込んだ。ベッドは窓辺にぼんやりと見えるが、子供の姿は暗くて見えない。暗闇が部屋を満たしている——にしても暗すぎる。ベッドのかたわらにのっそりと立つ、黒い影が見えた気がしたのは目の迷い？　それとも、何かいるのか？　バージニアは目をこらした。じっと見つめすぎたせいで、錯覚が起きた。街路からの光が揺らいで見えたかと思うと、ベッドのかたわらの影を貫いたのだ。バージニアは目をつぶり、そのままでいた。それからぱっと目を開ける。何も変わってはいない。

部屋を出て、閉めたドアに背をもたせ掛ける。

たちまち、ドアの向こうに存在する脅威を、はっきりと恐ろしいほど意識した。自分を脅かす大きな危険を。それは実体がないだけに、余計に恐ろしかった。ドアから飛びすさり、廊下の真ん中に立つ。自分をしっかりと保った。今や目標はすぐそこにあり、空想に脅えてなどいられない。もう一度ドアに戻り、身体をぴたりと押しつけた。向こう側には何かがひそみ、待ち受けている。彼女は抵抗の思いを込めて、両方の拳を固めると、自室に戻った。

そしてずっと座ったまま、自分の空想をあれほど鮮明に占めたのは何か、考えようと努めた。プリシラの世界で起きた様々な出来事を、継ぎ合わせようとしたのだ。その間も頭を離れないのは、アデレード亡き今、プリシラが死んだらすぐさま、三十万ドルの遺産を独り占めできるのだという、確固たる事実だった。それはかけがえのないもの、独立や安心や、生涯にわたる自由を意味していた。

葬式から戻ってくると、もう遅い時間になっていた。バージニアは倹約して、墓地に行く時は車を雇ったが、帰りは路面電車を使ったのだ。ローラ・クレイグが葬式に出ていたので、バージニアはいらだち、いつになくプリシラに邪険にした。ローラなら喜んでプリシラを引き取っただろうと、彼女は気づいていた。ローラが心からあの子を愛していると知って、憤慨はしたが——自分が独占したいからではない。それは単にプリシラの身に何か起きれば、ローラが皆に質問するよう仕向けると、分かっていたからだ。ジョージ・ニューウェルの件で、まだ質問してこないのが、不思議なくらいだった。

バージニアは午後も遅くに、廊下に足を踏み入れた時、誰かが階段の下に立っているのを見た気がした。だがその瞬間、プリシラが小さな叫び声を上げつつ、飛び出してきた。だから彼女が足早に階段に向かい、駆け上がるのを目で追ったのだ。そして振り返ると、そこには誰もいなかった。それでも気になるのは、幻覚としか思えないような出来事が、ますます頻繁に起きていることだった。

バージニアはよそゆきのコートと帽子を片付け、あり合わせの夕食をこしらえようと、台所に入った。食事の準備というおきまりの仕事をしているうちに、幻覚のことなど忘れてしまった。プリシラを始末して、自分が夢見る新しい世界に入るには、あとどれくらい待たなければならないのかとばかり考えていた。

プリシラが入ってきた。よそゆきの服から、質素なプリント地のドレスに着替えて。

「バージニアおばさんは見なかった?」と、大声で尋ねた。

「誰を?」

「ジョージおじさんよ。あたしたちが帰ってきた時、嘘っこじゃなくて、あそこに立ってたの」

バージニアは子供を引っぱたきそうになり、すんでのところで我慢した。しばらく冷ややかに見つめていたが、やっと口がきけるようになった。「その名前は二度と聞きたくないわ。分かったわね?」

「はい、バージニアおばさん」

「この家では金輪際、それを口にしてほしくないの。いいこと?」

「はい、バージニアおばさん。大声を出さなくてもいいのに」

「大声なんかじゃないわよ!」

その声は壁に当たり、甲高くしわがれた、不快な叫び声となって跳ね返ってきた。それから小さくなり、台所の静寂の中へと消えて行った。好奇心に目を輝かせた子供と、怒りと恐れを抱いた女との間に、山のように横たわる静寂の中へと。

夏が終わり、雨とともに秋が訪れた。

十月になると、バージニア・レケットはもはや、自制できなかった。忍耐力が乏しくなっていたのだ。プリシラにうわべの気遣いくらいは示してやる必要があったが、それすらだんだん難しくなりつつある。自分と財産の間に立ちはだかっているのは、この子だけなのだと考えれば、なおさらだった。今頃とっくに、財産を手に入れているべきだと、確信していたからだ。

彼女はプリシラにとって、致命的な事故となるに違いない、ある計画を思いついた。目新しいものではない。子供を観察した結果、二階の廊下を走ってきては、急な階段にもかかわらず、駆け下りる癖があると気づいたのだ。階段のてっぺんの、床から半フィートほどの高さに、細い針金を取り付けるのは、実に簡単なことだろう。プリシラはおそらく、針金につまずくのを免れまい。階段を転がり落ちただけでは、死にはしないかもしれないが、うまく行けば死んでくれるだろう。

ある晩、プリシラが自室に行ってしまうまで待った。それから急いで階段のてっぺんに行き、柱と柱の間に針金を取り付けた。そして針金をまたぎ、すぐに階段を下りてから呼びかけた。

「プリシラ！　こっちに下りてきなさい――早く！」

自分が立つ位置からは、その細い針金が見分けられた。下から針金のほうへと、小さな明かりが当たっていたからだ。プリシラには見えないだろう。

プリシラの部屋のドアが開いた。「バージニアおばさん、呼んだ？」

「ええ。下りてきなさい、早く」

プリシラが廊下を走ってくる。

バージニアはそれを、ぽかんと見守っていた。荒々しい熱望めいたものが、心の中に湧きつつある。

だがプリシラは、階段のてっぺんで立ち止まった。身震いするような恐怖が、バージニアを襲った。おなじみの真っ黒い影が、細い腕で子供を引き留めながら、もう片方の腕で、柱と柱の間の針金をほどくのが見えたからだ。針金が通り道から外された途端、プリシラは身動きが取れるようになった。

プリシラが下りてくる。

「どうしたの、バージニアおばさん？」

バージニアは口ごもった。「言ったでしょ――来なさい――早くって。なんで手間取ったの？」

「止められたんだもん」

「誰に？」

「知ってるでしょう。その名前は二度と口にしないでって、おばさんが言ったのよ」

バージニアの乾いた唇から、耳障りな笑いが飛び出した。下に手を伸ばして、子供の手をつかむ。

「一緒においで。確かめましょう」

バージニアは階段を上った。懸命に自分を抑えて、一歩ずつ進み、つねにプリシラに少し前を歩かせるようにしながら。二人はまっすぐプリシラの部屋に行った。バージニアが敷居のところで立ち止まる。

「ここには、わたしたちの他に誰もいないわ。分かった？」

プリシラは辺りを見回した。「おじさんはどこにでも隠れられるわ」

バージニアは子供を揺さぶった。「聞こえたでしょ？　ここには、わたしたちの他に誰もいないのよ。あとについて言いなさい」

「痛いよう」

「言うのよ！」バージニアは怒り狂った声で言った。

「ここには、わたしたちの他に誰もいない」プリシラは今や脅えて繰り返した。

「この家には、わたしたちの他に誰もいないの」バージニアが声を張り上げて続ける。「言いなさい。さあ――お言いってば」

「この家には、わたしたちの他に誰もいない」プリシラは深呼吸をして、勇敢にも付け加えた。

「ジョージおじさんはいるけど」

裏をかかれて怒りが限度を越え、バージニアは容赦なくプリシラを叩いた。やがて子供は逃げ、走ってベッドの下に隠れてしまった。息を荒らげながら、バージニアは部屋を出て、ドアをぴしゃりと閉めると、寄り掛かって聞き耳を立てた。子供のすすり泣きだけが、真っ暗な廊下に流れ出す。

「覚悟はいいか、バージニア?」

彼女はぐるりと振り返った。

触れんばかりに近くに立っていたのは、ジョージ・ニューウェルの声で話しかけてくる、何か真っ黒なもの。実体はないが知覚を備えた、身の毛もよだつような闇は、恐怖で彼女の脈を早めるほど、激しい敵意をしみ出させていた。その敵意のある影が、こちらに手を伸ばす。

バージニアは悲鳴を上げ、ぱっと飛びすさった。

いまだかつて走ったことのない速さで、階段に急ぐ。

針金が元の場所に戻されているのに気づいたが、すでに遅かった。彼女はつまずいて、縫いぐるみ人形さながら、階段を転がり落ちた。影はその間に、立ち止まって針金を再びほどいた。

プリシラはしばらくぼんやりしていたが、自室の敷居のところまで行き、開いたままの戸口にたたずんだ。

「バージニアおばさん?」と、暗闇に問いかける。

「プリシラ」

「はい、ジョージおじさん」

「プリシラ、ローラのところにお行き。バージニアおばさんが階段から落ちて、首を折ったと伝えなさい。これからは、ローラの家に住むんだよ」

「はい、ジョージおじさん。一緒に来るの？」

「いいや、行かないよ。そしてもう戻らないだろう。おまえが必要としないかぎりは」

「ねえ、行かないで、ジョージおじさん！」

「荷物を持って、ローラのところに行きなさい、プリシラ」

彼女は素直に部屋の中に戻り、ベッドからセリーヌを取り出した。人形に帽子をかぶせてやり、自分も帽子をかぶる。デッドマンおじいさんの時計が語りかけた。「プリシー、プリシー、プリシー、もう寝なさい、プリシー」それからボーンボーンと、厳かに十回鳴ると、その音は警鐘のごとく屋敷に響き渡った。

部屋を出て階段を下り、バージニアおばの身体を気をつけてよけた。そのぐったりした恐ろしい塊が、いつ何時ぱっと飛び起きて、また自分を叩くかもしれないと思いながら。玄関のドアで振り返り、勇を鼓して暗闇を覗き込んだ。

「さよなら、ジョージおじさん」

返事があったような気がしたが、定かではない。それはたぶん、デッドマンおじいさんの時計が、最後にとがめるように発した、「プリシー」という声にすぎなかったのだろう。

曲がり角のところで、路面電車に乗った。

「お一人ですか、ミス・プリシラ？」車掌が尋ねる。「こんな夜遅くに？」

「はい、そうです」

「逃げ出してきたんですか？」

「違います。他に行くところがあるんです」と、真面目に住所を伝えた。

「なんと、これは街の反対側のずっと先だ！　子供一人で行かせるなんて、おばさんは何を考えてるのやら！」

車掌は怒りを込めて鐘を鳴らし、通りがかりのタクシーを止めた。プリシラと一緒に降りると、タクシーに乗せてやり、運転手にしっかりと道順を教えた。

ローラ・クレイグは真っ青になって、プリシラの話に耳を傾けた。そして聞き終えるやいなや、ただちに電話のところに行った。レケットの屋敷にかける。

プリシラは長い間、呼び出し音を聞いていた。だがもちろん、応答はなかった。だから、ジョージおじさんもいなくなってしまったのだと分かった。屋敷にいた皆と同じように。

Mr. George（1946）

パリントンの淵

フェザーマンの小川の全域でも、パリントンの淵ほど、大きなマスの釣れる淵はなかった。かなり深い淵で、ヤナギやハンノキに囲まれているが――水面には近すぎず、毛針《ドライフライ》を使う釣り人が、竿を振るう余地があった。また上にある滝が絶えず快い音を奏で、水を泡立てていた。マスはよそへは行かず、その淵にしがみついているかのようだった。キャドマン・ホーリー判事とトム・ボイルは、それぞれのやり方で、そこで定期的に釣りをしていた。やがてトムがいなくなったあと、判事は一人で釣っていたが、彼もいなくなってしまった。今ではもう、毛針が水面に載ることはない。マスはまだいるが、夕方に姿を見せるのは、ヨタカとフクロウだけだ。かつてはその時間になると、トムじいさんと判事が、腕前を競い合っていたものだが。

キャドマン・ホーリー判事は頑固者だと、仲の良い人間も悪い人間も、口を揃えて言った。言い換えるなら、彼には感傷的なところが一切なく、法律を厳格に遵守し、しかも自分なりに解釈していたということだ。法律に則《のっと》って生きてきたし、それに則って死ぬつもりだと言っていた。来る年も来る年も、絶対的な公平さで法を執行し、罪の軽重や量刑を決定した。然るべき理由があると見れば、結婚の絆さえも断ち切った。理由が見いだせなければ、皆がどう考えようが、離婚の許可を拒んだ。非行少年たちを矯正施設に送り込む手早さは、感心するほどだった。迅速かつ強硬な懲罰が、将来的には抑止力になるだろうという理論に基づき、どんな軽い犯罪であっても刑に処した。

彼を知る人々の見識に従えば、なるほど頑固者だ。

判事が騒動を引き起こしたのは、ジェド・マーシャル夫妻の離婚を許可せず、そのあと囚人のジェドが出所し、二日後に妻を射殺した時だ。それからジェドは躊躇することなく、速やかに刑務所に戻った。判事が自分への非難を嘲ったのは、グレゴリー家の双子の片方を矯正施設に送り、同様に扱われてもよさそうなもう片方を、自由にしてやった時だ。そしてトム・ボイルから十代の娘を引き離し、彼を役立たずで酒浸りのろくでなしとこき下ろした時は、人々から異なる意見も出た。トムは確かに酒浸りだし、手に負えなくなることもしばしばで、思春期の娘が一緒に暮らすべきでないのは事実だった。だが少なくとも、自分の娘を愛しており、娘も父親を愛していて、身寄りはお互いしかいなかったのだ。またこんな疑問も生じた。けっして不法な手段を用いたわけではないが、判事はこれによって、ちゃちな復讐を遂げようとしたのではないかと。何故ならトム・ボイルには、釣り人として優れた資質があり、勝ち負けにこだわらないが、ホーリー判事は腕自慢も甚だしかったからだ。

しかし娘は引き離され、「立派な人々」のいるホームに収容された。すると朝から晩まで働かされ、然るべき学校教育もろくに受けられなかった。トムのほうは法廷と刑務所を出たり入ったりで、我が身の不幸を嘆いた。そして今度は恨みを晴らすべく、判事を最愛の者から引き離してやると脅したが、脅しても無駄だった。判事は自分しか愛しておらず、それに加えて自らの人生を何よりも愛し、好きなようにしていたのだから。胸板が厚く腹の出た大男で、四角い顎に鋭い目、眉毛はもじゃもじゃという、獰猛だがまんざら薄情そうでもない風貌だった。彼の親切心には、どんな場合でも必ず、緻密な法的解釈が加わってはいたが。

とうとう、ホーリー判事の熱烈な願いが叶った。トムが行方をくらましたため、町一番の有能な釣り人がいなくなり、フェザーマンの小川を独り占めできることになったのだ。この界隈では毛針釣りの技を知っているのも、それを存分に使いたがるのも、自分だけとなったからだ。トムの娘はもちろんのこと、他にも彼の行方を尋ねる者はかなりいた。使い古した帽子が小川のほとりの、パリントンの淵に近い滝の下で発見され――そこは流域で最も深く、明らかに最も広い地点だったせいだ。トムは唯一愛する者から引き離されて悲嘆に暮れ、溺死を選んだというのが、大方の意見だった。だが判事はそれに賛同せず、マスを大いに動揺させるのを恐れて、淵をさらうことを許可しようとしなかった。そして本当にトムが自ら入水したのなら、いずれ浮かび上がるだろうと言い切り、この件には終止符が打たれた。

ところがトムの死体は浮かび上がらず、無事に帰ってくることもなく、帽子は娘の手に渡り、彼の行方は誰にも分からなかった。ホーリー判事は――もしさらなる証拠が必要だと言うなら――彼の不在こそが、甚だしい無責任さの証拠だと指摘した。だが皆は判事が頑固者だと知っていたため、それを事実として受け入れた。反論しても変わりはないだろうから、しても無駄だった。

しかし判事は、一人でフェザーマンの小川で釣りをしても、あまり楽しくなかった。不意に湾曲部からお気に入りの淵に向かってみても、先回りしたトム・ボイルを見つけることはもうない。トムの立派な魚籠《びく》や作り笑いや、無礼な物言いのせいで、判事は怒りに震えたものだ。だがおかげで冒険心を刺激され、挑戦に駆られもした。今となってはもはや、トム・ボイルを打ち負かしたい理由も、衝動もなくなった。彼が背後にたなびかせていた、あの甘い煙草の匂いに出くわすことももうない。その匂いを嗅いだように思うことも何度かあったが、いつも小川にいるのは自分だけで、他に誰の姿も見えなかった。

　判事はシーズン中は毎日、小川で釣りをした。行きはフェザーマンの農場までドライブし、そこに車を置いておく。それは釣りを始めた頃からの習慣で、帰りには愛車の近くできまって、老いたホイットニー・フェザーマンと遭遇した。

「今日の調子はどうだね、判事さん？」と、フェザーマンはいつも尋ねた。

「まあまあだよ、ホイット。でかいやつは、残らずいなくなっちまったらしい」

「パリントンからは、いなくなりゃせんよ」

だが判事はパリントンの淵から、一度も大物を釣り上げたことがなかった。時々は魚が餌に食いつき、時々は釣れるので——滝壺にはまだ、何匹か隠れているのだと分かる程度だ。

ところがフェザーマンじいさんは、どんどん妙な様子になり、パリントンの淵のことで、いつもおかしな質問をした。

「今日は他に釣り人はいたかね？」

「いいや」

「誰かがあっちのほうに向かうのを、見た気がしたんだが」

「誰もいなかったな。一時間やって、まずまずのを二匹釣り上げたよ」

そしてその次の時も、ほぼ同じだった。老人は判事の顔色の半分ほども、釣果には興味がないらしく、車の隣に立って目をすがめていた。

「パリントンには確かに、誰もいなかったかね、判事さん？」

「私しかいなかったよ」

「わしが向こうを通りがかったのは、おまえさんよりそんなに前じゃない。誓ってもいいが、誰かが釣りをしてたんだ。そりゃあ見事に、毛針を投げてたぞ」

「何か釣れたのかい？」

「そこまでは見えなかったが」

「毛針はどの型を使ってた？」

「パーマシェン・ベルっぽかったね」

「ほう！　トム・ボイルと同じ毛針だ。そいつが誰にせよ、私が向こうに着く頃には、いなくなってたんだな。こっちはあんたの牧草地の並びから、釣りはじめたんだから」

フェザーマンの言う釣り人が誰であれ、その男はしばらくの間、ホーリー判事の見張りを巧みにかわしていた。どんなに早く退廷しても、遭遇できなかった。

だがついに、ある夕方遅くに釣っている時、ちらりと姿を目にした。むさ苦しいという以外、これと言って特徴のない男が、パリントンの淵の対岸で釣っていたのだ。一見したところでは、熟練した釣り人でもあった。男は非凡な手腕で竿を振るい、毛針を見事に水面に浮かべたからだ。おかげで判事は、ライバル出現の期待でいっぱいになった。自分の性に合っていたトム・ボイルほど、良きライバルではないかもしれないが、なるほど素人ではない。しかし判事が滝を回り込んで行くと、その釣り仲間はいなくなっていた。次第に濃くなる夕暮れの中、お仲間らしき男が帽子を置き忘れているぞ、と奇妙な錯覚にとらわれた。だがそんなことはあるまいと、遠くの岸にさらに目をこらす。深まりつつある夕闇の悪戯だったのか。

フェザーマンじいさんの話とは相違して、謎の釣り人が好むのは夕刻らしいので、判事はその日以降は、夕刻に小川で釣りをしようと考えた。彼はその釣り人を見かけたと、農場主に打ち明けた。

「どんな身なりだったかね?」フェザーマンは目をすがめて尋ねた。

「茶色の服だったと思う」

フェザーマンはうなずいた。「間違いない。いつも同じ格好だ。妙な奴でね、判事さん。藪の中の鳥みたいに逃げちまう。今そこにいたかと思うと、もういなくなってるんだ。この間の晩――おまえさんが帰ったあとで――そいつはパリントンから、大物を釣り上げたぞ」

「どれくらいの?」

「四ポンドってとこかな。ここ何年かで、いちばんでかいやつさ」

「せいぜい二ポンドだろう」

「おまけに、きまってパリントンにいる。滝の上では一度も見たことがない。ウィルソンの淵でも、下のタロンの淵でもな」

「まあ、パリントンはいつだって、最高の釣り場だからね」

「そいつはそうと気づくのに、あまり時間がかからなかったわけだ。新参者にしては」

新参者でもないことは、否定できない事実だった。

判事は少し遅めに退廷して、四時にパリントンの淵に来て、釣りを始めた。そしてウィルソンの淵まで移動し、さらにスチュアートの曲がり目まで行った。日没までには、行きと同じく、釣りながら戻ってきた。滝の上から例のお仲間を目にするや、黙って立ったまま見守った。その男は見事な手首の返しで、竿を苦もなく前後に動かし、毎回ちょうど良い長さの釣り糸を引き出しては、素晴らしい技で毛針を水面に載せた。顔が全部は見えないのは、古びた帽子に隠れていたからだ。どういうわけか、見覚えがある気がしたが、自分の知り合いではあり得ない。

判事は妬ましくなって、静かに滝のところを回り込み、ヤナギの木々の陰に隠れつつ、斜面を下りて行った。釣り糸がぴしっと水面を打つような音が聞こえた。毛針が載ったと分かる、微かな水はねの音が――けっして聞き飽きることのない音楽さながら――茂みの後ろ側から上がり、毛針が見えた――フェザーマンが言ったとおり、なるほどパーマシェン・ベル型だ――次に釣り糸が見えたので、そのまま目で追うと、竿の先端が見え、さらに目で追うと、何もなかった。そこには誰もいなかった。判事は仰天して、逆に目で追ってみた。竿も釣り糸も毛針もなく、パリントンの淵には、さざ波一つも立ってはおらず――何もないではないか。

悪寒が背筋を駆け上がり、消えた。

彼はたちまち決めつけた。誰かにかつがれていたのだと。あいにくと渡れるところがないため、対岸の茂みの中を追いかけることはできず、滝の音が大きすぎて、足音も聞こえない。

しばらく淵で釣りをして、マスを一匹釣り上げた。その頃には、夜の帳が下りていたので帰った。次の晩に再び試みた。夏にしては涼しく、雨が降りそうな気配だった。同じ手順に従い――最初はパリントンの淵で釣り、それから上流まで行き、下りながら戻ってくる。だが今回は対岸に陣取り、滝の上の土手のハンノキの後ろを、音を立てずに下りた。

案の定、男はそこにいた。その見事な手首の動きときたら！　前に後ろに、前に後ろに、前に後ろに。すると毛針はぴたりと載った。自分が時々釣りをする、小さな土手の下の、あの真っ暗な水面に。そして何かが毛針に向かって浮かんできたが、掛かりはしなかった。今回もパーマシェン・ベル型を使っているのか？　だが薄暗くて見えず、曇り空の下、夕暮れが足早に訪れつつあった。

判事は大胆にも、滝の突端まで行って呼びかけた。「そこの君。今から下りて行くよ。話がしたいんだ」

いつもながらの単刀直入な物言い。言うやいなや、お仲間から目を離さずに下りて行く。相手がその声に首を巡らしもせず、聞こえた素振りすらないことが、判事をひどく戸惑わせた。だがこちらを見ていたのかどうか知らないが、男は突然いなくなった。今そこにいたかと思うと、次の瞬間にはいない――フェザーマンじいさんの言ったとおりだ。

しかし今回、ホーリー判事には心構えがあった。男が行ったであろう道はただ一つ――茂みの外れをまっすぐ抜けて、その向こうの牧草地に戻り、フェザーマンの牧場の端を横切って、道路に出る方法しかない。判事は猛然と茂みを抜け、牧草地に飛び込んだ。お仲間が向かったに違いない方角を、しかと見つめながら。

そこには誰もおらず、何もなかった。

判事は怒りに駆られつつ、フェザーマンの牧場に直行して尋ねた。

「あいつを見かけやしなかったか？」

「茶色の服の男かい？」

「ああ」

「ちらりとも見とらんよ。パリントンの淵以外では、一度も見たことがないんだ」

「くそう！　あいつは私より先に通ったんだぞ」

「見なかったね。わしもずっと、ここに立ってたんだ。おまえさんが来るだろうと思って」

判事は困惑したが、次の晩に釣り仲間を待ち伏せしようと決めた。

ところが翌日は厄介な日で、裁判は長引いた。面倒な案件がいくつかあり、さらに今では成人になった、トム・ボイルじいさんの娘のジェニーが来て、いなくなってちょうど一年たつ父親のために、なんらかの調査が行われるべきだと要求したのだ。判事は娘をはぐらかそうと手こずり、激しい言い合いになった。娘が涙を流したり、判事が辛辣な意見を述べたりもした。彼は滝の下の淵に行きたくて仕方がなかったが、あれこれ邪魔が入ったわけだ。

だがようやく、日も暮れかけた頃、そこに到着できた。

誰もいなかった。判事は釣り竿を組み立て、ロイヤルコーチマン型の毛針を付け、運試しをした。静かで美しい夕方だった。風はそよとも吹いておらず、空には一片の雲もない。鳥たちの晩禱《ばんとう》の声が至るところから聞こえ、滝の立てる心地良い水音と混ざり合っている。コマドリにナゲキバト、モリツグミ、フタオビチドリ——そして一羽しかいないヨタカさえもが、鳴き声を上げていた。低地には野生のショウガが生え、淵の周囲には頭を垂れるキキョウの花々。暗い水面はそこかしこで空の表情を映し、滝から流れ落ちる水によって、微かなさざ波が生じた箇所には、木々が映り込んでいる。濃くなりつつある夕闇の中で、あぶくがぼんやりと白く光っていた。

判事は毛針を取り外し、パーマシェン・ベル型に替えた。

それを土手の真下の、真っ暗な水面に載せる——自分にとっても、たくさんのマスにとってもお気に入りの場所に。釣り糸が前に後ろにと、さっと空を切りながら、微かに歌うように鳴り、周囲の水が毛針に当たっては離れるひそやかな音が、滝の音を背景に遠くで上がった。

彼は時折、辺りを見回してみたが、誰の姿も見えなかった。

土手のもっと高いところに移動し、再び試した。

今度は魚が浮き上がってきた——消えかかる光の中で見るかぎり、とてつもなくでかい、巨大なマスだ！　細長く白いものが跳ね、水面から飛び上がり、毛針とともに姿を消す。釣り糸が跳ね出して、沈んだ。ホーリー判事は興奮にうずうずしつつ、緩んだ感触があるまで、糸をさらに繰り出した。次にリールを巻いて引き寄せはじめる。最初は慎重に、それから次第に自信を募らせながら。マスは水底まで行ってしまい、今や真っ暗な穴の中、偽りの平安の中で横たわっていた。やがて張りつつある釣り糸と、口を引っぱられる力によって、どれほど危険な状況かを知らされるまでは。

糸がぴんと張った。ホーリー判事はリールを固定して、じりじりと後ろに下がった。だが糸も同じようにじりじりと、力強く引っぱり返してくる。竿を握り直すと、危うく手放しそうになった。帽子が落ちたが、気にもかけなかった。竿がしなり続ける。彼は再び糸を緩めようと手を伸ばし、足場を失って、淵の真っ暗な水面に突っ込んだ。

するとたちまち、水面の毛針を目がけるかのように、水を割って上に飛び出したのは、一つではなく二つで——細長く白いものだ——それがこちらに襲いかかってきた。水が噴き上がり、彼は激しくじたばたして、土手を水浸しにしながら沈んで行った。

真っ暗な自らの領土を侵した水音に驚き、ヨタカがまた一声、自信なさげに鳴くと、それきり静かになった。


とうに九時を回ったのに、判事の車がまだ自分の庭にあったため、ホイットニー・フェザーマンはついに、彼を捜しに出かけた。歩みに合わせて上下に揺れるカンテラで、足元を照らしながら。小川への道を行き来しつつ、何度か呼びかけてみた。

返事はない。

ようやく判事の帽子を見つけると、何か起きたのかもしれないと不安になり、大股に家に引き返して、町に電話をかけた。

それから男たちが、もっとたくさんのカンテラと、網を積んだボートを一、二艘運んできた。今回は何をすべきか、疑問の余地はなかった。マスがいようがいまいが、パリントンの淵をさらわねばならないので、大きな鉤がいくつも水底まで下ろされた。
一行はカンテラに照らされた暗闇の中で、淵をさらった。真夜中までに引き上げたのは釣り竿と――その糸が絡んだ、ホーリー判事の死体だった。そして彼の喉や胸には、水浸しであちこち破れた、茶色い上着に包まれたままの骨が、しっかり絡みついていたのだ。見たところでは、上着はトム・ボイルの古い釣り用ジャケットらしく――ベルトはまだかなり保存状態が良く、片側に毛針の残骸がずらりと並び、いくつかは鉤やすさながら、ホーリー判事の身体に突き刺さっていた。ゆうに一ダースはある毛針は、パーマシェン・ベル型――一年以上も前に、トムが自ら作ったものだった。

Parrington's Pool（1947）

プラハから来た紳士

サイモン・デクルー氏は、ドアの錠を開けると、自宅に入った。ああ、それにしても、雨の戸外から室内に入るのは良いものだ！　ましてや、大陸横断の長旅で疲れたあと、我が家に戻ったのだから。英仏海峡も非常に荒れていた。明かりをつけて外套を脱ぐと、デクルーは鞄の一つを廊下の壁にもたせかけ、もう一つを持って書斎に入った。すぐに電話のところに行く。遅い時間だったが、相手が出るまで、あまり待たされなかった。

「エイベル？　サイモンだ」

「やあ、いつ戻ったんだい？」

「たった今さ。見せたいものがある。プラハに行ってたんだよ」

「まさか——セプティマス・ハロスのところじゃなかろうね！」

「ちょっと来られるか？　たぶん、君が興味を持ちそうなものだぞ、エイベル」

「すぐに着けるだろう。霧に巻かれなければ」

「勝手に入ってくれ。ドアの鍵は開けておくから」

デクルーは洗面所に行き、鏡に映る自分の姿を眺めた。少し疲れて見える。少し神経質な感じかもしれない。あの訳の分からない気分に襲われたのは、帰りの船に乗り込む直前と、ドーバーから再び、臨港列車に乗る直前のことだった。奇妙な話だ！　今でさえ、思わず肩越しに後ろを見たほどだ。髭剃りはその日の朝に済ませたので、また剃る必要はなかった。

洗面所から出て、ラジオをつける。BBCのニュースをやっていたので、立ったまましばし耳を傾けた。「今日、ミュンヘン協定の失敗を予測したのは、他でもないデヴィッド・ロイドジョージ元首相でした。ロイドジョージ氏は、この協定は一時的な猶予にすぎないと指摘。しかし英国の再武装により、実際に戦争が勃発するまでの、ある程度の抑止が期待できるだろうと……」別の局にダイヤルを回すと、交響楽団のコンサートが再放送されていた。流れてきたブラームスの曲をハミングしつつ、廊下に戻り、そこに置いた鞄を取り上げる。そして自分の部屋に行こうとした時、明かりがぱっとついて、使用人が二階から顔を出した。主人の帰宅で、目を覚ましてしまったのだ。

「お帰りなさいませ、ご主人様。お荷物をお預かりします」

デクルーは鞄を手渡しながら、起こしてしまったことを詫びた。「何もなかったかい、マクソン？」

「問題ありません。エイベル・スピアーズ様から、何度かお電話をいただきました」

「これから訪ねてくるんだ」

「着替えてお迎えしましょうか？」

「いや、結構――ベッドに戻ってくれたまえ」

「ありがとうございます。良いご休暇をお過ごしでしたか?」

「実に満足だよ、マクソン。まったくもってね」

あれは満足のいく休暇でもあったのだ。デクルーは書斎に戻り、テーブルの上の小さな鞄を開けようとした。いや、まだだめだ。スピアーズが来るまで、待つとしよう。腰を下ろして、その日のタイムズ紙を広げ、いつもどおりに投書欄までページをめくった。それはおそらく、他のいかなる情報源にも増して正確に、陰鬱なる同郷人が何に興味を持っているかを教えてくれる。

エイベル・スピアーズ氏は、ほんの三十分でやって来た。地下鉄や乗合馬車を頼らず、自ら車を運転してきたのだ。ちょっと霧が出てきた、と彼は言った。まだいくらか雨も降っているが、とんでもない晩だ、と。

太った陽気な男で、健康そのものだ。

「本当に手に入れたのかい、サイモン?」

デクルーはテーブルの上の小さな鞄を叩き、微笑を浮かべた。

「一体どうやって?」

「うん、とても簡単だったよ、実際は」デクルーは謙遜して答えた。「こんなふうに考えたのさ。忌々しいドイツ人どもがどのみち、プラハにあるものを街ごとすべて、じきに手に入れてしまう。だったら、私がちょっと試してみてはいけない理由はないと——まあ、なんと呼ぼうか——略奪ってやつかな?」

「墓泥棒だよ、ぶしつけに言えば」

デクルーは不快そうに顔をしかめた。「ぶしつけなのも一理あるがね、エイベル、控えてくれたまえ。私は略奪品の分け前をもらおうと決めた、と言っておこう。それはチェンバレンが例のミュンヘン協定に署名しようと決心した時、我々に請け合って然るべきものだったんだから」

「じゃあ、ハロスの墓に行ったわけか？」

「そんなに急かすなよ、エイベル」

彼は鞄を開けながら語った。「いずれにしろ、あれは墓じゃなかった——あの古い教会にあったのは、単なる石棺みたいな代物だ。重い蓋を別にすれば、さして厄介な問題はなし。例のものはまさしくそこに、灰と骨に埋もれてたんだ。私はただ中に手を入れて、取り出しただけさ。正真正銘、十二世紀のものだと思う。ラテン語の碑文と、かなり重い金の鎖付きだ」

重い髭剃り道具箱を開けて、カミソリを放り出し、硬い裏地を押し上げる。すると現れたのは、驚くほど大きな空間で、今は金の鎖で埋まっていた。その鎖を引き出すと、先端に付いた、宝石をあしらった小さな金の四角いものとともに、テーブルの明かりの下に置く。

「なんと、サイモン！」

「興味深いだろ？」

「ラテン語の碑文は、はっきり読めそうだ。何が書いてある？」

デクルーはその成形された飾り板を、スピアーズのほうにくるりと向けた。「自分で読んでくれ。私のラテン語は少々さびついてるんでね」

「『我が物は、我に属する』か。ほう！」

「奇妙じゃないか？」

太った男の顔が少し青ざめる。「気に入るかどうかと聞かれたら、定かじゃないな」

デクルーは笑い声を上げた。「おい君、私は無事に逃れたんだぞ。誰も何も疑わなかったよ。こっちは教会に一人きりだったのさ。封印の文字がよく読めるようにと、神父に明かりを取りに行ってもらってる間は……」

「封印ってどんな？」

デクルーが肩をすくめる。「神父が戻ってきて、文字を読んでくれたんだが、私はあまり注意を払わなかったように思う。すでにお目当てのものを手に入れてたからね。すぐさま立ち去らなかった理由は単に、自分の訪問について、神父に怪しませずにおくためだったんだ。おきまりの呪文か何かだよ——ああいう古い宗教の中には、呪文の宝庫を持つものもかなり多いらしい。かくして私は出て行き、どこか怪しいとは誰も気づかず、まさにツキが味方をしてくれたのさ。その品物を隠し持ってても、税関の役人たちは一人も疑わなかった。だからここにあるってわけだ」

スピアーズは慎重に裏返して調べた。「フランツ・ヴェルダは一体なんで、これを欲しがるんだろう？」

「好奇心をそそる品なのさ、エイベル。奇妙ないわく付きだから」

「だが、あいつが提示した値段は……」

「実に満足のいくものだろ？」

「この品にそんな価値はないぞ」

「ヴェルダにとってはあるんだ」デクルーは肩をすくめた。「手に入れるだけの理由があるのさ、エイベル。あいつはこの代物について、本で読んだんだ。それじゃあと、私はその本を手に入れてみた。月並みな内容だ――その品が所有者にとって、霊的な力を持つのだということが繰り返し、まさにちんぷんかんぷんの言葉で書いてあった。私が顧客と口論するなんて思わないでくれ。我々がここにいるのは、品物を届けるためだ。金を支払ってもらう品の、あら探しをするためじゃない。値段が充分じゃないなら、話は違うが」

スピアーズが肩をすくめる。「それは今回、問題じゃないな」

「届けてくれるかい?」

「朝のうちにここに寄ってから、届けることにしよう。君が届けたいなら別だがね。やっこさんは今、サセックスにいるんだ」

「それまで預かっておこう」

「ともあれ、この男は何者だったんだ?」

「セプティマス・ハロスか? うん、司祭か何かだよ。七番目の息子の七番目の息子で、魔力を持つと言われてた。当時の人々は、迷信をかなり信じてたんだ。現在でさえ、我々がその多くから自由になったのが不思議なくらいさ。ヴェルダは本の内容をほとんど信じるような、奇妙な連中の一人にすぎない。ただし、あいつには金がある」

スピアーズがデカンターを求めて、きょろきょろした。デクルーは酒が欲しいのだと察し、取りに出て行った。するとスピアーズは再び、宝石をあしらった飾り板を眺めた。首に掛けるには重い代物だ。聖職者の装飾品のような作りであることは、明らかだったが。スピアーズは突然、肩越しに振り向きたい衝動に駆られた。説明はできないが、そうせずにはいられないほどだった。そこにデクルーが、ウイスキーのソーダ割りを手に戻ってきた。

彼は笑った。「今度は君にうつったな、エイベル。心がやましくなったんだろう——私はプラハを離れてからずっと、気づけば同じことをしてたよ」

スピアーズは彼にも心があるのかと思い、聞こえよがしに笑い声を上げた。

「いいスコッチだな、サイモン」

「一級品さ。こいつが買えるなら——墓荒らしだって辞さないね」

「しかし、あの代物に刻みつけるには、おかしな文句だな。『我が物は、我に属する』とは」

「むしろ、素朴な文句じゃないか？」

「どうかなあ。人を煙に巻くようなものかもしれない」

「はるか昔には、単に話すだけでも、困難な時代があったんだぞ——ましてや、煙に巻くなんて。霧で冷えきったんだろう、エイベル」

二人でもう少し話してから、エイベル・スピアーズは去った。

デクルーはプラハから持ち帰った宝物を、書斎のテーブルの引き出しにしまい、二階の自室のベッドに入った。

ほぼ同じ頃、一人の紳士がセントジョンズウッドの近くで、地下鉄を降りた。信じられないほど古めかしい型の、丈の長いアルスター外套に、奇妙な三角帽というでたち。スカーフを巻いて顔のほとんどを隠し、目は四角い黒眼鏡の下に隠れている。雨を気にするふうもなく、縁石の上に立ち、タクシーは来ないかと見回していた。

「妙なもんだな」そう言ったのは、先ほどまで紳士と同じ客車にいた男だ。「あいつめ、押し入れにずっとあった物みたいな臭いがしたぞ」

「石鹸が必要だな、やっこさんには」もう一人の男が言う。「石鹸と水だ。それもたっぷりとね」

雨粒がとりとめもなく落ち、紳士の帽子から滴り、手にした杖を伝う。にもかかわらず、じっと立っているうちに、やっとタクシーが来た。杖を挙げると車が止まり、彼は乗り込んだ。

「どちらまででしょう?」

じれったいほどの間があってから、客が住所を告げた。運転手はもう一度言ってくれるよう、頼まねばならなかった。その老人は明らかに、外国語の訛りがあり、はっきり発音するのが難しいらしい。運転手はようやく聞き取ると、首を振った。

「ああ、あの方ならお留守ですぜ、旦那。うちのかみさんの従兄弟が、あちらで働いてましてね。あの方は大陸にいるんです、休暇で」

「行ってくれ」客は言った。

「そうおっしゃるんなら、旦那、お連れしますよ。だが無駄足でしょうな――その方が今夜、お帰りなら別ですが。この二、三日、マクソンには会ってないもので。忌々しい晩ですなあ」

返事はない。

「雨から濃霧に変わりつつあるって、ＢＢＣじゃ言ってます。濃霧が来るってね」

返事はない。

まったく無愛想な客だ、と運転手は思った。気をつけてゆっくりと運転する。危険を冒しても意味はない。いずれにせよ、大した距離ではないのだ。遠回りしてやろうかと考えたが、その客にはズルを思いとどまらせるような雰囲気があった。

ほどなく相手の体臭が鼻につき、運転手はサイドウインドーを少し開けた。雨降りにもかかわらず。いかにもロンドンらしい雨の臭い。だがその客は、どこか遠いところの臭いがする。おのぼりさんか、と運転手は思った。きっと人生で初めて、大都会にやって来たじいさんだろう。

「ロンドンには以前にも?」

返事はない。

運転手は腹が立ってきた。「ねえ、お客さん――ロンドンには以前にもいらしたんですか?」

「ああ」

「随分と前に?」

「さほどではない」

「ヴィクトリア女王の時代かなあ」運転手がつぶやく。

「さほどではない」客はその奇妙な、しわがれ声で繰り返した。「四世紀前だ」

四世紀だとさ、と運転手は心の中で思った。四世紀！　それじゃあ、四百年前ってことだぞ！

いかれた奴だ。きっと、酒でも飲んでたんだろう。

タクシーはセントジョンズウッドにある屋敷の前まで来た。

「着きましたぜ、お客さん」

客が金を払った。おぼろな明かりの中だが、その距離にしては結構な額に思えた。どうやら、しみったれではないらしい。運転手は帽子に手を触れて、あいさつした。だが客が前を通り過ぎた瞬間、鼻をつまみたくなった。何か地面から立ち上るような臭いがしたのだ。そう、まさにそんな臭いだった。不潔な臭いだ。だから言わんこっちゃない、と運転手は席に座り直しながら、独り言を言った。こんな雨降りの晩に、ロンドンの街路で出くわすものなんざ、分からなすぎて金も賭けられやしない。

アルスター外套を着た男は、歩道に突っ立ち、訪問の目的地である、真っ暗で大きな屋敷をじっと見つめていた。

運転手は再びエンジンをかけながら、窓から身を乗り出して、大声で呼びかけた。「お留守なんですよ、申し上げたとおりに」それから車で走り去った。

アルスター外套の男は、しばし一人きりになった。だが、長い時間ではない。

巡回中の警官がほどなく、彼と遭遇したのだ。

「迷われました?」と、尋ねる。

男は黒眼鏡越しに警官を見た。

「もしもし――道が分からなくなったんですか?」

「サイモン・デクルー氏の家へ」アルスター外套の男が言う。

「まさにここです。お分かりですね。デクルーさんがお待ちで？」

返事はない。

無礼な奴め、と警官は思った。「歩道はあそこです」懐中電灯でぱっと照らすと、変なものが浮かび上がった――白くあるべきはずのないところに、何か白いものが見えた――黒眼鏡とスカーフの間の部分に。警官はさすがにぎょっとしたが、男が背を向けるや、幻覚だと片付けた。雨と霧のせいで、妙な見間違いをしたのだと。

アルスター外套の男は歩道を進み、階段を上って、呼び鈴を鳴らした。

二階ではマクソンがまだ、再び寝つけてはいなかった。身じろぎして目を覚まし、横になったまま耳を澄ます。呼び鈴がまた鳴った。うんざりしながら起き上がり、部屋着をはおってスリッパをはき、階下に行く。

マクソンはドアを開けた。

「デクルー氏は？」

「申し訳ありませんが、休んでおります。長旅から帰ったばかりでして」

「会いたいのだ」

「申し訳ありませんが、起こすことはできません」

「起こしたまえ」

玄関前の階段の上に立つ紳士には、ぞっとさせるような雰囲気があった。マクソンが廊下に後じさると、訪問者は足を踏み入れた。

「起こしたまえ」と、もう一度言いながら、杖をしっかり床に据える。

「どちら様でしょうか?」マクソンは尋ねた。突然、なんだか分からない圧倒的な恐怖に襲われたのだ。正体不明の恐怖だからこそ、いっそうの恐ろしさだった。

「プラハから会いに来たと伝えてくれ」

マクソンはドアを閉め、急いで階段を上がった。主人の部屋のドアをノックする。真下の廊下にいる男の耳に、二階でのやり取りが届き、ほどなく部屋のドアの開く音がした。さらに言葉が聞こえてくる。

それからデクルーが、怒りで顔をしかめつつ、階段を下りてきた。

「一体何ごとだ?」と、詰問する。

「私だよ」訪問者が言う。

「こんな天気だし、しかもこんな夜遅くに」デクルーは不平を言った。

「それは予期しておくべきだったな」

「名前も知らないんだが?」

「伝えてはいない」

二人は顔を付き合わせて立っていた。やがてアルスター外套の男が、杖を左手に移し、右手を差し出した。

「私の物を取りに来た」

デクルーは差し出された、だぶだぶの黒い手袋をはめた手を眺めた。すると手袋の縁と、アルスター外套の袖口の間に、ちらりと何かが見えた。と同時に、納骨堂のような、すさまじい悪臭に気づいた。手袋とアルスター外套の間に見えたのは、骨だけだったのだ。

彼はあえいで目を上げた。

アルスター外套の男は頭を揺すり、スカーフを少し下げていた。顔を——いや、顔に残った部分をすっかり見せてやれるように。

デクルーは気を失った。


階下の静寂に耐えかねて、マクソンはためらいがちに下りて行った。主人はすでにベッドに戻ったのかもしれない、と考えながら。だが明かりはまだついており、消し忘れるのは主人らしくなかった。

デクルーは書斎に横たわっていた。死んでいたのだ。引き出しがこじ開けられていた。

哀れなマクソン！　なんたる目に遭ったことか。ロンドン警視庁の警部は、震えが止まらなくなるほどの尋問を行った。だがデクルーの不可解な死には、誰にも説明できない特徴があった。人差し指の先端部の骨のかけらが、絞殺された彼の首に突き刺さっていたなどということが、どうしたらあり得えようか？　その首に残った痕跡からすると、両手で絞められたのは確かだが、それは実に変わった手に違いなかった——まったく柔らかみがなく、硬い——骨のように硬い手だ。

ロンドン警視庁は、屋敷から一街区離れたところで、アルスター外套の紳士の足取りをつかんだ。だが地下鉄の駅で見失い、二度と見つからなかった。後ほどドーバーから通報があり、ついにはベルギーのオステンドで、別件に従事する者が、ベルリンの列車の乗客におきまりの質問を行ったという。ロンドン警視庁が捜している、アルスター外套の紳士に似ていたからだ。もしドイツのスパイだとすれば、残念ながら逮捕できない、との話だった。

まさにその夜遅く、デクルーの訃報がラジオで流れるかなり前のこと。マクソンの従姉妹の夫は、マクソンの苦境などつゆ知らず、自分のポケットを空にして、一日分の稼ぎをまとめていた。彼はその中に、これまでに一度も目にしたことのない、非常に珍しい硬貨を見つけた。すると古銭蒐集家の舅《しゅうと》が、ひどく熱心に飛びついたのだ。

「どこで手に入れたのか、分からないんですよ」彼は言った。「ひょっとしたら、セントジョンズウッドまで乗せて行った、あの臭いじじいさんが寄こしたやつかもなあ。何か値打ちでも？」

「値打ちだと！　おい、大金だぞ！　ルーン文字の刻まれた石と同じくらい珍しい。こいつはボヘミアの十二世紀の硬貨さ！」

A Gentleman from Prague（1944）

B十七号鉄橋の男

さあて、最初からもう一度、繰り返すとしましょう。

それはこんな具合に起きたんです。俺はハンガーフォードに向かって、十二号列車を運転しているところでした。レックスフォードの踏切から、全速力で進むんですが——距離にして三〇マイルほどね——B十七号鉄橋に差し掛かる時は、カーブのせいで、ちょっと速度を落とさなきゃならない。あの鉄橋はカーブの上にあり、下は小さな峡谷になっていて、深くて流れの速い川があるから。その晩……。

いいや、それが起きたのは、その晩じゃありません。何故この話をしているのかと言うと、事はその晩よりも前に始まったからです——かなり前に。これは冬の初めのある晩のこと——おそらく、三カ月くらい前でしょう。十一月下旬で、雪が降っていて。そう、初雪の晩だ。分かりました——じゃあ、十八日です。日付ははっきりしませんが、初雪の降ったのが十八日だとおっしゃるなら、その晩でしょう。

ええと、俺がその晩、B十七号鉄橋のほうへ列車を走らせていると、その男がそこに立っているのが見えた。バート・ヒンチだなと思いましたよ。バートのぼろ家は鉄橋のこちら側にあって、夜のそれくらいの時間になるといつも、ハンガーフォードを出て、橋を歩いていたんでね。ところが、そいつはバートじゃなかった。やせ形で、バートほど体格が良くなく、そこの鉄橋の上に突っ立っていた――真ん中辺りに。こっちは止まれないし、相手が一体どうやって逃げるつもりなのかも分からずに、俺は汽笛を激しく鳴らしました。ヘッドライトが男の姿をとらえると、俺は汽笛を激しく鳴らしました。だがどうにか、そいつは逃げた。物にぶつかることもなく、えらく滑らかに進んだ。それから向こう端に、誓ってもいいが、女の姿が見えたんですよ。女はただそこに立って、待っていた――たぶん、B十七号鉄橋の上にいた、あの男をでしょうな。

まあ、それが始まりというわけです。

そのあと、再びその男を目撃しました。かなり頻繁にね。俺はある晩、町に向かって、特にゆっくりと列車を運転していたんです――ああ、あれはクリスマスの頃で、積雪がかなりあって、真っ白な雪が風で鉄橋に吹きつけられていた。だからあのカーブは、ゆっくり曲がったほうがいいと思ったんです。こつが要る場所だから。するとそこに、またそいつがいたんだが、今度は鉄橋のもっと端に近かった。なので運転室から身を乗り出して、こう叫んだんです。

「足が速いんだな?」と。

男がこっちを見た。微笑んでいたようでしたよ。

いいや、確かじゃありません。吹雪いていたし、男が立っていたのは、線路の脇の土手――橋から二フィートもない場所だ。それでキャロルに――奴がその晩、一緒に機関室にいたので――こう言ったんです。「あの男は厄介ごとを探してる。もしあのまま進めば、見つかるだろうさ。

真正面にな」って。

キャロルに聞けば、話してくれますよ。「ありゃ誰だ？」と奴が言うので、「知るもんか！」と答えてやりました。

まさしく次の晩、またその男を目撃したんです。キャロルと俺のどっちも。今度はやっこさん、鉄橋のど真ん中にいて、神様に誓ってもいいが、俺は衝突するだろうと思ってね。「あいつにぶつかるぞ！」と言って、汽笛をめいっぱい鳴らしたよ。あっちは鉄橋の真ん中で、降りしきる雪に包まれていた。列車がぶつかる寸前まで、姿が見えなかったんです。

少なくとも俺は、ぶつかったと思ったわけでして。

列車は鉄橋を渡りきってから、速度を落としはじめた。いいや、何も感じなかったな。まあ、その間はほとんど。どうすべきか分からずにいて、それからふと、列車を止めても大して意味はない、と思ったんです。雪があまりにも激しくて、どっちみち何も見えやしない。もし男が鉄橋から跳ね飛ばされたとすれば、はるか下の小渓谷のどこぞに落ちただろう。どこだか分からないが、川を押し流されて行ったかもしれない。停車したって無駄だから、ハンガーフォードで警察に通報すればいいさって。

いいや、通報はしませんでした。何故かと言うと、ハンガーフォードで停車した時、車掌のミスター・ケニヨンも、最後尾の客室から出てきたからです。「B十七号鉄橋で、あの男を見たかい？」と、車掌は尋ねました。列車を止めることはできなかった、と説明しはじめてから、俺はおかしいなと思ったんです。車掌はどうやって、あの男を目にしたんだろうとね。ああ、見たよと答えて、そうこうするうちに、車掌が男を目にしたのは、列車が鉄橋を通過したあとだと分かりました。女の姿も見えたそうですよ。女はその晩は、反対側にいたらしい。キャロルの側だが、奴はそっちを見ていなかった。男がどんなふうに移動したのかは分かりません。足が速いなんて言葉じゃ、ほとんど説明がつかない。あの橋は幅が狭いんです——大半の橋よりも。列車が通る間、せいぜい側面にぶら下がっていることくらいしかできないし、その晩にどうやって、そんな芸当ができたのかは謎です。あの雪やら、橋の下側に付いた氷やらで、手を滑らせて、そのまま落ちて当然だ。だがミスター・ケニヨンが男を見たのは、鉄橋のまさにど真ん中だという。つまりそいつは、どこかに消えてから、ただちに橋の上に舞い戻ったことになる。

「そいつは何をしてた？」と、俺は尋ねたんです。

「誰かを待ってるみたいだったな」と、ミスター・ケニヨンは答えましたよ。

それはまあ、こっちがはなから考えていたとおり。相手はきっと、あの女でしょう。ところが女のほうも、誰かを待っているようだったとか。だとすると、話がよく分からない。つじつまが合わないわけです。そのあと、再びその男を目にした時は、さほど不安にはならなかった。

そう、再び目にしたんですよ。一週間くらいあとでしたね。男は鉄橋を歩いていた。ただ歩いていたんです。橋の標識の真後ろから、ひょいと現れたように見えた。当然ながら、橋にはすべて番号が付いていて、ハンガーフォードに着く前の最後の橋が——そのB十七号鉄橋です。そいつは現れると、町のほうへ歩きだした。俺に分別が足りなければ、橋の壁を伝って、小渓谷からよじ登ってきた、と断言したでしょうな。

いいや、そんなことができたはずはない。橋の側面の壁は、ほぼまっすぐ二十フィートほど下まで伸び、そこから下は岩場になっているから、よじ登れやしません。生身の人間があんな晩に、よじ登れるわけがない。雪と氷に閉ざされた冬の晩に。小渓谷のそちら側はガラスさながらにツルツルで、よじ登る方法があったとは思えません。だが申し上げたとおり、男はそこにいたんです。俺はキャロルに、「あいつがまた現れたぞ」と言いましたよ。

「あんちくしょうめ！　こんな晩にゃ、おんぼろ十二号にひかれちまうぜ」

これがまさしくキャロルの言葉です。その点に関しては、議論の余地はなかった。俺はあの時、列車が男にぶつかるのは、時間の問題にすぎないと思いましたね。どれほど身をかわすのが得意な奴だろうと関係ない。こっちは長年にわたって、そんなゲームに挑んだ挙げ句、ひかれる連中を見てきたんです。あそこを全速力で進んでくる列車は、まともな頭の持ち主なら、受けて立とうと思うような代物じゃありません。ああいう蒸気機関車に乗っていると、自分が彼女をせき立てていることが、両手と全身の感覚で分かる。おまけに十二号は馬じゃないし、てくてく歩いているわけでもない。あれは頼りになる婆さんで、本物の大機関車だから——挑みつづけてくる野郎がお気に召さず、遅かれ早かれ、ひいちまうだろうってことが、感覚で分かるんですよ。

で、あの晩も同様でした。その男が鉄橋の上にいるなと思ったら、次にはどういうわけか、反対側にいたんです。やっこさん、えらい速さで走ったに違いない。俺は窓を開けて身を乗り出し、こう叫びました。

「標識が見えないのか？」とね。B十七号鉄橋の両端には、立ち入り禁止云々と書いてあるんだから、気をつけて当然だという意味です。男は風の音でも聞いたかのように、俺の声にはまったく注意を払わなかった。だがその時、顔が見えたんです。若造で、バートには似ても似つかない。ふさ付きの帽子に、マッキノーコートといういでたち。金髪っぽい——明るい髪色でした。体重はせいぜい、百七十五ポンドくらいでしょう。ようし、警察に知らせてやる、とこっちは思いました。

　知らせてやりましたとも。列車がエルロイに着くのを待って、男の顔かたちを鉄道警察に伝えると、警官が出動しました——晴れた晩で、月が顔を出していて、寒くはなかったから、すぐさまね。十二号はハンガーフォードからエルロイまで走る、夜行列車なんです。警官はその晩と次の晩と、その次の晩も出動した。例の男は毎晩、鉄橋の上にいましたよ。ところが警官は、男をちらりとすら見なかったという。女の姿も。女はその三晩のうち、少なくとも二晩はそこにいたんです。それは一度はキャロルが見て、次に俺が見たからで、あと一度はおそらく、二人で見逃しただけかもしれません。女はたぶん、残りの一晩も同じように、ちゃんとそこにいたんでしょう。なので警官は諦め、議論しようとはしなかった。「俺がかのケーシー・ジョーンズ（列車の衝突事故で殉職した、実在の機関士）さ」と、言ってやったんです。「キャロルは老カウボーイで、かの切符泥棒がミスター・ケニヨンだ——そんな俺たち三人が、その男を目撃したんだぞ」と。だが、風に向かって話したほうがましだったでしょうな。だから警視に報告書を出して、そのままにしたわけです。

　俺たちはその男と女を目撃しつづけた。ある時は頻繁に、ある時は一週間くらい間が空くこともあり。冬の間中、そんな調子でした。ずっとそんな調子で来て、今月初旬のあの晩、三月の第一週目に、ある出来事が起きた——それ以来、何も見ちゃいません。何一つね。

ええと、前にお話ししたとおり、列車はあの晩、B十七号鉄橋をしゃかりきに進んでいたんです。激しく吹きつける雪で、辺りは煙幕を張ったようだった。キャロルが最初に男を見かけて——「あいつめ、また現れた！」と叫んだ。俺が目をやると、案の定——あいつがいて、しかも鉄橋の真ん中で、ひざまずいているじゃありませんか。ひざまずいてね——そうですとも！　なんせど真ん中だから、奴がひかれることは分かっていました。婆さん列車にひかれて、小渓谷へと跳ね飛ばされちまうだろうって。目を閉じたかったが、できなかった。閉じられなくて、幸いだったのかもしれません。

「三人いるぞ！」と、キャロルは叫びました。

すると、はたして三人いたんです。ふさ付きの帽子をかぶり、マッキノーコートを着た例の男がこちらの端に、女は向こう端に。ヘッドライトが三人とも、はっきりと照らし出したんです。マッキノーコートの男は、ブレーキでもかけられて、橋のほうからやって来る人間を阻止しているようでした。そして女のほうは、向こう端にいる。その表情は——まあ、「意地の悪い」とまでは言わないが、ひどく「残忍」で——男のほうは「恐ろしい」顔つきで、激しい怒りをどうにか抑えているが、今にも人を殺さんばかり。真ん中にいたのは——そいつは——ええと、俺たちはぶつかる前に目にして、奴だと分かったんです。バート・ヒンチですよ。

列車はバートにぶつかった。それに関しては、もう何も言うことはありません。奴はそこにいて、列車は止まることができなかった。一体全体なんのために、鉄橋の真ん中でひざまずき、お祈りでもしていたのかなんだか、誰にも分かりゃしないでしょう。あれは俺たちの責任じゃありません。バートを救うためだけに、十二号を脱線させることはできなかった。だからぶつかったんです。婆さん列車が奴を小峡谷へと跳ね飛ばした時、俺はそう感じたし、やっちまったなと知って、危うく吐き気を催すところでした。

列車はハンガーフォードで止まった。そこまでは二マイルか、もう少し先だったかもしれない。列車が奴にぶつかった場所は、お分かりでしょう。俺たちにできるのは、通報することだけでした。そして夜明けになったら、警察に出動してもらい、できる限り捜索してもらうこと……。

もちろん、バート・ヒンチとは、たびたび話をしましたとも。

いいや、誰かがB十七号鉄橋の上で、奴を待っているなんて、一度も聞いたことがありません。奴が町でほろ酔い気分になって、何を話したかは知らないが。夜間に徒歩で帰宅するのが嫌だとは、一度も言ってなかったしね。そのせいで暗くなったあとは、あまり外出しなかったのかもしれないが、俺としては——分かりっこないでしょう。

いいや、トッド・ベニングのことは知りません。知っているのは、ロイス・マローンと結婚するはずだったが、その前にどこかに逃げたこと。それが原因で、彼女は死んでしまったか、もしくは自殺した、というような話だけです。バートがベニングに金を借りていて、向こうがそれを取り戻すべく出かけ、二度と戻ってこなかったとは、聞いたことがない。噂なんて安っぽいもんです。

あの晩、鉄橋の上は、どんな様子だったかって？　そうさなあ、俺が見たところ、例のマッキノーコートの男が、橋の片端に陣取り、女が向こう端に陣取っていたので、バートはどっち側にも逃げられないみたいでした。どう思われようが構いません――聞かれたから、こうやってお話ししているわけで。キャロルに聞いても、同じことを言うでしょう。そういうふうに見えたんです。確かに、雪が降っていました。確かに、俺の思い違いかもしれない。だが婆さん列車のライトは、あの雪をまっすぐに貫いていて、彼らの顔が見えた――そしてバート・ヒンチは、ひどく怖がっている表情だった。さらに奴には十二号列車が目に入らず、あの二人だけを、例のマッキノーコートの男と、女だけを見ていたようでしたよ。

いいや、列車はたった一度、一つのものにぶつかっただけです。それがバート・ヒンチだった。俺は目撃したんです。婆さん列車がまさに、バートを小渓谷へと跳ね飛ばす様子を。それから奴は暗闇の中へ、そして下の雪の中へと消えたわけです。その衝撃は、自分が座っている場所まで伝わってきたし、キャロルも同じはずだ。あいつに聞けば、同じ話をするでしょう。たった一度きりだったとね。

あそこに死体が二つあることを、どう説明するのかって？　俺にはできませんな。バートは十二号にひき殺されたんです。そう申し上げました。それが起きるのを、この目で見たんですから。もう一つの死体は、そちらのお話によれば、トム・ベニングのものだった。死んでから随分たち、二年くらいか、あるいはもっとだと、ご自分でおっしゃいましたよね。こっちは七年間も十二号に乗務していて、人にぶつかったのは今回が初めてです。とにかく、骨折の跡がまったくないそうですが――婆さん列車にぶつかったなら、骨なんかばらばらだったでしょう。なのでたぶん、彼は鉄橋から転がり落ちたか、もしくは誰かに放り出されたか――俺には分かりませんがね。

ええ、もし顔を拝ませてもらえるなら、B十七号鉄橋にいた男かどうか、見分けはつきます。写真でもいい。女のほうもね。さっきと同じことになるでしょうな。目の前に二人の写真を置いてくれても、結果は変わらないでしょう。

その男は五番、そうそれです。そして女は十三番だ。

間違いない。少なくともこの俺は、間違えっこないし、キャロルも間違えんでしょう。となると、そちらの誤りに違いありません。もしその写真の女が、ロイス・マローンだとするなら――ふむ、あの晩、鉄橋にいた女は、双子の姉妹と言っていいほど、彼女にそっくりでしたね。姉妹なんかいなかったとしても。だがその五番の男に関しては、からかわないでくださいよ。こうして今あなたを見ているように、俺はそいつをはっきりと、一度ならず見たんですから。それが例の男だ。もしその写真の男が、トッド・ベニングだとおっしゃるなら、川から引き上げたという死体は、ベニングのものじゃない。医者や歯医者がなんと言おうと。何故ならそいつこそ、キャロルとミスター・ケニヨンと俺が、B十七号鉄橋で目撃した例の男だからです。

それが起きたのは、そんな具合でしたよ。今までお話ししたとおりに。始まりはあの晩、俺がハンガーフォードに向かって、十二号列車を運転している時、この男がB十七号鉄橋の上に立っているのを見たことで……。

The Man on B-17（1950）

幸いなるかな、柔和なる者

わざわざ目を上げて見ずとも、カウエルじいさんは孫と公園を歩いている様子を、ハッセル夫人に見張られているのが分かった。この孫は彼女の義理の息子だ。そして彼女が隣に住むクレネット夫人に、こう言うだろうとも分かっていた。「おじいさんったら、あの子に馬鹿げたおとぎ話をいっぱい吹き込んでるの。日がな一日よ。なんとかしなきゃならないわ」と。電話でそんな話をしていたから、よそでも話すに違いない。ラルフが最初の妻を亡くしたあと、あの女と結婚しないでくれさえいたら！　結婚してしまったからには、家族の面倒を見るために、今も生きていてくれさえいたらよかったのに！

ケネスが手を引っぱったので、カウエルは孫のつぶらな青い瞳を覗き込んだ。「おじいちゃん、あれなあに？」ケネスは泉の水たまりのほうを指差した。

「あれは金魚だよ、ケニー」

「金魚ってなあに、おじいちゃん？」

「鮒の一種さ」とは答えたが、どうも適切でないように思えた。なのでこう続けた。「金魚はもともと鮒なんだが、ずっとずっと昔はああじゃなかった。初めは他の鮒たちと同じだったんだよ。

でもある日、皆で相談して、ただの鮒でいたくないと決めたんだ。特別な鮒になりたいと思ったのさ。そこで神様に、どうにか違う色にしてくださいとお願いした。神様はもし美しい色にするなら、身体を小さくしようとお答えになった。それが神様の公平なやり方だからね。そんなわけで、金魚はとてもきれいな見た目になったが、仲間の鮒たちは地味なままなのさ」

ケネスはうっとりと金魚を見つめながら、彼らが神様に色を変えてほしいと頼んでいるところを、思い浮かべようとした。「僕も金魚だったらなあ」彼は言った。「そしたら一日中、水の中で泳いでいられるのに」

「だが金魚になったら、歩くことはできないぞ。そんなのって嫌だろう、ケニー？」

「嫌だよ、おじいちゃん」

「さあて、金魚になって一日中、見世物になりたいと思う人間がいるかね？」

「僕はきっと思わないよ、おじいちゃん」

「そろそろ、うちに帰ろうか、ケニー」

「え、帰らなきゃだめ？」

「だめだろうな」

ケネスは渋ったが、老人の意志は固かった。カウエルじいさんは杖を何度か回し、咳払いを二度してから歩きだした。ケネスが引き戻す。カウエルじいさんは孫の手を放して、元気良く言った。「じゃあな、さようなら、ケニー！」そして一人で行ってしまった。

「待ってよ、おじいちゃん！」ケネスは驚いて、甲高い声で叫び、走って追いかけた。

二人は公園を突っ切り、街路を渡って家に着いた。ハッセル夫人が立って待っていた。厳しく鋭い目をすがめて二人をにらみ、薄い唇は譲ることを知らぬ裂け目のようだ。

「遅かったですね、カウエルおじいさん」

「そうかい、ハリエット?」

「お分かりのくせに。いつものことだわ。時計を見るのも億劫なら、『施設』にお入りになっていただきますよ」

「いやあ、悪かった、ハリエット」

「あら、お分かりなんですね」彼女は馬鹿にしてから、カウエルの前を大股に歩き去った。息子には目もくれずに。ぶつぶつと文句を言っているのが、後ろまで聞こえてきた。「あの子に戯れ言を吹き込むなんて! ラルフならどう思ったかしら! もし生きてらしたら、彼のお母様だって!」

ケネスはカウエルじいさんの手を力いっぱい引き、身を屈めてくれと示した。カウエルはおとなしく従った。ケネスが祖父の耳をつかんで囁く。

「あいつなんか嫌いだ」その口調は激しかった。

カウエルはチッチッと舌打ちをして、たしなめた。

ケネスが寝かしつけられたあと、カウエルじいさんは一人で座り、待ち受けていた。

老人は毎晩、待ち受けていた。これから何が起きるか、予想できるようになっていたからだ。

黄昏が街路の向こうの公園に広がって行く頃、束の間のありがたい平和が訪れる。するとハッセル夫人が台所で、料理人に明日の食事の指示を与える。そのあと部屋に入ってきて、お小言を始めるのだ。これは毎回ほぼ同じだが、今夜はふだんより早くやって来た。

「カウエルおじいさん、今日はあの子に、どんなくだらない話を吹き込んだんです?」

「なんにも。なんにも言ってないさ」カウエルは柔和に答えた。家庭内で言い争っても、ろくなことはない。それは皮肉を助長し、敵意を長引かせる。彼女のお情けにだけすがって生きているわけではないが、ケネスのそばにいるためには、彼女が頼みの綱でもあった。

「本当にやめていただかないと。どんな子に育ってしまうことか」

「わしは物事を教えようとしてるだけだ」カウエルは静かに言った。

「へえ、どんな物事やら! まったくね!」彼女は嘲った。「で、明日はあの子と何をなさるの? こっちはクラブの集まりがあるんですけど?」

「考えてたんだが、差しつかえなければ、海岸まで散歩するつもりでいる」

「差しつかえなければ? もちろん、ありますとも。でも、わたしに何ができるかしら?」

お小言さ、とカウエルは心の中でつぶやいた。がみがみ言えるだろう。彼は聖書の世界に逃げ込み、開いてみるたびに読むページを読んだ。「心の貧しき者は幸いである、天国は彼らのものである」そこにはそう書いてあった。「悲しむ者は幸いである、彼らは慰められるであろう。柔和な者は幸いである、彼らは地を受け継ぐであろう。義に飢え渇く者は幸いである、彼らは満たされるであろう……」

翌日の晴れた早朝に、カウエルじいさんとケネスは、昼食を携えて家を出た。路面電車に乗り、街区をいくつも過ぎると、歩いて海岸まで行けるところに着いた。暖かい日だが、暑くはない。そよ風が海のほうから吹いてきて、水面はコバルト色で、新鮮な空気が漂ってくる。外出にはうってつけの日で、ケネスは上機嫌だった。

正午までには、老人はほとんど疲れきってしまった。それほどの年でもないし、身体が衰えているわけでもないが、さっさと動けるような年齢は超えている。五歳の子供にあれこれ難しいことをねだられて、楽に耐えられるほど、かくしゃくとしてもいない。彼は水際から戻り、日陰に腰を下ろして、持参した昼食にありつけて嬉しかった。

しかしケネスにとっては、休憩などなかった。カウエルじいさんよりずっと前に昼食を終え、再び水際まで行き、波に沿って疾風のように走った。老人は心配そうに見守っていた。孫は時折、立ち止まって何かを拾い、調べては投げ捨てた。だがとうとう気に入ったものを見つけ、それを持って駆け戻ると、老人のほうに差し出した。

「おじいちゃん、これなあに?」

カウエルじいさんは受け取り、思慮深く眺めた。それは濃い緑色のガラスでできた、珍しい細工を施した瓶で、不透明なガラスには、何か筆記体の文字が彫られている。どうやらアラビア語らしい。重い銀色の封印がしてある。見たところ、瓶の首を下にして流れていたようなので、中身は空っぽに違いない。中身が入っていれば、封印の重みでバランスが崩れたりしなかっただろうから。瓶は太陽にかざすと美しく、虹色の光沢を放っていた。

「なんなの、おじいちゃん？」

「お座り、ケニー」カウエルじいさんは厳かに言った。「これは素晴らしい瓶だ」と続けた。「はるか遠くからやって来た瓶で、精霊が入ってるんじゃないかな」

「精霊ってなあに？」

「精霊っていうのはな、図体がでかくなりすぎた、行儀の悪い小僧みたいなものさ。だから魔法使いはそいつを捕まえると、小さくしてこの瓶に入れる。すると誰かが出してくれるまで、精霊はそこにいなきゃならない。そして外に出してくれた人には、望みを叶えてくれるんだ」

ケネスは半信半疑で瓶を眺めた。「精霊ってあんまり重くないんだね？」

「ああ、全然。しばらく瓶の中にいるうちに、煙のように軽くなる。実際、ひと吹きの煙みたいな姿なんだよ」

「そうなの？」ケネスは目をまん丸くして、瓶を見つめた。「でも煙なんか見えないよ、おじいちゃん」

「だろうな。何も見えやしない。そのガラス越しじゃ見えないんだ。だから誰も封を開けて、そいつを出してやろうと思わないのさ」

「本当に悪い奴だったの？」

「うん、すごくな！　間違いなく悪い奴だったとも」

「大きさは僕と同じくらいだったの、おじいちゃん？」

「たぶんね。だが、もっとやせてただろう」

ケネスは瓶に夢中になった。午後いっぱい持ち歩き、帰りの路面電車でも肌身離さなかった。それを継母に見せたくてたまらず、手にしたまま家に飛び込んだ。

「ねえ！　見てよ、ママ！　ほらこれ！」

「どこで手に入れたの？」

「海でだよ」

「ふうん、捨てちゃいなさい。あなたのおじいちゃんは、もっと分別を持って、そんなものを家に持ち帰らせないようにすべきね」母親が非難がましくにらむと、老人は恥ずかしそうに微笑んだ。

ケネスは瓶を胸に抱き締めて叫んだ。「やだ、やだよう！」

「言われたとおりにしなさい、ケネス！」母親はそう言いながら、息子を押さえつけたが、老人が割って入った。

「まあまあ、明日やればいいだろう。封を開けるって、この子に約束したんだ。そのあとで捨てればいいよな、ケニー？」

「開けるのが先？」ケネスは疑わしそうに尋ねた。

「明日の朝、開けようじゃないか！」

ハッセル夫人は怒ったまま、老人を見つめていた。「二人でその子を育てることはできませんよ、カウエルおじいさん」

「子供には女手と同じくらい、男手が必要なこともあるさ」彼は穏やかに言った。

カウエルじいさんはその夜、いつ寝て、いつ目覚めたのか、まったくあやふやだった。彼はケネスがぐっすり眠るまで、寝ずに待っていたのだ。それから孫の部屋に入り、例の瓶を取り上げた。ハッセル夫人が夜のうちに奪い、壊してしまうのを恐れて。それを首尾良く枕の下に入れたが、どうも頭の後ろがでこぼこして心地が悪く、寝つくまでに時間がかかった。

すると寝入りばなに、「ご主人様！」と呼びかける、切羽詰まった声で目を覚ました。上体を起こして、ぼやきながら顔をこすり、二度ほどあくびをする。再び大の字に寝て、目を閉じた。

「ご主人様！」という声がまた聞こえた。

カウエルは今度は、身じろぎもしなかった。何しろ、夜には様々な音が聞こえるからだ。路面電車がガタゴトと通過し、消防車が一度、サイレンを鳴らしつつ通り過ぎた。車が行き来して、郊外からの高架列車が轟音とともに通過するのが、割と近くで聞こえた。眠れずに羊を数えたが、ほどなくそれは羊ではなく、黒い肌をした奇妙な小さい男たちに変わった。彼らは垣根を乗り越えながら、こちらをにらんでおり、やせこけて腹を空かせているようだった。しばらくすると、それは人の形をした別の生き物に変わり、皆そっくりに見えた。カウエルは百七十一人まで数えたが、身に付けた腰布や、ターバンまでもがそっくりだった。皆が熱心に話をしたがる様子に、彼は眠いながらも、妙だぞと思った。誰もが垣根を乗り越えながら、「ご主人様！」という切羽詰まった口調で、呼びかけてきたせいだ。

その肌の黒い小さな男は、どこにでも現れて、「ご主人様！」という声が耳の中に響き渡った。だがカウエルは眠った。いや、本当に眠ったのだろうか？　と言うのも、その肌の黒い小さな男が、分厚い緑色の壁を透かして自分を見つめ、解放を要求してきたからだ。「出してくれたら、あなたの願いを叶えましょう！」と、その男は何度も繰り返した。しかしまた、こうも言った。「ご主人様！　私を自由にしてください。そうすれば、お金持ちにしてあげます。幸せにしてあげますから。出してくださいよ！」

カウエルじいさんは目を覚まし、顔をこすった。ため息をつき、枕の下に手を入れて、海からやって来た緑色の瓶を、ベッドの下に移す。そしてうなり声を上げつつ、もう一度横になる。今度は間違いなかった——眠ることができたと確信した。例の肌の黒い小さな男は、相変わらずいた。だがずっと離れたところにおり、「ご主人様！」という切羽詰まった声も、意識の端で聞こえる囁きにすぎない。それでもなお、心の目には幻覚が映っていた。肌の黒い小さな男が、ある時は小さいまま、またある時は巨大になり、雲のごとく膨らんだ姿で現れた。ターバンを巻いて剣を持ち、怒りに目をぎらつかせながら。だが時間がたち、階下の鳩時計が歌うように二時を告げると、カウエルじいさんは眠った。ケネスにした作り話を後悔しながらだ。

ハッセル夫人は翌朝、五番街に買い物に繰り出す前に、カウエルじいさんに最後通牒を突きつけた。「わたしが帰宅した時、あの瓶がこの家から、息子の前から消えてなければ、申し上げることがありますからね。精霊ですって、まったく！　あの子が昨夜、すべて話してくれましたよ。

おじいさんったら、いい年をして恥ずかしい！」

カウエルじいさんは、ケネスを見やった。まるで孫に裏切られたかのように。ケネスは喜びいっぱいで、祖父の心の傷みには気づかなかった。老人が起きるなり戻しておいたため、大事な瓶がまだ自分のベッドにあると分かったからだ。そして今か今かと、瓶を開けるのを楽しみにしていた。

「さあ、おじいちゃん、さあ！」孫はせがんだ。

「朝食を済ませてからな。シリアルを食べなさい！」

「シリアルなんか好きじゃないや」

「黙ってお食べ。好きじゃないものは、誰にもたくさんある。それでもやっぱり、食べたほうがいい。おまえのためなんだ」

ケネスは瓶の魔力に釣られて、言いつけに従った。

朝食のあと、二人で裏手のポーチに座った。トネリコの木が暑い日差しをさえぎり、陰を作ってくれる場所で、例の瓶を間にはさんで。

「願掛けをしなきゃならん」カウエルじいさんは言った。

「おじいちゃんがしてよ」

「どんなのがいいかな、ケニー？　これはおまえの瓶だ。おまえが見つけたんだからな」

ケネスは嬉しくて小躍りした。「急いで開けて、おじいちゃん。願い事をしてってば」

「何をお願いしようか？」カウエルは瓶の開封に取りかかった。「早く教えてくれ。瓶を開けたらすぐに、願い事をしなきゃならないんだから」

「分かったよ、おじいちゃん。ママを連れて行けって、彼にお願いして」

カウエルじいさんは、慈悲深い微笑を浮かべた。「いいとも、ケニー。それがまさしく、我々の願いだな。もちろん、どうなるか分かったもんじゃないぞ。お母さんは夕食に間に合うように、戻ってくるかもしれん。その頃には戻ると言ってたからね」

「違う違う――永遠にさ。永遠にって、お願いしてよ！」

瓶がついに開いた。カウエルが鉛でできた栓を引き抜くと、砂ぼこりが噴き出して、瓶の首のところで丸まった。

「ほら！　彼はそこだ！」ケネスは興奮して叫んだ。「急いで、おじいちゃん。じゃないと、いなくなっちゃう！」

「願わくは、精霊がハッセル夫人を遠くに連れ去り、二度と戻ってこさせぬように」カウエルじいさんは重々しく言った。「うまくいった、これでよしと！」目を輝かせて、そう付け加える。

砂ぼこりは高く舞い上がり、平らになって雲と化し、なおも海から吹いている風の中に消えた。

「今度はね、おじいちゃん」ケネスが瓶を取り上げて、真面目に言う。「二人で瓶のお葬式をしよう。おじいちゃんが牧師さんで、僕が埋葬人になるんだ」

「よしきた」カウエルじいさんは陽気に言った。

「おじいちゃんが先に立って。牧師さんがいつも、やってるみたいにね！」

カウエルじいさんは両手を組み合わせ、ポーチの階段を堂々と下りた。全世界の人々に向けて、故人のための儀式を行おうとする牧師のように。

ハッセル夫人は家に帰ってこなかった。

夕食の時間が来て、それを過ぎても、彼女は現れなかった。ケネスの寝る時間が来ても、依然として現れず、朝になるまでには、カウエルじいさんは警察に連絡し、山ほど尋問された。

もしカウエルじいさんが、ニューヨーク・ワールド紙を購読していれば、ハーバート・ミンスホールなる人物の逮捕に関する、興味深い記事を目にしていただろう。ミンスホールは酩酊罪に問われたが、すぐに証拠不十分で放免されたのだ。彼は五番街の北で、警官にひどく滑稽な長話をした。ある女性が街路から、一面のほこりだか煙だかにぱっと持ち上げられ、そのまま五番街のビルの谷間から、青空の彼方に運び去られて、点のように小さくなり、ついには見えなくなったというのだ。「なんたる想像力だ!」と、ワールド紙の十万人の読者は言った。「ハーバート・ミンスホール、ヒステリー症」警察の逮捕記録簿にはそう書かれた。「酩酊罪を負うには、証拠不十分として放免。おそらく、統合失調症」と。

カウエルじいさんは長い間、当惑していた。だが結局は、新たに見つかった自由を楽しむくらいまで立ち直った。ハッセル夫人がどこにいるにせよ、帰宅の意志がないのだと、日ごとにますます明らかになったからだ。さらに彼が病院やモルグを巡り、身元不明の三十代の女性の死体を確認することに、すぐに飽きてしまったからでもある。

孫としては、祖父の当惑が理解できなかった。継母の身に何が起きたか、よく分かっていたからだ。ケネスは自分なりの、ささやかで原始的な方法で、その出来事を祝った。例の緑色の瓶を掘り出して、机の上に置き、心からの感謝の証として、毎日供え物をしたのだ。

Blessed Are the Meek（1948）

マーラ

私は旧友たちの手紙に返事をしないでいるくせに、彼らが甘んじて自分のことを忘れてくれるだろうと、どういうわけか思っていた。だがそれは、あまりにも浅はかな考えだったかもしれない。少なくとも、君にはなんらかの説明をすべきだし、君は私をよく知っており、作り話をしたがる人間ではないと分かっている。だから私も真実を語るか、もしくは何も語らないか、どちらかにしなければならない。だがこの場合、真実は容易に語られるものではないのだ。信じてくれるよう願う。どうしても会いにくると脅すような手紙をもらわなければ、私は今でさえ、こうして君に手紙を書いてはいないだろう。来てほしくないのだ。別に悪意からではないと、どうか信じてほしい。君との思い出は非常に好ましいものだけだし、事情が違えば、何はさておき会いたいと思うだろう。いいや、それは無理だ。我々は二度と会わないほうがいい。

だがこちらの状況を伝えずには、そうは言えないことも承知している。他の誰かよりも、君に話すほうがずっと楽だ。おそらく、人が他人をようやく理解できるようになるくらいには、君はすでに私をよく知っているのだから。だが誰一人として、他人を完全に理解できる者がいないことは、もちろん君も知ってのとおりだ。言うなれば人は皆、知られざる過去や不可抗力による、無数の衝動を持つ生き物なのだ。そして習慣にとらわれるあまり、誰も他人の行動を必ずしも完璧には予測できない。君はこれが何かの前置きだと言うだろうが、いつもながらのご明察だ。そのとおりだとも。これは言うなれば、告白の前置きだ。何故ならこの場合、何を話すにしても、まず告白から始めなければ、そのあとのことはまったく理解してもらえないだろうから。

これ以上、引き延ばすつもりはない。もろもろの説明を省いたとしても、この手紙は充分に長くなりそうだから。もし少し脱線しているように見えても、容赦してくれたまえ。そしてとりわけ、どうか——頼むから——理解してほしい。こうして手紙を書いているのは、君が今まで知っていたのと同じ男だということを。唯一の違いは——誰しも一人きりでない時はいつも、世間から自分自身を守るために着ける仮面を、私が捨て去ろうと思ったということだ。仮面を着けるのには、もううんざりしてしまったからね。

事の始まりは随分と昔——十年以上も前のことだ。ウォーターベリーの外れの山の向こうに、私が今も暮らす、この家を建てた直後だった。皆がなんと言っていたか、君は覚えているだろう。三十そこそこの若い独身者が、こんな立派な家に一人きりで住んでいるとは可哀想に、とね。そして「巣」を手に入れたからには、次は急いで「鳥」を手に入れるべきだという、おきまりの意見も。君も知らなかっただろうが、私は一人で住んでいたわけではないのだ。君はここに来た時、少なくとも一度は、マーラに会ったと思う。彼女は当時は速記者で、君は「きれいな人だね」と言い、私は「そうかもしれない」と応じたよ。さらに君は、私が独りぼっちでいる時間が多すぎて寂しそうだから、結婚して落ち着くことを考えるべきだ、とも言ったな。こんなやり取りをはっきり覚えているのは、そのすぐあとにすべてが始まったからだ。それはある晩、マーラと遅くまで仕事をしていた時のことだ。私は疲れていた上に、自分が書いた物に不満だったのだと思う。マーラは私の部屋に来ると、ベッドに入ってきて、抱き締めてくれたのだ。「あなたって寂しいのね」と彼女が言い、「そうだ」と私は答えた。確かに――ひどく寂しかった……。

マーラについて語る前に、まず言っておかねばならないのは――道徳から外れた、それもひどく外れた女だったということだ。最初に私のところに来たのは、愛してくれていたからではない。だがそのうちに、曲がりなりにも、私を愛するようになったのだと思う。自分としては、彼女と長い時間、一緒にいられて幸せだった。君はここを読んで驚き、不愉快に思うかもしれないが、マーラと私はおのおの仮面を上手く着けていたから、誰にも疑われなかったのだ。それはおそらく、マーラが社会的に、私より身分が低かったせいかもしれない――と言うのも、身分の差というものには、なんらかの意味があるのだろうから。私は何くれとなく金を与えたが、一度も多く与えすぎたことはないし、それで彼女は良い身なりをし、いつも非常に美しく見えた。そう、もちろん彼女なりに。隠そうとすべき理由は、もはや何もないが――私は彼女を愛していたのだ。

私のような地位にある者が、マーラのような若い女に恋をするとは、馬鹿げたことだったかもしれない――彼女は何しろ、ほんの小娘にすぎなかったのだから。確か、二十歳だったと思う。だがこちらには、自分の事情が許さないかぎり、どんな場合でも、恋などできないという気持ちがあった。その頃に自ら行ったよりも厳しく、私を非難できる者はいなかっただろう。だが、仕方がないのだ。私はつねにとても誇り高い男だったが――それは自分の行為に対する誇りではない。つまり、誇れるようなことは、何もしていないからだが――言わば人としての清廉さには、誇りを持っていたのだ。その清廉さ故に、いつも嘘がつけなかった。「罪のない嘘」でさえも。

だからその誇りがいつの日か、私がマーラに抱く感情とぶつかっても、無理はなかった。彼女に対しては結局、すべてを克服するほど、圧倒的な愛情を持ってはいなかったのだろう。だがいずれは彼女と結婚したいと思い、気兼ねなく友人たちの前に出せるような女になってほしかったから、細々とした物事を教えていた――ああ、彼女はなんと多くのことを学ぶ必要があっただろう。友人の奥方連中から罠を仕掛けられて、情け容赦ない残酷さで晒し者にされないためにね。君も女がどういうものか知っているだろうから、わざわざ言うまでもないが。

話が脱線したのを許してくれ。私はマーラと半年間、ほとんど法律上の夫婦同然に暮らしていた。だが彼女は、私の運転手を務めていた青年アーサーと不貞を働き、要するに身籠もった。その時の自分の気持ちは、言葉にできないよ。マーラは彼に対して、なんの感情も抱いていなかった。彼女は何も弁解せず、ただこう言っただけだ。衝動的に彼が欲しくなり、不貞に誘い込んでしまったのだと。

この件を長々と書いても、得られるものはない。私はマーラのために、できるだけのことをした。出産のための費用を出してやり、アーサーと結婚すべきだと諭した。だが二人ともここには置けない、という点ははっきりさせた。そして二人は結婚し、去って行った。そのあと彼女から、胸が張り裂けそうな手紙が来るようになった。愛情のこもったその手紙には、慣れ親しんだこの屋敷への激しい未練が綴られ、愛してはくれず愛せもしないアーサーと、一緒にいる苦痛に満ちていた。早産の赤ん坊が死んでしまうと、彼女も家の横を流れる川で自殺した。

マーラの話はここまでだ。

彼女が会ってほしいと頼んできた時、私は自尊心のせいで避けていた。そして彼女の死に動揺したあまり、この屋敷を閉ざし、旅に出たのだ。最初はヨーロッパへ、次にアジアへと。そこでは彼女のことを忘れていた。彼女がいた日々のことは、忘れられなかったとしても。どうか理解してもらいたい。こうして手紙を書きつつも、文字にするといかにも滑稽に見えることや、私のような者がマーラのような小娘を、これほど慕うようになり得るとは、君にはどんなに信じがたいかということを、自分でもよく分かっているのだと。君はかつてマーラを「ふしだらな女」と呼んだが、その表現に異議を唱える気はない。だが私は本当に、彼女を愛していた。愛とは何かなどと、言い表せる者がいようか？　請け合ってもいいが、私は言葉にしようとも思わなかっただろう。そして彼女が去ってしまったあと、時間がたってしまったからこそ、いっそう情熱的に愛した。どれほど逆説的な話であろうともだ。それはいかに曖昧にでも、自らを喜ばせてくれるものを奪われた、強い自意識の表れに他ならない、と君に言われてももっともだ。だがそれではあまりにも単純すぎて、説明がつかないのではないか。

しかし、そんなことは問題ではない。この手紙を書いているのは、私が君にすべきだと考える以上の謝罪や、あるいは説明のためでさえないのだ。これから話すことを敬意を持って、疑わずに受け入れてくれるよう願っている。だが正直なところ、信じてくれようがくれまいが、まったくどうでもいい。君が私を煩わせて、問題をさらに増やしたり、もしくは私の生き方——客人の参考にはならない生き方を、邪魔したりしないかぎりは。

私が海外から戻ったあと、ニューヨークで君と会った時、見た目には旅立った時となんら変わりなく思えただろうね。少し年を取り、四十代になったことを除いては。私はいまだに、大まかな点ではまったく変わっていない。だが身辺には、思いもよらぬことが起きた。ニューヨークを離れて、この屋敷で再び暮らしはじめてから今日までの間に、説明のつかない様々な出来事が生じたのだ。「説明のつかない」という言葉を、敢えて使っている。初めは説明したかったが、今となってはしなくても構わない。実のところ――それらの出来事を受け入れているからだ。

始まりは些細な出来事だった。

長らく閉ざされていた屋敷が、どんな感じかは分かるだろう？　空気がこもってカビ臭く、やや湿っぽくて、時には白カビや黒カビが生え、ほこりっぽい――荒れ果てた感じがするものだ。だが我が家に足を踏み入れた時は、清潔でさわやかな感じがして――閉ざされていた雰囲気は全然なかった。私の電報を受け取るや、管理人のブレナーが、屋敷を開けておいてくれたのは知っているが、それだけではない。人が住まないまま、放置されていたようには思えなかったのだ。どういう意味か、きちんと正確に説明するのは難しい。だがそこには、途切れなく人が住んでいたような雰囲気があった。温かみのある、しかも女性特有の雰囲気だ。そう、空き家だったというのに。

これが最初の出来事で――さほど大したことではないと君も思うだろう。

ところが、その雰囲気は持続した。他の出来事もいくつか起きたが、ほとんど些細なものばかりだった。こうしてすべてを紙に書きつけていると、それを他人に明らかにしようという努力が、計り知れないほど滑稽に思えて愕然とする。だが自分で始めたのだから、最後まで続けよう。起きた出来事を何もかも、詳細に語ることはとうていできない。だが例えば、屋敷には誰もいたはずがないのに、家事が済んでいることが何度もあった。ほこりが払われ、椅子などが整頓され、食器が洗ってしまってあった。どれほど馬鹿げているかは分かっている。だが請け合ってもいいが、誰も我が家には入っていないのに、こんなふうに片付いていたのだ。

また時には、自分が在宅中に、家事が済んでいることもあった。

ある晩、私は軽食を取ったあと、食器を片付けられないほど疲れていた。なので二階の自室に行き、寝る準備をした。食事の後片付けはいつも、ジャニー夫人がやってくれた。夫人は昼間は、身の回りの世話をしてくれるが、私の夕食が済むと帰ってしまう。だが私がほとんど服も脱がないうちに、食器をカチャカチャやる音が聞こえたのだ。薄気味悪いし、あり得ないことだった。けれども、勇を鼓して階下に行ってみると、食器が洗って片付けてあった。使った灰皿は、中身を捨ててきれいにしてある。その時の気分は、言い表しようがないよ。君も知ってのとおり、私はすぐに科学的な説明のつかない物事には懐疑的だ。だが大真面目に言うが、その他の物はすべて、私がしておいたままだった。例えば、ドアと窓には内側から鍵が掛かっており、台所に誰かがいたことを示すものは何もない——食器が洗ってしまってあったという、否定できない事実を除いては。

そうした例ならば、枚挙に暇《いとま》がない。どういうわけか、我が家のどこかに自分以外の者がいたのだと、しまいには認めるはめになった。外的な証拠は、それが女だと示していた。

もちろん、君も知ってのとおり、私はその女の正体を確かめるべく、できるかぎりのことをするたちだ。そして、実際にしたとも。まずは家中を繰り返し根気良く調べた。自分以外には誰もいないと、疑いようもなく分かっている時でさえも。請け合ってもいいが、私のような人間は知らないもの、たぶん知ることのできないものに直面すると、疑いようのない明白な事実ですら、容易には認めない。そして、実際に認めなかったよ。もちろん、我が家である出来事が起きたことは、否定できなかった。だがそれが人間の仕業ではないとは、認めなかったのだ。

君はもちろん、人間の仕業ではないとお見通しのはずだ。

どのように思われるかは分かっている。だが大真面目に言っておくが、私はけっして気が触れているわけではない。しかしある夜、見えざる我が友について、知るに至ったのだ。ちょっとしたカードゲームのパーティから、帰宅した時のことで――急いで請け合っておくが、パーティと言っても、強い酒ではなく、薄めのパンチを一杯飲んだだけだよ。こう書いておかないと、君はすぐに私の飲酒癖のせいにするかもしれないからね――確かに、それも無理のないことだろうが。

帰宅したのは真夜中か、それに近い頃――どちらでも、あまり重要ではないだろう？　月の輝く――満月の夜だった。月下の山の光景は、君も見たことがあるだろう。それを思い出してくれることが重要なのだ。何故なら、それこそが――あの山が私の寝室の窓から、下枠に低い台の付いたあの大きな二重窓から、どんなふうに見えるかが――この出来事の原因となったのだから。家の中に入った時、明かりはつけなかった。人目をあざむく月光の魔法を、台なしにしたくなくて。君ならそれを理解してくれるはずだから、長々と論ずるまでもあるまい。そう、私は暗い寝室から、月明かりの下の山を眺めたかった。なので暗闇の中を苦労して階段を上り、もちろん勝手はよく分かっているから、自分の部屋に入ったわけだ。

そこには山があった——月光と遠くの星々をちりばめたあの空に向かって、別世界からそびえ立つもののように。シダレヤナギのか細い枝の影のせいで、東洋の版画さながらの景色に見えたが——それだけではなかった。その正体を理解するまでに、ゆうに一分はかかり——最初はまさしく、何かのきらめきだと思った。窓下の腰掛けに置かれた、いくつかのクッションの間に、月光が反射したのだろうと。だが、現実にあるきらめきではなかった。それはそこにある何かによって取り込まれた、月光の不思議で美しい本質だった。虹色のきらめきを持ち、まるで月光が何かに——実体を持たないながらも形を成す、何かに浸透しているかのように。私はその時、目にしたのだ——クッションの間に腰掛けている女を。きれいな若い女で、髪や顔が月の光に照り映えている。その姿は山やヤナギの木や、窓枠と同じくらい鮮明に見えた。あたかも月夜に、いや、月光そのものに属しているかのごとく。そして次の瞬間、女の姿はもう見えなかった。そこにあるのは月光だけで、他には何もなかった……。

かくして、我が家で起きた物事の原因が分かった。私は結局、独りぼっちではなかった。幽霊と屋敷を共有していたのだ——自分と同じくらい、ここにいる権利のある幽霊と。女の姿があまりにもはっきり見えたため、疑いの余地などあり得なかった。それ以上の疑いを持つのは、愚か者だけだろうし——いかなる欠点があろうとも、私は愚か者ではない。その姿をはっきり目にしたあまり、鋭いつららで貫かれたように、苦悶が全身を走ったほどだった。そして彼女の名前を叫んだ。

「マーラ!」

だが返事はなかった。するとたちまち、心に溜め込んでいた、あらゆるものが飛び出した。気が触れたようだったろうと思う。無理やり押さえつけ、隠してきたすべてのもの、自尊心のせいで自分自身にすら、断じて認められなかったであろうものが、激しく湧き上がってきたのだ。そしてもう一度やり直さねばならないとして、もしマーラが幸せになれるならば、彼女のために死んでもいいと悟った。私はマーラを愛していたし、彼女もあんな仕打ちをしたにもかかわらず、私を愛してくれていた。その瞬間、以前はどうにも認められなかった事実を、恥ずかしげもなく認めた――かつてマーラを愛したように、そしていまだに、この胸の奥深くで愛しているようには、別の女を愛することはけっしてないだろうと。

その夜の残りの時間はずっと、マーラの姿が再び見えるかと期待していたが、何も起きないまま――部屋は月明かりであふれ、彼女の姿が鮮やかに思い出されるばかり。だが一度――たった一度だけ、誰かが自分に触れたような気がした。ただそれだけだ。

朝になると、何が起きたのか合理的に解釈しようと努めた。夢か幻か――ありとあらゆるものを思い浮かべても、それ以外には説明のしようがないと分かった。もちろん、マーラが死んだことも知っている。埋葬されている場所も。かつては美しかったあの肉体が亡骸となり、ほとんど残っていないことも。そう、すべて知っている――にもかかわらず、私は自室で昨夜、マーラを見たと確信していた。そして何も――何一つたりとも、その確信を振り払えるものはなかった。合理的な解釈は不可能だった。実在しないものを合理的に解釈することはできないからだ。幽霊がいるかいないかという学問的な議論など、つまり自分となんの関係がある？　それがどんな名前で呼ばれようが、どんな方法で存在しようが、あるいは存在するように見えようが、どこが重要だと言うのか？　実際、まったくどうでもいい話だ。自分が何を見たのか、何を経験したのか分かっている。その経験をへても、この先に同じようなことを経験しても、特に何も変わらずに生活し、仕事を続けて行くと分かっているのだ。

翌日はずっと、マーラのことを考えていた。理解してもらわねばならないが、初めて姿を見た昨夜は、彼女のことをまったく考えていなかったのだ。なるほど、過去に時々は考えた。それを否定しても無駄だろうし、そのつもりもない。先ほども書いたとおり、皆がどう考えようと、信じようと信じまいと、大して違いはないのだ。マーラを時折想ったとしても、ごく当たり前のことだろう。私は半年という短い間だが、マーラと幸せな時間をたくさん過ごした。そんな家で暮らしていれば、その隅々までを昼となく夜となく――ほら、家の片隅というのは、夜には違う様相を呈するからね――細々とした記憶で埋めずにはいられまい。それによって、ほんの些細な事柄が――例えば、敷物に落ちた日の光とか、窓の外で聞こえるルリツグミのさえずりとか、火にかけたヤカンが立てる音とか――こうした平凡な事柄が、時には最も心温まる、最も愉快な記憶を甦らせてくれる。そして本質的には、人生とはこうした小さな事柄の積み重ねだ。と言うのも、人生における重大な出来事は、それぞれ一度きりのものだが、小さな事柄こそが、まさに人生の骨組みを成すのだから。

私はその夜、また約束があった。またしてもカードゲームのパーティだ。どんな気分だったか、想像してみてくれたまえ——ゲームをしてはいても、再び彼女に会えるだろうかと考えているところを。持ち札や、競り札の宣言や、上がりなどについて、たわいない話をしながら、内心では絶えず意識的に、「マーラ！　マーラ！　マーラ！」と考えているところを。そしてきわめて客観的に、あるいは自らそんな平静をもてあそびつつ、自分のことを考えているところを。私は幽霊に会ってから、まだ二十四時間とたっておらず、再び会うかもしれないどころか——早く、なるたけ早く、再会するよう望んでいたのだ。さらに想像してみてほしい。他人の目には堕落と映りそうな、外面的な兆候がありはしないかと、自問しようと考えているところを。我ながらいかにも信じられない説明だが、そう考えざるを得なかった。自分自身に嘘偽りなく言うならばね。

その夜、再び暗闇の中で我が家に入り、自室に上がって行くと、そこに彼女がいた——今度は窓下の腰掛けにではなく、私のベッドに横たわって。両目は閉じられ、眠っているように見えた。胸が規則正しく上下し、あたかも呼吸しているかのようで、実体を持っているように見えた。長い時間だったに違いないが、立ったまま彼女を見つめ、顔の隅々にまで注目した——左耳の後ろの小さなホクロにまで。と言うのも、月光が彼女とベッドの上を照らし、じかに差し込む月光とその反射した光が、室内に満ちていたからだ。それはマーラだった——ほんの一瞬でさえ、どうして疑えただろうか！　私はほとんど息をしようともせず、過去にしばしば見たように、彼女に見入った——ここで、この部屋で、このベッドで。するとあの最初の晩と同じく、彼女が再び言ったような気がした。「あなたって寂しいのね！」と。そして悟った——自分はひどく寂しいのだと……。

静かに歩み寄った。彼女の上に屈み込み、触れようとした。触れることはできなかった——けれども、確かに触れた。理解できるかい？　つまり私が触れたのは、血と肉を持った者ではなく、何かふんわりと柔らかい、ひんやりしているが冷えきってはいないものだったのだ。そこで、「マーラ？」と囁いた。

返事が聞こえた——以前と同じ声、同じ抑揚で。「なあに？」と、彼女は答えた。なかば目覚めているかのように——だが次の瞬間、彼女はいなくなっていた。私は何度も何度も、その名を大声で呼んだが、もう何も現れず、なんの返事もなかった。

私は眠れなかった。横になったまま、ただ待ちつづけた——月が一回転して、太陽が東の空を明るくしはじめるまで。だが何も誰も現れず、部屋は寒く寂しく、私は一人きりだった。

そのあとは、ずっと待っていた。時にはわざと短い散歩に出かけた。そして暗くなってから我が家に戻り、暗闇の中で自室に上がって行きつつ、彼女に会いたいと願った。だが、彼女はいなかった。けれどもその屋敷では、いつもながら様々なことが起きた。あたかも彼女がそこの女主人であるかのように——もちろん、ジャニー夫人に気づかれるほどにではないが——ほぼ規則的に、何かが起きたのだ。ああ、理性が負けてしまうだろうと考えた日々もあったよ。彼女に会いたい、もう一度その声が聞きたい、そう、十年前に戻って、初めからやり直したいという気持ちが強すぎて……。そんな気持ちを、どうか理解しようとしてほしい。そして私がつねに孤独だったことも、理解してほしいのだ。独りぼっちだったという意味ではなく、私たちが「この世の苦悩《ヴェルトシュメルツ》」とか、「恋慕《ゼーンズヒト》」という言葉で理解しているような、もっと広い意味でだが――これについては、ドイツ人のほうがより明確で、大ざっぱすぎない言葉を持っているようだ。

それから三週間ほどあとのことだ。夜に目を覚ますと、自分が独りぼっちではないと気づいた。目には見えず、振り返って見ずとも分かった。部屋は真っ暗で、ちょうど真夜中を過ぎた頃の、あの世のような暗闇に包まれていたのだから。彼女がかたわらにいるのを肌で感じた。

「マーラ」私は囁いた。

「あなたって寂しいのね」彼女は言った。

「ああ、寂しいとも」私は答えた。

するとその時、彼女を生きている者のように感じた。その両腕が自分に回され、唇が触れる感覚があった。ともに過ごした、あの素晴らしき日々と同じように……。

そのあとで、どれくらいこの屋敷にいたのかと尋ねた。

「けっして離れたことはないわ。ここを追われた、あの短い間を除いては」彼女は答えた。「あなたはとても長い間、お留守だったけど」

私は愛していると伝えた。

「分かってるわ」彼女は言った。「あなたがどれほど寂しいか分かったの。そう感じたから――ここに戻ってきて、あなたを待ってたのよ」

それから言った。「約束してちょうだい。二度と再び、わたしのもとを去らないって」

請け合ってもいいが、これほど守るのが易しい約束はなかった。

そのあと毎晩、彼女は一緒にいる。時には昼間ですら、ちらりと姿を見かけることがある——家事をしている姿を。いかに途方もない話かは、分かっているよ。だがこんなふうに書くのを、どうか信じてくれたまえ。私たちはこれほど、夫婦らしく暮らしたことはない。その暮らしはあれからずっと——今も続いている。

だがご承知のとおり、これはもちろん、人と共有できるような暮らしではない——君のような、ごく昔からの友達とさえも。

私がもう二度と、マーラを見捨てられない理由は、理解してもらえるね。

もし見捨てたら、彼女はどうなってしまうだろう？　誰が面倒を見てやるだろうか？　私は彼女を愛しているが——他の皆にとっては、彼女は死んでいるのだから——十年ほども前に……。

そして、もし再び彼女を失うようなことがあれば、自分はどうなるだろう？

いいかい、これらは正解のない問いなのだ。

これでもはや、書き残したことはない、何一つ……。

Mara（1948）

青い眼鏡

　カルタヘナに着いた時、ジェシー・ブレナンは旅も終わりだと悟った。年を取って疲れ、持病もついに耐えがたくなっており、旅を続けるのは無理だったからだ。もってあと一カ月か、そこまで生きられないかもしれないと、医者には言われていた。カルタヘナは晴れ渡り、暖かだった。大西洋は朝から晩まで、コバルト色に輝いている。コロンビア旧市街の古びた城壁が、彼を楽しませてくれた。すでに人が一生の間にできる以上の探検を済ませ、地球上の由緒ある場所や、風変わりな僻地を調べて回っていた。自分が死んでも、嘆いてくれる者は、世界中に散らばった何人かの旧友くらいなものだ。どこか別の場所で死ぬくらいなら、カルタヘナで死ぬほうがいい。祖国アメリカは今は冬だろうし、冬は好きではないので——太陽と雲一つない空と、たゆまぬ海があるほうがずっとよかった。

　残る問題は集めたがらくたの処分で——収集家仲間にとっては、価値のある品々なのだ。ブレナンはすぐに取りかかった。この最後の大仕事のことで悩み、最期の日々が憂鬱なものにならないように。謎めいたインド由来の石の時計は、カイロにいるフォークナーに譲ればいいだろう。スチュアートなら、人間の皮膚で装丁した、ドイツの古書をもらってくれそうだ。エディンバラの屋根裏部屋に住む、世捨て人のローリングスは、ビルマで入手したいくつかの、珍しい小さな立像を喜んでくれるだろう。ヴァクラウヴはかのボルジア家の指輪を手にすることになれば、プラハの街にもっと興味を持つだろう。だがあの青い眼鏡は、誰に送るべきか？　ああ、それが問題なのだ！　前の所有者の年老いた中国人の高級官吏は、その眼鏡の素晴らしい特性について、ブレナンを納得させるほど真面目に話した。彼は考えた。罪と無縁である魂の持ち主など、どこに行けば見つかるのだろうと。そうでない人間が、その青いガラスレンズを通して物を見ると、何か災いが降りかかるというのだから。

ブレナンは二日間、青い眼鏡の処分について思案した。他の品をすべて梱包し、発送してしまったあとも、眼鏡はまだ残っていた。だが夜になってから、煌々たる月明かりの下で、ふと思いついたのだ。アラン・ヴェルネールがいい、もちろんだとも！　自分自身にこの上なく正直で、世の偽善に気づけぬほど誠実で、忠実で頑固で道徳的な男――そう、あの青い眼鏡は、あいつのもとにあれば安全だろう。もしあの眼鏡に備わっている特性とやらが、本当にあるとしてもだ。だが彼はヴェルネールの住所を覚えておらず、自分の持ち物のどこを探しても見つからなかった。ヴェルネールはずっと、ニューオリンズの博物館か何かで、学芸員をしていたから、そこの住所録には間違いなく載っているだろう。そんなわけで、彼は青い眼鏡を小箱に詰め、その贈り物に同封する手紙を書いた。「これはチベットで、中国人のおじいさんから手に入れた品だ。どれくらい古いものかは知らないし、その男も知らなかった。奇妙な魔力を持つそうだよ。もし完璧な善人でない者が、それを通して物を見ると、何か災いが起きるという。私が思うに、いつかどこかの前世における、自分自身の姿が見えるんじゃないかな。愉快なものではないだろう。あるいは、己が罪に見合う罰として、姿を変えられてしまうとか――こういう言い伝えの展開は、ご存じのとおりさ。恥ずかしながら白状するが、その老人の話があまりにも説得力があったため、私自身は一度もかけたことがない。けっして善人ではなく、ましてや完璧などではないからね。それに今になって嘘をついても、ほとんど役に立たないだろう?」と。そしてアメリカ合衆国ルイジアナ州ニューオリンズ市、アラン・ヴェルネール(Alain Verneil)宛てとし、包みの片隅に「住所検索を希望」と走り書きして発送した。

差出人の住所は書かなかった。その手紙に署名した「ジェシー」という人物が誰か、ヴェルネールには分かるだろうから。いずれにせよ、どうでもいいことだった。小包がニューオリンズにたどり着く前に、ブレナンは死んでしまったのだ。

それが街に到着したのは、毎年恒例のマルディグラの祭りの初日だった。そして住所検索をと記されていたため、然るべき部署へと回された。そこには、ひどく気をもんでいる事務員がいた。この一日が終わり、仕事が片付くよう願っていたが――まだ何時間もやり過ごさねばならなかったからだ。彼女は同じように記された他の郵便とともに、その小包を受け取った。ほどなくカルタヘナからの小包に取り組むと、まずは貼られた切手に注目し、姪っ子の切手集めのことを考えた。彼女は絶えず、あらゆる種類の手書き文字に接しなければならないため、走り書きされた文字を、たちまち読み取る能力を身に付けていた。だがジェシー・ブレナンの文字は、読めるには読めるが、ぞんざいな傾向があった。だから「i」は点となり、子音の多くはくっついていた。

その結果、切手から手直しすべき住所に目を移すや、即座にこう読み取った。アラン・ヴェルヌール（Alan Vernuel）と。無理もないことだった。アラン・ヴェルヌールが手がけた、実に華々しい離婚訴訟の一つがその日に勝ちを収めたため、彼の名前はボストン・グローブ紙からタイムズ・ピカユーン紙まで、あらゆるところに載っていたからだ。なのでコロンビアにいる誰かさんは別にして、彼の住所を知らない人間がいただろうか？　事務員は住所をブレナンの手書き文字に付け足し、小包をそこへ発送した。

ちょうどそれが届いた時、アラン・ヴェルヌールは電話中だった。自分が注文したドミノ仮面は、どこにあるのだ？　もう届いていてもいいはずだ、と。実のところ、彼が法廷から戻ってきた時には、届いているはずだった。だが衣装や何かはすべて、すっかり用意ができているのに、ドミノ仮面はなかった。おまけに彼の衣装係は、別のを調達できる予定はないと、しぶしぶ認めたのだ。だからその小包が届いた時、ヴェルヌールは真っ先にこう考えた。行方不明だったドミノ仮面が、ひょっこり現れたのだと。衣装係の小包の中からなくなってしまったのを、黒人の飲んだくれが見つけて、保管してくれたそうで、それから随分と時間がたってはいたが。

だが貼られた切手を目にして、ぬか喜びだったと知った。にもかかわらず、小包を開けてみた。自分が一度も行ったことのないカルタヘナに、どんな知り合いがいたのかといぶかりながら。まずは署名を眺めた。おそらく、ジェシー・メランチトンだろう。メランチトンは法廷を退いたあと、いつだったか、南米に行ってしまったのだから。その手紙はヴェルヌールを当惑させた。書き出しの名前を読み違え、自分宛てだと思い込んだのだ。それはいかにもブレナンらしい筆跡で、アラン（Alan, Alain）とも、アレン（Allen）とも読めたかもしれない。ヴェルヌールとしては、なんらかの手違いがあったと考える理由などなかった。だからメランチトンがまだ、このアパートの住所を覚えていてくれたらしい、と思ったわけだ。

ヴェルヌールはようやく、例の眼鏡に取り組んだ。

彼でさえ年代物だと分かり——手紙にあったような説明は、必要なかった。眼鏡のガラスレンズは奇妙な、くすんだ青色をしており、いまだかつて見たことがない色合いだったからだ。さらにフレームは、明らかに手細工と思われる銀製だった。それを鏡台の上に置き、手紙をもう一度読んだ。確かに妙な代物だ。このジェシーというのが誰にせよ、迷信深い男であるのも確かだった。

手紙と小包の包装紙を脇によけて、眼鏡をしまっておこうとした時、ふとある考えが浮かんだ。もう一度、眼鏡を見つめた。大きな四角い眼鏡で、細いブリッジしか付いておらず、フレームは分厚い。かけ心地はきっと悪いだろうが、この状況では試すのが至極妥当に思えた。彼は一世紀以上も前の、ニューオリンズの伊達男風の衣装で、祭りに参加しようとしていたため、役柄に合わなくもない。その青い眼鏡は、なくなったドミノ仮面の代わりを充分に果たすだろう。

眼鏡を鏡の前に持ち出し、かけてみた。目元を隠すには、これ以上いいものはなさそうだ。こちらからはよく見えるが、レンズに隠れた目は、相手からは見えないようになっていたからだ。

仮面の下の顔を知られたくないのには、いくつかの理由があった。怒りに満ちた夫や、同じく怒りに満ちた父親が大勢おり、あれこれ多様な恐ろしい罰を与えるぞと、脅迫してくる連中もいたからだ。また彼は離婚専門弁護士として、女性のクライアントをたくさんもてなした。その女性たちは、やって来る時は潔白だとしても、帰る時には不貞の罪を犯していた。ヴェルヌールには、金銭以外の報酬を取り立てる才能があったわけだ。法廷での成功は、羨望と軽蔑を生み、女性関係での成功は、憎悪と嫉妬を生んだ。だが彼の大胆さは際限がなく、うぬぼれは衰えを知らなかった。

ヴェルヌールは身支度をして外に出た。タクシーを拾い、人々が街路で陽気に浮かれ騒いでいるところまで行く。そこでタクシーを降り、群衆に混じった。背が高くて冷笑的で二枚目、四十歳になっても若々しく、魅力的な男だ。きょろきょろ色目を使っても大丈夫なように、例の青い眼鏡をかけた。

マルディグラの祭りには、何度も参加したことがある。彼にとっては目新しくもないし、特に宗教式典の参加者たちの鑑賞や、パレードや山車の見物に来たのでもない。目的は捕食なので、自分の魅力に抗えないであろう、おあつらえ向きの女たちを捜して、あちこちに素早く視線を投げる。彼はゆるゆると歩き回った。今や参加者たちの只中にいるのだから、自由に使える時間はたっぷりで、急ぐ必要はない。周りで踊る仮面の女たちの中から、誰かを選ぶ必要はあるが、まだ何時間も余裕があった。

だがさほど遠くまで行かないうちに、こんなに奔放で陽気な群衆は、今まで見たことがないと思えた。そのせいで、自分がいる場所を確かめようと、ふと目を上げた。しばし戸惑いつつ、方々を見回してから、ここがどこか分からないと認めざるを得なかった。古い切妻壁や曲がり角には、確かに見覚えがあるのだが、どういうわけか、まったく見知らぬ一角にさまよい込んでいたのだ。そう気づいたため、じっと立ち止まり、経験豊かな弁護士の目で、周囲をじっくり調べた。調べるうちに、驚くべき事柄がたくさん見えてきた。

どんな種類であれ、街灯が一つもない。

見える範囲では、今どきの乗り物が一つもなく、先ほどそこにあった山車でさえ、今は馬に引かれている。

夕暮れに近い時刻なのに、浮かれ騒ぐ人々の多くは、粗雑な手製の松明を持ち、他の者たちが持っているのは、明らかに時代遅れのカンテラだ。

これらの事実に気づくにつれ、驚きが募ってきたが、じっくり考える暇はなかった。ちょうどその時、扇で軽く肩を叩かれたのだ。そして振り向くや、はっとするほど美しい娘の目が見えた。彼に顔が見えるようにと、少しの間、仮面を持ち上げていたのだ。

「あなたを捜してたのよ」娘が訳ありな口調で言う。

「本当かい？」他に言うべきことがないため、そう答えた。

「遅かったのね」

「精一杯、早く来たんだけどな」と、ゲームに付き合おうと決めて答えた。

なんという美しさ！　おそらく、クレオールだろう——先祖のどこかには、異国の血が混じっているに違いない。その黒い瞳は生き生きとして、遠い海のごとく底知れず、ビロードのような柔肌に、長くほっそりした指。ひだを寄せて、腰当てでスカートを膨らませた衣装でさえ、抜群の身体つきなのが分かる。彼は今いる街路の奇妙さを忘れた。

「来てちょうだい」娘は言って、人込みを出たり入ったりしつつ、素早く離れて行く。胸の鼓動が速くなった。「待ってくれ」と、後ろから呼びかける。

娘はちらりと首を巡らしてから、進みつづけた。

彼は捕まえようと決心し、前に飛び出した。人を追いかける時の、あの懐かしい興奮に満ちて、今や追跡だけが目的となった。あとできっと、獲物は自分のものになるだろう。娘が何者なのか、わざわざ立ち止まって考えはしなかった。顔に見覚えがなかったのだ。分かっているのはただ、並外れて美しいということ。目元と口元にはどこか忘れがたい雰囲気があり、心の奥底にぼんやりと、懐かさが残っていることだけだ。どういうわけか、はるか昔に、こんな女を愛する喜びを味わいでもしたかのように。

娘は人込みを縫って行った。素早く、軽やかに、優雅に。

だがいくらがんばっても、何故か追いつけない。娘はつねにちょうど見えるところにおり、一度か二度、ふざけて立ち止まった。まるで待ってくれているかのように。なのに楽に話しかけられる距離まで近づくや、いつも遠ざかってしまう。彼は微笑を浮かべつづけていた。あれやこれやと、こんなふうにマルディグラの人込みを縫うことは、何度も経験済みで——必ずと言っていいほど、勝利を収めている。この雌ギツネを、戦利品のリストに加えてはいけない理由などない。

彼はいっそうがんばった。

次第に、ほとんど気づかないくらい、人がまばらになり、誰もいなくなった。二人だけがぽつんと、横町に残された。娘の白いドレスが六、七軒先に見え、そのからかうような笑い声が、暖かい空気に乗って漂ってくる。すでに夜の帳《とばり》が下り、明かりは一つもついていないが、気にも留めなかった。幻影さながら、娘はつねにかなり前方にいて、彼よりも素早く軽い足取りだった。そして暗闇でも足元が確からしく、彼のほうは二度ほどつまずき、転びそうになったほどだ。

自分がどこにいるのか見当もつかないが、気にもならない。前方にいる女に追いつくことしか考えなかった。一旦ものにしたあとで、帰り道などすぐに見つかるだろう。

娘が急に立ち止まった。彼がほぼ追いつくまで待ってから、茂みに囲まれた、真っ暗な芝生の中に入った。広いベランダまで速やかに走り、そのまま階段を上がって戸口に着くと、屋敷に入って行く。ドアを少し開けてあるのが、歴然とした誘いだった。

彼はあとを追った。

屋敷内は真っ暗なのにもかかわらず、ぼんやりと明かりのともった部屋の中に、娘が姿を消すのが見えた。

そこでもまた、彼はあとを追った。

たちまち、部屋がぱっと明るくなったかに見えた。背後でドアが閉まり、獲物は部屋のはるか向こう側にいる。自分の正面と周囲と、後ろのドアとの間にさえも、男たちがいて――全員が衣装を着けており、明らかに海賊の衣装だ。だが誰も仮面を着けてはいない。獲物の顔からも仮面が消え、微笑も消え失せていた。

しばらくの間、その劇的な情景は保たれた。皆が厳めしく緊張した様子で、こちらを見つめている。侵入者は罰せられねばならない、とでも言うように。彼は一瞬、微かにうずくような恐怖を感じた。だがむろん、マルディグラなのだから、分かってもらえるだろう。いや、分かってもらえるのだろうか？　室内の緊迫した静けさには、どこか不吉な感じがあった。

さっと辺りを見回して、顔見知りはいないかと捜す。一人も見当たらない。

その情景が崩れた。

周囲の人々がずいと迫ってきた。真正面の人々だけは動かず、その真ん中に座った男は、荒くれ者風にめかし込み、粋な黒い顎髭と口髭をたくわえている。男は古めかしい造りの、銃身の短いピストルをもてあそんでいた。無関心と侮蔑の入り混じった目で、ヴェルヌールをにらみつけ、不快感を隠そうともしない。

「ムッシュー・ヴェルヌール」それは問いというよりむしろ、断言だった。

「ご存じでしたか」ヴェルヌールは微かな笑みを浮かべた。

「話しかけられた時だけ、話したまえ」男が素っ気なく言う。

ヴェルヌールは怒って身をそらせた。「いいですか。若いご婦人から遠回しに誘われて、家に入ったことは認めますが……」

「ムッシュー・ヴェルヌールはこれ以前にも、若いご婦人たちを追って、家に入ったことがおありかと思う」座った男は、語尾を伸ばした口調で言った。「そして許可があろうとなかろうと、その数多くの若いご婦人たちに、淫らな行為を強要した」と、かたわらに立つ人物のほうにうなずく。「罪状を読み上げてもらえますか、アリマンさん？」

「失礼ながら、そういう君はどなたかね？」ヴェルヌールは横柄に尋ねた。

笑い声がさざ波のように広がった。男が立ち上がり、ふざけてお辞儀をする。「これはどうかお許しをば」その口調には、紛れもない侮蔑が込められていた。「私めはジャン・ラフィットと申します」

こいつの芝居は、驚くほど真に迫っているぞと、ヴェルヌールは思った。「きっとご容赦いただけるでしょうが、皆さん」彼は言った。「何しろ、マルディグラですから……」

「黙っていたまえ」ラフィットは言うと、アリマンに手を振って見せた。「読んでください」

「昨年の二月六日、彼は十六歳のクレア・ペチョンを、本人の意志に反して誘惑した」アリマンが明瞭な声で読み上げる。「三月二日、マドモアゼル・ジュリー・アルジェントンは、彼のせいで身籠もり、入水して自らの命を絶った。四月十八日、彼はマダム・テレーズ・ムノンを誘惑した。夫のレオンは妻を寝取られたと知り、彼女を射殺したあと、拳銃で自殺。五月十日、彼は十七歳のジャニス・ブールジュローの処女を奪った」

ヴェルヌールはこの馬鹿げた記述を、大声で否定したかった。だが心の中には、自分を当惑させ、恐ろしく混乱させるものがあった。こうして厳粛に読み上げられている女の名前には、どれも覚えがない。だが読み上げられるたびに、記憶の見知らぬ底のほうから、女の顔が次々と浮かび上がってくるのを、否定できなかったからだ。十六歳の娘の顔、それよりやや年上の娘の顔、夫のいる女の顔、別の娘の顔――心の遠い片隅では、どれも見覚えがある。必死に口をついて出たのは、否定の言葉ではなかった。

「告発者による罪状には、年号の言い落としがある」彼は機械的な口調になった。

「今が一八一一年だから、それは一八一〇年に決まってるさ」ラフィットが言う。「この点に関しては、犠牲者たちに関してよりもやかましいんだな、ムッシュー・ヴェルヌール」

心の中の混乱は、混沌にまで高まった。となると、二人の自分がいたのか？　断じて起きなかったと分かっている出来事を、思い出すことができたのだから。さらに今は二十世紀なのに、一八一一年とか一八一〇年とかいうのは、なんの話だ？

「ムッシュー・ヴェルヌールは、これが裁判だと理解してないようだ」ラフィットが言う。

「裁判？」ヴェルヌールは繰り返した。「皆さん、私は頭が混乱して……」

「おやおや」ラフィットがつぶやく。「女の扱いが上手い男は、剣の扱いはけっして上手くない。そして大方の男たちよりも、恐怖に敏感なものだ。君を正当に扱ってやるから、心配はご無用。自らの弁護のために、何か言い分はあるかね？」

一言も出てこない。心の奥のどこかに言葉があるのに、出口が見つからないのだ。

「さあ、言いたまえ——若い娘たちをたぶらかした件は真実か？」

彼は答えられなかった。

ラフィットはアリマンのほうを向いた。「被告人は認めたと、みなしてください」再びヴェルヌールに向き直る。「また愚かな既婚女性をそそのかし、姦通させた件は？」

返事はない。

「彼は再度、同意しました。さてと、ムッシュー・ヴェルヌール、これも真実ではなかろうな？

まさしく今月の七日に、我が被後見人であるエリース・ゴルティエを襲い、暴行した件だが？」ラフィットがさっと腕を振って、女のほうを示す。だが時の流れとは早いもので、それはヴェルヌールが先ほど、熱心に欲していた獲物だった。

今までに一度も見たことがない女だ、と言いたかったが、確信はなかった。記憶には残っているようだが、何故だろう？　理由は説明できないし、知りもしなかった。自分はどういう経緯でここに来たのか？　そう、その女のせいではあるが——どうしてこんなことになったのか？　彼は明かりのない街路を思い出し、無理もないことだと思った。だが一方では、明かりがないとは妙なことだと思い、妙だと分かっていた。我が身に何が起きているのか？　これはなんと途方もない陰謀なのだろう？

ラフィットはまた立ち上がっていた。「ムッシュー・ポール・ヴェルヌール、判決を聞かせよう」ヴェルヌールは言いたかった。「私の名前はアラン、アラン・ポールだ」と。だが口からはなんの言葉も出てこない。実際にその時点では、誰にどう言われようと、何も確信できなかった。彼は目を下に向けており、見えるのは先ほどまでの床ではなく、丈の長い草と石の角——石の箱のようなものの角だったからだ。

「……銃殺刑に処す」ラフィットが言っていた。「ただちに」

たちまち、旧式のピストルが五、六挺、こちらに向けられた。撃鉄を起こし、用意ができた状態で。

「狙え」後ろに下がりつつある周囲の人々に向かって、ラフィットが言う。

ヴェルヌールは麻痺したように、突っ立っていた。分かってさえいれば！　どちらが夢なのか

——こっちか、あるいはあっちか？　どちらが現実なのか——弁護士の自分がいる、あの遠い世界か、もしくは伊達男の自分がいる、この一八一一年のニューオリンズか？　実際、どちらなのだ！

「撃て！」ラフィットが言った。

ひとしきり発砲があった。束の間、アラン・ヴェルヌールの世界は乱れ、奇妙にくすんだ青色と化した。


ヴェルヌールが発見されたのは、久しく放置された墓地でだった。ニューオリンズの南の、市内でも辺鄙な場所だ。彼は死んでおり、死因は誰にも説明がつかなかった。身体には五つ六つ、青っぽい痕があり、銃弾を受けたようだが、皮膚は無傷だったのだ。取り調べの過程で、以下のことが判明した。彼はマルディグラの人込みの中を、半狂乱になって走っているのを目撃されていた。誰の目にも見えない何者かを追っていたらしい。また彼が墓地にいるところを、通りすがりの人間が観察していた。一人きりでたたずみ、身ぶり手ぶりで話していたため、目撃者は酔っ払いだと思い、そのまま行ってしまったという。さらに墓地のかたわらには、古い屋敷があり、それはかつてデジレー・ゴルティエの地所だった。言い伝えによれば、その屋敷では一世紀以上も前に、ヴェルヌールの先祖が銃で撃たれて死んだという。

ヴェルヌールは発見された時、まだ例の青い眼鏡をかけていた。

アラン・ヴェルネールは、市立博物館の学芸員なので、その眼鏡を見るなり価値を認めた。そして間もなく、それを自分のコレクションに加える機会を見いだした。かくして、ジェシー・ブレナンの本来の意図が達成された。

The Blue Spectacles（1949）

アラナ

私は他人を軽々しく批判したことはないが、スチュアート夫人に対しては、モーリスにもう少し注意を払い、あの子が必要とするような愛情を与えられたかもしれないと、心から思っている。今やすべてが終わったのだから、あの家で起きた出来事について、知っていることを書き留めておいても、害にはなるまい。スチュアート氏は、あれ以上のことはできなかっただろう。彼には仕事があり、ひどく疲れた様子で街から戻ることもあったからだ。問題はスチュアート夫人だった。彼女はいわゆる――自分のためだけに生き、他人には充分に尽くさないタイプの女性だった。人は自分のために生きるべきではない、とは言わないけれど――それだけではいけない。うちの祖母はよく、愛されるよりも愛するほうが、ずっと好ましくて豊かなことだ、と言っていたものだ。私はスチュアート夫人について考える時、しばしば祖母の言葉を思い出した。つまり、愛するとはどういうことかを知らない人だと、つねづね思っていたのだ。それでも、彼女が自分の息子を愛していない、とは言いたくなかった。愛とはなんであるかは、誰にも分からないし、人の数だけ違う形があるのだから。愛はこの世で最も、人を豊かにしてくれることもあれば、そうでないこともある。好ましくて健全なこともあれば、独占的で破滅的で、邪悪なこともある。人の死後も生きつづけるほど強いこともあり、もしそうなら、飢えや恐怖など様々な感情もまた、充分に強いものになれば、必ずや人の死後も生きつづけるのだ。

私がスチュアート一家に加わったのは、彼らがヴァーモントの丘陵地帯にある屋敷を手に入れた時だった。つまり、一家がその夏を過ごすために移ってきて、一カ月ほどそこで暮らしていた頃、住み込みの家庭教師を求む、という広告に応じたわけだ。たいていの女性は、街からそんなに離れた場所には、けっして勤めたがらなかった。それは実のところ、街にいることを好んだという意味だ。何故ならスチュアートの屋敷は、最寄りの街からわずか十二マイルの距離だったのだから。スチュアート氏は街に法律事務所を構えており、帰宅してもほぼ毎晩、訴訟事件の調べ物をしていた。夫人はそんな場所に満足するような女性ではないと、私はいつも思っていた。彼女はつねに自分のことを考えていて、ちょっとした自慢ができる相手が目の前にいないと、とても寂しくなるタイプだった。

これではまるで、私がスチュアート夫人に偏見を持っていたと思われるだろうが、そんなことはない。もし彼女が違うタイプの女性だったなら、何も起きなかっただろう――少なくとも、あの屋敷で起きた出来事のようにはならなかっただろう、と思うばかりだ。先に言っておくと、初めてあの家を見た時、何か良くない雰囲気があるように感じた。「いかにも女が考えそうなことじゃないか!」と言われそうだが、嘘ではない。夫人の人柄が分かってくると、あの家の良くない雰囲気は、彼女のせいだとごく自然に思った。それは間違いだったと今では分かる。夫人がしたことのいくつか――いやむしろ、しなかったことは、あの家のせいではなかったのではと時には思う。私はあの可哀想な女性には、本当に偏見など持っていない。自分が自分でしかないのと同じように、彼女は彼女なのだし、スチュアート氏はあのような人であり、モーリスもまた……。

あの屋敷は本当に美しかった。古い二階建ての石造りの家で、きれいな屋根には緑色の苔が生えていた。石は黄色だが、湿っており――実際、外壁はしっとりしていた。それは外側を流れる小川のせいだと、私は思ったものだ。と言うのも、そこにはいかにもヴァーモントらしい小川が流れていたからだ。もし一度でも、ああいう緑がかった青い水の、透き通った小川を見たことがある人なら、この意味がお分かりだろう。小川は丘陵地帯から流れてきて、屋敷を囲む土地のちょうど真ん中を通っていた。けれども北端の外れではややそれていたので、屋敷の以前の持ち主は、裏手に深い池を作った。その池の煉瓦と石でできた見事な縁が、両岸から弧を描いて、小川のほうに伸びていた。つまり、小川は池の片側から流れ込み、反対側から流れ出ていたわけだ。小川沿いにずらりと並ぶ木々のせいで、池はつねに陰になっていて暗かったから、普通なら魚がたくさん集まると思うところだ。でも不思議なことに、魚がいるのは池の上方の小川の、草に覆われた両岸の辺りで、池の下方にもいた。なのに池の中には、魚もカエルも一匹もおらず、ミズグモすらいなかったのだ。そこにはユリが咲いていたが、その緑色の葉と黄色い花々のせいで、水面はいっそう黒々として見えた。ふと覗き込むと、底なし池という奇妙な錯覚にとらわれた。

彼らによれば――つまり、面接してくれたスチュアート氏によれば――モーリスは「問題児」だそうだった。なので甘やかされきった坊やでも扱う心構えで、私はやって来たのだ。モーリスは当時五歳か、もしくはもう少し上の、とてもきれいな子供だった。憂いを帯びた青い瞳は、時には陽気に輝いた。太陽に照らされた砂と、岩々の上をさらさらと流れる、あの小川の青い水さながらに。そしてブロンドの巻き毛に、繊細で豊かな唇。肌は色白で血色が良く、生まれつき身だしなみを心得ているような子だった。こちらは初日の間ずっと、彼が急に悪さを始めるのを待っていたが、そういうことは何もしなかった。おとなしくて、やや恥ずかしがり屋で、本ばかり眺めており――両親の話では、年齢の割におませらしく――とてもお行儀が良かった。次の日には悪さを始めるだろうと思ったが、やはりしないので、とうとう煙に巻かれて、スチュアート夫人にぶしつけに尋ねた。モーリスはどのような「問題児」なのかと。

スチュアート夫人は黒い瞳をした、細面の女性だった。いつも少し現実逃避をしているように見えたが、明らかにとても激しやすいタイプだった。と言うのも、夫を完全に制御しており、彼はより良い判断を何度も妻に委ねたからだ。彼はけっして、あやまちを大目に見る人ではなかったのに。夫人は文通に精を出し、街にいる友人たちに日がな電話をしていた。私が昔も今も変わらず、彼女を非難するのは、モーリスに当てる時間があまりないように思えたからだ。いくら他人の子とは言え、あんまりだった。こちらの問いかけに、彼女はたちまち不愉快になったらしい。そもそもあなたに話す義務はなかったのに、とでも言うように。

「あら、ウェインから聞かなかった?」

「いいえ、奥様、伺ってませんわ。わたしは活発で、悪戯好きな坊やかと思ってました。でもモーリスには、悪戯好きなところはまったく見当たりませんね」

「ええ、単なる悪戯好きならよかったのに！」夫人はため息をついた。「もっと悪いものよ――有り余るほどの想像力を与えられた子だというのが、いちばんいい説明じゃないかしら」

私は黙っていた。

「わたしたちにとっては、かなり気のもめることだけど、あの子はとても白々しい嘘をつく癖があるの。旦那様とわたしは、それをやめさせたいのよ。わたしたち皆にとって気まずいのは、うちで週末を過ごす友人たちの前で、あの子が変な話をすること。そして最悪なのは、それを弁解する方法がないことなの」

「どんな種類の嘘か、伺ってもよろしいですか？」

夫人は手を振った。なかば漠然と、なかば却下するような仕草で。「ああ、ありとあらゆる嘘よ、カールセンさん」

私は嘘つきを好きになれたためしがない、と認めなければならない。子供というものは、かなりの割合で嘘をつくのだろうが。モーリスが嘘にふけっていると聞き、私はびっくりした。どういうわけか、人はいつも善良さやあらゆる美徳を、きれいなものと結びつけがちであり、きれいな子供に対しては特にそうだ。だから私はできるかぎりのことをして、モーリスの嘘をやめさせようと決めた。次の日は、彼を試すようなことまでした。彼が台所で小皿を割り、注意深く破片を拾って、ゴミ箱に捨てるのを目撃したので、一時間ほどたってから、ごくさりげない口調で、あの小皿はどうしたのかしらと尋ねたのだ。何かに使いたいとでも言うように。

「僕が割ったんだ、カールセン先生」向こうは率直に答えた。

そう聞いて、こちらは当惑した。母親が言ったとおり、白々しい嘘をつく子なら、皿の件できっと嘘をつくだろうと思ったからだ。彼は私に見られていたとは、知らないのだから。それはひどく煙に巻かれたような感じで、日がたつにつれ、その感じはどんどん増した。すると六日目のこと——あれは土曜日だ。自分が来たのは、その週の月曜日だったから。モーリスは私が屋敷の南側の、低いベランダで休んでいるところへ現れた。そして、アラナが先生に会いたがっている、と告げたのだ。彼が遊び友達と一緒にいるのは、一度も見たことがなかった。なのでアラナというのは、近くの農場から来た誰かだろうと考えた。

「彼女をここに連れてきて」

「ううん、だめだよ。先生が会いに行かなきゃ」モーリスはそう応じると、自信たっぷりに手を差し出した。

「よろしい」私は笑いながら言って、その手を取った。

向こうはひどく誇らしげに、屋敷を回り込んで案内した。私は遊び友達がいるのは、裏手の戸外、つまり丘の上り斜面だろうと思った。でも、そこには誰もいなかった。にもかかわらず、モーリスはまっすぐに庭を突っ切って行く。素早く辺りに目をやっても、誰も見当たらない。それから二人で池のところまで来た。よく彼が空想にふけりつつ、長い時間を過ごしている場所だった。するとと私の手をぐいと引いて座り、一緒に座るべきだと示した。

「でも、どこにいるの？」

「何も言わないで、お願いだから、カールセン先生」

きれいな顔が興奮で赤らんでおり、脈もやや速くなっているふうに思えた。私は手を上げておでこに触れ、熱があるのかどうか調べようとした。けれども触れるか触れないかのうちに、とても奇妙なことが起きた。手をさっと払いのけられたように感じたのだ。そう感じたのは、なるほどほんの一瞬で、同時にモーリスが身体を少し離し、水面を覗き込んだ。なので私はすぐさま、彼の動きによる錯覚だと決めつけた。辺りを見回して、芝生の向こう端にある、森の下り斜面に目をやった。少女が飛び出してくるのではないかと、期待しながら。でも、人の気配はまったくなし。モーリスは池を覗き込んだままで、唇に微かな笑みを浮かべている。けれどもその瞳は、やや不安そうだった。

物も言わずに突然、モーリスは立ち上がって手を差し出し、私を急かせてベランダに戻った。彼はさっと微笑を寄こしてから、足早にまた屋敷を回り込んで行く。こちらはその行動に驚いて、わざわざベランダを出て歩いて行き、裏手の芝生のほうに目をやり、彼の居場所を確かめた。向こうは案の定、再び池の縁に座り、真っ黒な水面を覗き込みながら、手を下に伸ばしていた。

その夜、彼のベッドの横に立つと尋ねた。「で、あなたの言うアラナは、午後はどこにいたの、モーリス？」

「先生にには見えなかったんだね」彼はひどく単調な声で答えた。失望したかのように。

「ええ、見えなかったわ。どんな人？」

「ああ、きれいな人だよ」

「お母様と同じくらい？」

「うん」

「どこに住んでるの？」

「池の中さ」

それでようやく、スチュアート夫妻がモーリスを、「問題児」で白々しい嘘をつく、と言った意味が分かった。ありとあらゆる嘘という点は、事実ではないと確信した。彼はおそらく、両親にアラナの話をしたのだろう。そして両親は、繊細で想像力豊かな子供は、架空の世界に住んでいるということを理解しなかったのだ。さらに現実の仲間がいないと、想像で作り上げる傾向が強いということも。私はその時は何も言わず、モーリスに微笑んだだけだったが、すぐに憤りを感じた。両親はあと少しの労を惜しまずに、息子には何よりも仲間との交流が必要だ、と気づくべきだったからだ。そこにいるのは母親と料理人、近くの農場からやって来る老いた庭師、そして私だけ。夜には父親もいたが、少年よりは皆はるかに年上で――同じ年頃の子は一人もいなかった。その夏の間、同じ年頃の子が現れる見込みもなかった。だから私はできるかぎり、彼の遊びの世界に付き合ってやらねばと悟ったのだ。

スチュアート夫妻は居間の西側の、仕切りのあるベランダに座っていた。私はつかつかとそこに行って、夫妻に尋ねた。モーリスの想像力が原因で、問題児だと思うようになったのかと。

「嘘が原因よ」夫人は頑固に言った。

「わたしは嘘とは呼びません」こちらも同じく頑固に応じた。「坊っちゃんはただ寂しくて、あいう話を作り上げてるんです」

スチュアート氏は新聞から顔を上げて、それは確かに健全な兆候ではないなと言った。ひどく心配そうだった。

「健全とはどういう意味でおっしゃってるのか存じませんが、あれは間違いなく、まずまず正常なものですわ」

「いいえ、違いますとも」夫人が言う。

「これはわたしだけの意見ではないんです、スチュアート夫人」

「誰の意見だろうと構わないわ。モーリスにはやめさせるべきよ。あんな――あんな大嘘はね。あるいは、なんと呼んでもらってもいいけど」夫人はちらりとこちらを見た。「わたしたちは、あなたができることをしてくれるよう、当てにしてるの」

「できることはいたしましょう。ですが、坊っちゃんを嘘つきのように扱うのは、この世で最も悪いことだと思います。わたしはそういうことはしません」

「君のやり方を期待してるよ、カールセンさん」スチュアート氏は言った。

お分かりだろうが、結論は容易には出なかった。出るわけがない。つまり、夫人はその件に関して感情的で、不愉快なままだった。スチュアート氏は、そういうことが日々起きている場所から、明らかに離れすぎていた。そして私は――たとえ常識的な態度では勝っていても、モーリスが有り余るほどの想像力を持つのと同じくらい、想像力が著しく欠けていた、と言われるかもしれない。自分としては、あと少しの想像力があれば、あんな事態にならずに済んだだろうと思う。

その夜かなり遅く、階段を上がっている時、モーリスが廊下を歩いてくるのが見えた。ほとんど真夜中だったが、晴れた夜で、月が輝いていた。そんな時間に、何をしているのかしらと思った。水なら自室の隣の浴室で飲めただろうから、そうではない。私は身を隠して、彼が通り過ぎるのを見守った。向こうは廊下を進み、屋敷を出て行ったので、音を立てずにあとを追った。

モーリスはそのまま池まで行き、白い寝巻き姿で縁に屈み込んだ。そして抑えた口調で、「アラナ！　アラナ！」と囁いているのが聞こえた。すると突然、水面に小さなさざ波が立ち、前にはなかった蒸気が現れたのだ。私はどんなに仰天したことか！　見るなり寒気がしたが、それは現れたのと同じくらい、素早く消えてしまった。そこには何もなかった。自分の目の迷いかと思いはじめたのは、彼が手を上に伸ばしながら、やって来た時だった。あたかも誰か、年上の人の手を握っているかのように。さらに時々、見上げる動作を繰り返した。横を歩いている人の話に、耳を傾けているかのように。

それを見た時の気持ちは、言い表しようがない。不気味だった。モーリスの姿は、月明かりの中でとても鮮明に見えた。けれども断じて、芝生を横切って行くものは、他に何もなかった――白い寝巻きを着た、巻き毛の少年しかいなかったのだ。でも彼が通り過ぎた時、屋敷に近い古木の陰に立つ私は、冷たい風が自分をかすめたような気がした。そしてまたしても、あの言い知れぬ寒気を感じ、何かひどく強烈な感情を持つものが浮かび上がり、生きているかのように、自分にまといついた気がした。そのためぎょっとして、肝をつぶしそうになった。見えも聞こえもしない何か、風よりもとらえがたい何かのせいで。その感じはモーリスが家の中に入ったあとも残り、ややあってからようやく、彼のあとを追うことができた。

私は階段に直行した――モーリスは二階に上がり、ベッドに入っているはずだったからだ。そして階段の手すりに手を置いた瞬間、氷に触れたかのように、さっと引っ込めた。無理もあるまい。手すりが湿っており、しかも冷たかったのだから！　ああ、なんという冷たさ！　おまけに触れた瞬間、かつて味わったことのない、恐ろしいまでの寂しさを感じた。まるで人の手触りや声から、遠く離れた場所に隔離されたかのような、恐ろしいまでの孤独を。さらに胸をかきむしるほどの切望、突き動かされるような欲求に襲われた。誰かをきつく抱き締め、我がものにし、愛したいと！

それはすさまじい欲求だった！

もぎ取るように手を引っ込めると、わなわなと震えながら、後ろの壁に倒れかかった。明かりをつける。階段の手すりには、二度と触れまいとした。でも湿り気がきらきらと光り、ずっと上のほうまで付いているのが見えたので、それを追って行った。湿り気は廊下と言わず、壁と言わず、果てはモーリスの部屋のドアノブにまで付いている。二度と触れたくはなかったが、彼の無事を確認しなければならない。そこで身を乗り出し、気を引き締めつつ、素早くドアを開けた。

その湿り気に触れた途端、再び感じた――ああ、胸を引き裂くような絶望、惨め極まりない苦悩、これ以上はないほどの寂しさを！　おお、恐ろしいまでに誰かを求める気持ち、そばにいてくれて、愛し敬うことができ、互いになくてはならないという相手を欲する気持ちを！　ドアにしがみついて覗き込んでみたが、彼は無事にベッドの中にいた。私はドアを閉め、震えてあえぎつつ、そこから離れた。今までに味わったことのないほど猛烈な感情、冷ややかな魂の孤独、不安と恐怖と空しさのせいだ！　あたかも一生分の不幸や悲嘆がことごとく甦り、その埋め合わせとなるべき喜びの記憶を、すべて奪い去ってしまったかのようだった。さながら人から離れて歳月を過ごすことを、永遠に運命づけられた者のような——ああ、それは言葉にしようのない恐ろしさだった！

どう言われてもいいが、私は臆病者ではない。この屋敷には何かひどく不吉な雰囲気があると、その時に悟ったのだ。あらゆる本能がよせと叫ぶのも構わず、自分を強いて再び階段を下り、外に出て芝生を横切り、池のところに戻る。縁に座って真っ黒な水面を覗き込むと、今や月光が銀のように広がっていた。月明かりに照らされた真っ黒な水面から、幽霊さながらに見上げる、自分の顔が見えた。美しい場所だった。月の光が辺り一面にあふれ、池の上方と下方では、小川がおしゃべりのような音を立て、時折パシャッと魚の跳ねる音が聞こえた。そこに座って池を覗き込んだまま、五分、十分と過ぎた——何を見ようと期待していたのか、定かではない。でもまさか、去ろうと立ち上がった瞬間に、もう一つの顔——ほっそりした女の顔を見ようとは。目があるべき部分は真っ黒で、明るい色の髪が、濡れて顔の横に垂れていた。あまりにも鮮明に見えたため、誰かが私の肩越しに、水面を覗き込んでいるのかと思ったほどだ。振り返ってみたが、そこには誰もいはしなかった。そして水面に目を戻すと、見下ろしている自分の顔だけで、他には何も映っていない。けれども心の中には、再び何かが生じていた——またしてもあの恐ろしい孤独感、激しい切望、害をなすような信じがたい欲求、悶えるほどの寂しさが。それらの感情に揺さぶられ、かき乱されて、よろよろと池から離れ、泣きながらひざまずいた。そこまで強く、恐ろしく、心動かされる感情だったのだ。
屋敷に逃げ帰ると、自分の部屋で再び一人きりになれて嬉しかった。あそこにいた、あれほど絶望的な何ものかに対する、身震いと哀れみの念は収まらなかったが。
その手紙を見つけたのは、二日後だったと思う。それは古いアルバムの中の、写真があったはずの箇所に差し込まれ、私の部屋の隅の押し入れに残されていた。十年前の手紙で、男の筆跡であり、ルエラ・ウィザーズ夫人に宛てたものだ。好ましい内容ではなかった。

「ルー・アラナへ
僕は丸々一週間、戻って初めからやり直そうと、自分に言い聞かせようと努めた。だが無駄だったよ。そうするには心が弱すぎる。もともと、物の考え方があまり立派ではないからね。なのでシンガポールとマラヤ連邦に向かう不定期貨物船で、航海に出てしまった。これで君は配偶者遺棄を理由に、簡単に離婚できるわけだ。あの屋敷を所有してほしい。あれは間違いなく君のものだ。設計やら何やら、すべてやってくれたのだから。あそこでともに過ごした短い期間に、二人の間に子供ができなかったのは残念だ。不運だったが、それが僕たちの運命だったのさ。
ジャックより」

私は手紙を見つけた場所に戻し、スチュアート夫人に話しに下りて行った。この屋敷には以前、誰が住んでいたのかと尋ねる。

「ルエラ・ウィザーズ夫人という方よ、カールセンさん」

「どんな女性だったんですか？」

向こうは肩をすくめた。「見当もつかないわ。もちろん、亡くなってるし。屋敷は親戚の方が所有してて、わたしたちは代理店を通して借りたの」

彼女はウィザーズ夫人に関して、何も知らなかった。私は指摘してやろうかと思った。奇妙な偶然の一致ですね、ウィザーズ氏が奥さんに付けたあだ名と、モーリスが友達に付けたあだ名が同じだなんて、と。そもそもスチュアート夫人には、尋ねるべきではなかった。彼女いわく、屋敷の以前の住人の習慣や、暮らしぶりを詮索するのは、お行儀が悪いそうだから。こちらはすぐにも、誰か別の人と話すべきだったのだ。でも実際にそうしたのは、それから三日後だった。午後になってモーリスが眠っている間に、どうにか二、三時間を費やして、田舎道をてくてく歩き、隣人の一人を訪ねることができた。

ウォレン夫人は農夫の妻で、かなり年を取っていたが、なおも大柄でたくましかった。彼女はその日、イチゴの瓶詰めをしていた。私は素性を伝えたあと、一緒に台所に座った。おおかたの田舎の人々と同じように、こちらを疑う理由がなくなった途端、向こうはとても親切になった。そのゆったりした物腰のおかげで、話をするのはとても楽しかった。私をありのままに受け入れてくれ、尋ねたのはスチュアート一家のことだけ。それも実にさり気ない調子で、まったく詮索がましくはなく、ただ隣人たちについて知りたがっていた。そういうわけでついに、私は易々と、ルエラ・ウィザーズの話題に移れたのだ。

「ええ、知ってますとも」ウォレン夫人は言った。「本当に可哀想な人！」彼女は首を振り、温かな茶色の瞳に哀れみの表情を浮かべた。

「ここでは不幸だったんですか？」

「不幸というのとも違って、とても孤独だったの。あれほど孤独な女性は――あるいは男性も――見たことがないわ。彼女はとことん悲嘆に暮れたものよ。ご主人が汽船に乗ったまま、行方をくらましてしまって。そもそも、ご主人がなんで旅に出ようと決心したのか、誰も知らないの。夫婦には子供がいなかったから、奥さんは一人で残されたわけ。彼女はどんなに子供を欲しがったことか！　事情は分からないけど、子供ができない身体だったんじゃないかしら。とにかく、誰かが息子でも娘でも連れて、あそこを訪ねると、彼女はその子を帰したがらなかった。引き留めようとしたり、なだめすかして戻らせようとしたり――それはもう、かなりひどいやり方でね！孤独のせいで、いよいよ頭がおかしくなったという噂よ。おかげでやつれて、ひもじそうな様子だったから、ついにはそれが原因で、死んでしまったんだと思うわ」

「じゃあ、亡くなったんですか？」

「ええ、そうよ。もはや耐えられなくなって。ご主人は家を残してくれたけど、お金はあまりなかったんじゃないかしら。彼女は家を売ろうとしたけど、できなかったのよ。どこか他のところに行くこともできず――だって、お金がないんだもの――ある晴れた日に突然、溺れ死んでしまったわけ」

「あの池でね」私はほとんど反射的に言った。

「ええ。あそこは人が考えるよりも、深いそうよ」

ウィザーズ夫人のことを聞くと、奇妙なやるせない気分になった。「教えてください」とうとう言った。「彼女が『アラナ』と呼ばれるのを、お聞きになったことは？」

「ご主人がそう呼んでたわ。甘える時の呼び方だったんじゃないかしら。本に書いてあるような、子供への呼びかけじゃなく。ご主人はいつも、恋人に話しかけるみたいに、その名前を口にしたものよ。すると彼女は微笑んで、目を輝かせたから――きっと、そうだったんでしょう」

私はそのあと、モーリスにとっては、あそこを去らせるのがいちばんだろうと思った。一晩中、それについて考えた。そして翌朝、スチュアート氏が出かける前に下りて行き、朝食の席で夫妻に話したわけだ。モーリスはまだ眠っていた。私はいろいろとじっくり考えてきたが、モーリスはまったく嘘つきではなく、孤独のせいで奇妙な空想を抱いたように思うと言った。それが空想だという確信はない、と言うべきだったかもしれない。でもそう言おうものなら、夫妻は勧められたことをすべて、割り引いて聞くだろうと分かっていた。だから言えず、真実の一部は、隠しておかねばならなかったのだ。二人はやや慌てたが、私は説得した。

それから言った。「さらにご提案させていただくなら、行くべき時が来るまで、モーリスにはお伝えにならないよう、強くお勧めします。そうでないと、考え込んでしまうかもしれませんから」

「それはやり過ぎでしょう」スチュアート夫人は言った。「弱虫な子に育てるつもりはないわ。人生がいつも思いどおりになるとはかぎらないって、あの子はもう知るべきよ」

ごもっともな方針ですが、この場合は裏目に出そうな気がします、と私は言った。そして夫妻に考え直すよう頼んだ。あまりにも熱心に頼んだので、スチュアート氏がついに、二人でよく考えてみると言ったほどだ。なので、その件はお預けになった——出発の前日までは。

結局、スチュアート夫人が意見を通した。二人が妥協したのは確かだ。スチュアート氏は私が正しいと考えたが、夫人は自分が正しいと考えた。そこで夫妻は妥協し、町に戻るつもりの前日の朝まで、モーリスには黙っていることにしたのだ。

その朝は、全員でテーブルに着いていた。そして夫妻がモーリスに告げた時、彼の顔が真っ青になり、フォークをぎゅっと握り締めるのが見えた。

「僕は行かないよ」と、小さな声で言った。

「なんですって?」スチュアート夫人が尋ねる。

「僕は行かないよ」と、再び言う。

「さよならを言うのに一日以上、必要だとは思えないけど。あなたのお友達にね」夫人は冷ややかに言った。

スチュアート氏が咳払いをした。

モーリスはきちんとフォークを置き、椅子に深く座った。

「食べなさい、モーリス」夫人が警告するように言う。

「お腹が空いてないいんだ」

「食べなさい」

「嫌だってば」

夫人は目をぎらつかせて、顔を上げた。「ほらね、最初は嘘をついて、次は言うことをきかないわけ」と、誰ともなしに言う。「どんどん悪くなる一方ね。今がこんな状態なら、あと二、三年もしたら、どんな子になってしまうのかしら？」

モーリスは立ち上がり、テーブルから離れた。

「席に戻りなさい！」夫人は怒りに駆られ、甲高い声で叫んだ。モーリスは一言も返さず、ただ部屋を出て行った。

夫人は立ち上がって、あとを追ったことだろう。でもスチュアート氏が引き留め、ぞんざいな口調で言った。モーリスは話を聞いて、ショックを受けているのだから、余計な圧力をかけず、事がひとりでに収まるようにしたほうがいいと。私はその言葉に感謝した。夫人はしばらく、息子の振る舞いについてよく考えた。そしてまた朝食を取りはじめると、今度はとても陽気になった。その出来事をそっくり忘れてしまったかのように。

けれども、こちらは忘れなかった。一日中、注意深くモーリスを見守り、とりわけ池のところでは気をつけた。授業は早めに切り上げた。彼がお気に入りの場所を回って、別れを告げたいだろうと分かっていたからだ。向こうはあまり話をしなかったが、心に何かを秘めているのが見て取れた。人はしばしば、特に子供時代から遠ざかった大人は、こう考える。子供の世界は、大人の世界に依存しているのだと。でも現実には違ったし、今後もそうはならないだろう。子供は環境がどうであれ、つねに自分自身の世界に生きているのだから。そして繊細な子供は、大人になっても、その世界を完全に忘れることはない。

その夜モーリスが眠ってくれた時、私はよしと思った。彼は午後も遅くなるまで、池のところで長い時間を過ごしていたから、アラナに別れを告げていたのだと確信した。なので夕方になってから、そうしたかどうか、そっと尋ねてみたのだ。

「うん。彼女は行かないでほしがってるし、僕も行きたくないよ、カールセン先生。ママよりも彼女のほうが好きさ。それって悪いこと？」

「秘密にしておくなら、悪いとは思わないけど」その質問に答えるのは難しかった。

「アラナは僕が大好きなんだ」

「ええ」私は言いながら、喉がつかえた。「そうね、きっとそうだと思うわ。でもいつか戻ってきて、彼女にまた会えるわよ」

モーリスは真剣にこちらを見つめ、にっこり微笑んだ。「アラナのことを話すと、皆はいつも嘘つきだって言うんだ。でも先生は言わないんだね」

「あなたを信じてるからよ、モーリス」

「ありがとう」

私は彼が眠ってしまうまで、そばを離れなかった。それから、午前一時まで起きていた。

結局のところ、長々と起きてはいられなかったのだ。荷造りを手伝ったせいで、とても疲れていたため、寝入ってしまった。目を覚ましたのは午前二時頃。空には欠けた月があり、ちょうど木のてっぺん辺りまで達していた。何が原因で目覚めたのか分からない。閉じた目の前で、何か動いたなら話は別だ。それは普通に考えるよりも、よくあることだから。私は芝生と小川を見下ろす、窓の正面で寝入っていた。池はそこから楽に見える範囲にあり、目の前を横切ったのは、池に向かおうとする、寝巻き姿のモーリスだった。

即座にすっかり目が覚めた。椅子から下りて、窓辺でひざまずき、大声で呼びかけた。

「モーリス！　モーリス！　戻りなさい！」

けれども、彼は振り返らなかった。まっすぐに池まで行くと、縁に腰を下ろした。そして低く和やかな、彼の声が聞こえた。あたかも誰かを慰めているかのように。その時、あの蒸気が再び見えた。長く白い女の腕のようなものが水面から伸び、彼の手をつかんで、池に引きずり込んだ。私は悲鳴を上げ、よろよろと立ち上がった。できるだけ急いで部屋を出ると——階段を駆け下りて外に出て、芝生を横切る。

でも遅すぎた。モーリスは沈んでしまっており、再び浮かび上がった時には、もう溺れ死んでいた。

他の皆が屋敷から駆けつける間にも、別の出来事があった。その真っ暗な池のところでひざまずいている時、何かが水面から現れて、自分の前を通り過ぎ、背後の石造りの屋敷に向かう気配がしたのだ。それから月明かりの中で、草がそよぐのが見えた。さながら二人の人間が、そこを歩いているかのように。そして私が感じたのは、寒気ではなかった。それはもはや、あの恐ろしい、絶望的な孤独ではなく——温かく満ち足りた、言い知れぬ美しさだった。まるで愛の本質とでもいうものが、ほんの束の間だけ形を取り、我が身に触れつつ、通り過ぎたかのように。

Alannah（1944）

死者の靴

彼は丘のてっぺんまで来ると、休もうと立ち止まった。アミガサタケの入ったカゴを下に置き、キノコを少し揺する。胞子が落ちて運良く根を下ろし、次の春に成長してくれるようにと。彼は伸びをした。五月の美しい午後、低い丘陵地帯には、中西部の田園がうねうねと続いていた。森あり、野原あり。草地はまだ青々とまではいかず、生えはじめの薄い色でもなく、その中間くらいで、そこかしこに花が咲いている。野原の色は土の性質によって決まるため、黒いところは黒、茶のところは茶と、久しく変わることはない。四方から立ち上る芳《かぐわ》しい香りは、彼が通る時に踏みしだいた、ベルガモットの花の香りだ。遠くの斜面を下った深い森からは、タイランチョウの甘美なさえずりが聞こえてくる。はるか北の地平線のほうには、ちょうど川が見え、少し東に目を転じれば、雲一つない空の下、一対の湖がコバルト色に輝いていた。

ダグラス・リンが何度も目にしてきたとおりの、景色と一日であった。単調だったというわけではない。五月の午後の自然の美しさは、けっして単調にはなり得なかった。リンは切り株に腰を下ろしてくつろいだ。すると同時に、あることが起きた。あとから思い出してみて重要だったのは、その時はひたすらキノコのことや、この丘のてっぺんの見晴らしの良い場所から、目の前に広がる美しい土地のこと、風に漂う花の香りのことを考えていたという点だ。さらに日差しの温かい、温暖な一日で、西から穏やかな風が吹いていたという点も。何故なら、彼の身に起きたのは正反対の出来事で、前触れもなく突然、眼前の景色が消え失せ、目のくらむような雪嵐のど真ん中にいることに気づいたのだ。彼は厳しい寒さを意識し、何もない空間を落ちて行く感覚があった。冷たい雪が顔に打ちつけ、視界を奪う。ほんの束の間、見たように思ったのは、丈の高い松の木々が雪の中から、こちらに向かって黒々と現れ、地面の雪が激しく移動して、氷の下から真っ黒な水が湧き出す様子だ。

それから事が終わると、何もかも元どおりだった。寒さの感覚や雪の光景も、松の木々や湧き出す水も――すべて消えていた。目の前には再び、見慣れた田園が広がり、五分前とまさしく同じ、のどかで変わらぬ景色だった。少し離れた斜面を、鋤を引きつつ横切る一対の馬が、すでに野原の半分まで進んでいたことを除けば。雪と寒さの感覚があまりにも強烈だったため、リンは無意識に顔を触り、濡れて冷えているのではと確かめたほどだ。だが、ふだんと同じだった。彼は特異な機能停止状態――おそらく、心臓か消化器官か神経の――に陥っていたのだろうと考えた。まだ気分が良くなったわけではないが、ただちょっと疲れているだけで、脈も正常だったのだ。

始まりはそんな具合だった。

それはその午後の間、さらに二度起きた。そして二度とも、二つの世界の激しい対立を痛感した。二度とも、身を切るような寒さと、顔に打ちつける雪を感じた。落下の不安と、空間の恐怖を味わい、何ものかの存在を感じた――そう、自分がとめどなく落ちて行く方向に、悪意を持つ何かを感じたのだ。三度目の経験のあと、行きよりもかなり急いで、来た道を引き返すと、すでに午後もだいぶ過ぎていることに気づいた。奇妙な緊張感を覚えた。

「あの寒さと雪を、実際に感じたんだよ」彼はあとで妻に説明した。「俺は落ちて行った――今こうして座ってるのと同じくらい、はっきりとな」

リン夫人は少々、精神医学の用語を振り回した。「その種の幻覚はかなり珍しいけど、限度を超えてはいないわ」

「だが理由があるだろ、ミリー！」

「あら、誰に分かるって言うの？　そういうものには、理由なんか必要ないのよ、ダグ。ただ起きるだけなの」

「考えるだに恐ろしいね――あんな出来事にいつ何時、前触れもなく襲われるかもしれないとは」

「あなたはその時、くつろいでた――外側からの刺激に対して、心が開かれた状態だったわけよ」

「ふん！」彼は妻の話をさえぎった。「で、俺は一体どこから、そんな刺激を受けるんだい？　キノコのことしか頭になかったのに」

「とにかく、あなたはその件を重視してる――そこは好ましくないわね。忘れておしまいなさい。単なる想像の産物なんだから。あるいは、本当に起きた出来事だと言ってもいいけど」

リンは忘れはしなかった。だが二、三日もすると、単に奇妙で説明のつかない出来事として、思い出すだけになった。それを何気なく、ハワード・シャーマンに話した時、いっそう思い出したのには理由がある。シャーマンが不思議と動揺し、鋭い質問を一つ二つ寄こしたあと、いきなり話題を変えてしまったからだ。本来はいつも陽気なシャーマンからすれば、これはまったく奇妙だった。丘の上で起きた出来事と同じくらいに。リンはこの件に関して、妻には黙っておいた。あの出来事がなおも心を悩ませているのだと、妻が結論づけるといけないからだ。

一週間後のこと。夜通し降った雨で、キノコが育っているに違いないと、リンは再び出かけた。今回は違う道を取り、自分の知っている古い果樹園を、いくつか調べに行った。オークの森や陰になった牧草地、野火の跡と同じくらい、果樹園には多くのキノコが生えるのだ。

またしても天気の良い日で、果樹園はリンを失望させなかった。キノコが豊富に育っていたので、午前中の残りの二時間は着実に摘んだ。午後のかなり遅くまで、外にいるつもりだったから、慎重にも昼食を持参していた。放置された二軒目の果樹園を調べ終わると、倒木に腰掛けて、昼食を広げはじめた。

このありふれた行動の真っ最中、またもやあの奇妙で恐ろしい幻覚に襲われた。景色が消滅し、昼時の静けさに取って代わったのは、ピューピューと身を切るような風の音、カタカタと銃弾の飛ぶ音、ピシピシという鋭い銃声、叫び声や恐怖や戦慄だった。リンは再び落ちて行った。雪やみぞれや、寒風を突っ切って。真っ黒な空から、下の仄白い地面へと。身体をかすめる木々や、こちらに伸びてくる、不安と死の凍える指の間を。そして憎悪と、悪意に満ちた、凶暴でやり場のない怒り！　すると始まった時と同じ唐突さで、それは消え失せた——同時に食欲もなくなり、先ほどまでのキノコ狩りへの熱意も失せた。突如として、たった今起きた出来事による不安から逃れ、なじみのある世界に戻りたくてたまらなくなった。

はいているブーツがきつく感じられ、両手がひりひりした。サンドイッチの包みは、開けた時のまま目の前に置いてある。それをきっぱりと包み直し、立ち上がった。ブーツが脚を締めつけ、重くて強情な感じがする。なんとも妙な感じだ！　結局は自分の勘が正しかったのかもしれない。ハワード・シャーマンからブーツを買う時、ちょっと小さいなと思って躊躇したのだから。それがジャックのものだったという理由だけで、買おうと決めたのだ。血の巡りを良くするかのように、ブーツの中で足を動かしてみると、しばらくして、締めつける感じはなくなった。

リンは家に帰った。

今回は妻には話さなかった。いずれにせよ、予定より早い帰宅の説明となるくらい、キノコは充分に収穫していた。コーヒーを一杯飲むと、二階に行って少し横になってから、芝刈りに取りかかると告げた。その日、あとでやると約束してあったのだ。

考えごとをしながら、しばらく横になる。ミリーの「幻覚」説には、納得がいかなかった。幻覚でなかったと仮定すると、自分は何を経験したのか？　まったくもって、なじみのないものだった。だがなじみがなくとも、理由があり、意味があり、原因があるはずだ。リンはあれについて考えた――雪と寒さ、落下する感覚について。そのうち、こう確信した。自分が買ったのは、落下傘兵だったジャック・シャーマンのブーツだ。それはジャックがアリューシャン列島で戦死したあと、届けられた遺品だった。そしてあの出来事が起きたのは、あのブーツをはいて、キノコ狩りに出かけた時だけだ！　なんと素晴らしい連想だろう！

リンはすぐさま起き上がり、階下に行った。

「お休みなのかと思ってたわ」妻は編み物をしながら、彼を見やった。

「休んでたさ。横になって、ジャックのことを考えてたんだ」

「ジャック・シャーマン？」

「うん」

「奇妙ね。わたしも考えてたの」

「ほう？　何を？」

「ちょっと気になってたのよ。あちらさんは、どんな成り行きなのかしらって」妻はシャーマンの家のほうに、首を傾げて見せた。

「つまり――ハワードのことか？」

「ええ、そう。女ならぴんとくるわ。彼はヘレンに夢中でしょ。兄弟で入隊する前からね。ハワードは病気になって帰還し、ジャックはついに戻らなかった」

「彼女はハワードを受け入れると思うかい？」

「別にいいでしょ？」

「そうかなあ」

「ヘレンは現実的な人だと思うの。今回の戦争で夫を亡くした女性は、つねにも増して、次の夫を見つけられそうにないんだもの」

「俺が考えてたのは、ジャックのブーツのことさ」

「ああ、あれね。いい買い物だったと思うわ。ハワードが自ら売ったのか――あるいは、ヘレンが売るように言ったのかしら」

「だってあいつは、自分のを持ってるだろ」

「そりゃそうだけど」

「ブーツと言えば――ほら、俺はあれをはいてたんだよ。先週の出来事があった時――」

「ああ、あのこと！」

「で、今日も起きたんだ」

ミリーはさっと、気遣わしげな視線を投げた。「ダグ、また？」

彼は黙ってうなずいた。

「まあ、それはまずいわ。幻覚が繰り返すのね。ブリッグス先生のところに寄って、診てもらったら？　先生のお得意な分野だから」

「何か役に立つと思うかね？」

「もちろんよ」

リンは結局、答えを探そうとして、焦り気味だったのかもしれない。精神科医のところに寄って診てもらい、何があったかすべて話した。ブリッグス医師は、リンが「欲求不満」であり、自分の衝動に充分な自由を与えていないのだろう、と言った。彼は単調さから「解放されたい」と切望しており、その身に起きたことは、仕事や結婚生活――要するに、個人的ではなくむしろ、社会的な意味で自らの責任を増やす、様々なものへの自然な反抗に起因するのだと。「ご自分の衝動に、もう少し頻繁に従うことですな、リンさん」と、医師は賢明にも忠告した。ブーツの話を聞くと、カラカラと笑った。リンも白壁の診察室の中では、それを笑い飛ばせた。

翌日になって、再びキノコ探しに出かけるには、内心ではかなり勇気を要した。リンはぐずぐずせず、会社から帰宅するや、森に出かけて行った。ジャックのブーツと、いつもの野外用の服装で。今度は意識的に、それが起きるのを待った。もし起きることになっているならば、無意識の状態である必要はなかろう、と推論したのだ。彼はくつろいで、いわば招き寄せた。

すると、それがやって来た――すべてが再び――あの寒さと雪と恐怖が。あらゆる戦慄と怒りと、やり場のない凶暴さ。そしてさらに何か――復讐と死への、身を切るようなすさまじい衝動、恐ろしくも抑えがたい、応報への欲望も！　彼は汗でじっとりと冷たくなり、よろよろとそこから抜け出した。そのあとで、心の平静をやや取り戻すと、わずかなキノコをかき集めて家に急いだ。不意打ちを食らうといけないからで――もうまっぴらご免だった。と言うのも、我が身に起きている事態、なじみのない別世界との対立において、累積されつつある威力を感じたからだ。

ミリーには何も言わずにおいた。

それでも翌朝、ミリーがあることを告げたのだ。

「ジャックとブーツについて、考えすぎなんじゃないかしら」妻は言った。「もしくは、何かが絶えず心を悩ませてるのよ。昨夜はきっと、恐ろしい夢を見たんでしょう」

「いいや！」

「寝言を言ってたわ。起きてるのかと思ったくらい。気持ちのいいものじゃなかったわよ」

「本当かい？」

「ダグ――本当に覚えてないの？」

「まるっきりだ。話してくれ」

「ジャックのことよ」妻は疑わしそうだった。「あなたに話すべきかどうか、分からなくてね。一体どこから、あんな考えが頭の中に入ったのやら」

「聞いてもへこまない自信があるさ」

「わたしに話しかけたの――まるであなた自身が、ジャックであるみたいに。鳥肌が立ったわ、ダグ――なんだかとても――とても本当らしく聞こえたから！　話の内容にもかかわらず……！　逐一繰り返すことはできないけど、あたかもジャックが、こう言おうとしてるようだった。自分はあの日本兵に撃たれたんじゃない、別の人間の仕業だって」

「そいつは変だぞ、当然ながら。ハワードがあそこにいたんだ。ハワードはジャックより先に飛行機から降下して、弟を殺した日本兵を、自分の銃で撃ったんだからな」

「そうよね」

だが会社に行くと、この短い会話が甦ってきた。自分の言葉を心の中で繰り返す。「ハワードは弟を殺した日本兵を、自分の銃で撃ったんだからな」と。それを分解して、じっくり考えた。もしハワードが先に降りて、パラシュートなどを外し、準備を整えていたなら、例の日本兵がジャックを待っていたのは、どういうわけだ？　以前はそんなことは考えてもみなかった。そいつは何故、まずハワードを撃ってから、ジャックを撃たなかったのか？　飽くまでも踏みとどまってジャックを撃ち、それから先に降りていたハワードに撃たれたとは、まったく論理的とは思えない。仮にジャックが先に降りていて、ハワードがあとから降りたとしたら……！

ひとたびその構図を組み立てると、そこから逃れられなかった。狂おしいほど、一日中それについて考えた。ハワードはヘレンを欲しがっていたが、ジャックが娶《めと》った。今やジャックは死に、ハワードは弟に取って代わろうとしている——ああ、なんとも忌まわしい堂々巡りだ！　自分はなんとどえらい迷宮に、足を踏み入れたのか！　大衆雑誌と三流映画と、昼メロの寄せ集めもいいとこだ！

リンは不合理にも、あのブーツこそが、すべての元凶だと決めつけた。精神科医はある意味では、正しかったのかもしれない——すなわち、あのブーツは自分に、良からぬ印象を与えた。おそらく、死んだ男の持ち物だったせいだろう。そしてこの印象が抑制され、そのあとの出来事すべてを動機づけたのだ。それは明らかな可能性であるばかりか、論理的に正しいものでもあった。

この結論に達してしまうと、リンが行うべきことは、ただ一つとなった。ハワードにブーツを返して、返金を頼むつもりだった。

午後になると、ブーツを入れたダンボール箱を持ち、シャーマンの家まで行った。ハワードに言うべき台詞を暗唱しながら。ヘレンが中に入れてくれた。彼女はハワードが在宅かどうか知らなかったが、リンが書斎で待っている間に、家の中を調べてくれるという。リンはおとなしく彼女に従い、礼を述べた。それから身を翻して、さっと居間に入る。

ほぼ同時に、戸棚の扉のすぐ内側で、ハワードのブーツを見つけた——自分がしまっていたのと同じように。それを目にすると、自分自身を客観的に見ることができた。用件を説明しはじめるや、ハワードの目に映るであろう姿を。するとたちまち、とっさの逃げ道が浮かんだ。単にブーツを交換すればいいではないか？　思いついてしまうと、その案を避けられなくなった。リンは行動に移した。またたく間にブーツを箱から出し、ハワードのとすり替えて、今度はそちらを箱に収める。ハワードがやって来たら、ブーツのことは何も言わずにおこう。同じサイズで、見た目も同じだから、すり替えられたとは気づくまい。自分はただ、森にハイキングに行こうと、誘いにきたふりをするつもりだった。

だがハワードは結局、家にはいなかった。ヘレンが戻ってきて、そう告げたのだ。なのでリンは、用件を偽ることもせずに済んだ。

翌日はハワードのブーツをはいて、キノコ狩りに出かけた。丘陵地帯を快適に歩き回り、カゴにあふれんばかりのキノコを集めたが、厄介なことなど何も起きなかった。

「今日は大丈夫だったよ」と、戻ると妻に告げた。

「あなたに必要なのは、ほんの少しの常識と自信だったわけよ」妻は悦に入って言った。「ちょっとばかり心配だったの。あなたがジャックのブーツの話を始めた時はね。まるで――あれには何かが取り憑いてる、とでも言いたげだったわ！」

リンはしばらく、ばつが悪かった。自分の上げた笑い声が、グロテスクなほど虚ろに響いたからだ。

五月が過ぎて夏になり、夏が過ぎて秋になり、やがて雪が降った。そしてダグラス・リンの身には、奇妙で不可解な出来事は、もはや何一つ起きなかった。

雪はしばし、五月の妙な体験を思い出させた――今ではひどく奇妙で、少し神秘的なものとして、それを振り返ることができた。結局は現実に起きたのではなく、ミリーとブリッグス医師が暗示したとおり、彼の想像の産物にすぎなかったかのように。近所の人々は集まってスキーに出かけたり、雪ぞりで丘陵地帯まで遠出したりしはじめた。

元日の四日後、近所の人々は、悲劇に胸を引き裂かれた。ハワード・シャーマンが、崖から落ちて死んだのだ――その弟の未亡人ヘレンが、ハワードとの婚約を発表しようとしていた、ちょうど前日に。

リンはハワードの早すぎる死を、脳裏から追い払えなかった。なのである日、地方検事が様子を見に訪れ、彼の話を始めると、リンは熱心に耳を傾けた。

「ハワードを煩わさずに済んで、幸いだったよ。うちの事務所に、妙ちきりんな手紙が届いたもんでね――匿名でなかった点は認めてやるが。休暇をもらってシアトルに帰省中の、ある男からの手紙だ。それによれば、ジャック・シャーマンの死には、奇妙な点があるとか。だからハワードがここにいるなら、尋ねてくれというわけさ。まあ、簡単に言えば――ハワードが自分の弟を撃ったと、手紙の主はほのめかしてやがったんだ！」

「ほう」と、リンは弱々しく言った。

妻が突然、不安と好奇の目を向けてきた。

「だがジャックの死がハワードのよりも、少しでも奇妙だったとは言えんな」地方検事は言葉を継いだ。

「何故だ？」リンはぶっきらぼうに尋ねた。

「いいかい、私は雪の中のハワードの足取りを調べたんだ。何もかも念には念を入れて。あんなものにはお目にかかったことがないよ。あれは事故だった、もちろんさ――それ以外であり得たはずがない――周囲のどこにも別の足跡がなく、雪は踏まれていない、きれいな状態だったんだから。ところがだね、足跡と木々に残った痕跡、雪の中を崖の突端に向かった跡が、あるものを指してたんだ。そこに書かれてたかのように、はっきりと――まるで何かが、彼を崖から引きずり下ろした、とでも言うように。制御することも、闘うこともできない何かがだ。何故ならその痕跡があったのは、彼が若木や木の幹にしがみつこうとして、ついには雪の中に倒れたとおぼしき場所だった――引きずられるのを、もしくはあの崖から無理やり落とされるのを、防ごうとでもしたのかな。奇妙な話さ！　事故と見なさねばならんよ、当然ながら――周囲の何十平方ヤードにも、別の足跡がなく、別の人間がいた気配もないんだからね。にもかかからず、頂上の木立から崖の突端まで、ほぼ全距離にわたって、彼は手の届かない何かと闘い、哀れな呪われた者のごとく、あの崖を越えるまいとしてたらしい！」

リンはごくりと唾を飲み、渇いた唇をなめた。「分かるさ」と、しゃがれた声で囁く。「あいつがどんなふうに感じたか、よく分かるさ――雪と寒さと、落ちて行く感覚も。あいつはブーツをはいてたんだ――あのブーツを！」

「当たり前だろ――あんな雪模様だからな。まさしく――例の落下傘兵のブーツさ！　だがハワードが何を思ったのやら、誰にも分かりゃせんだろう。どこもかしこも、一目瞭然だったよ――割れた爪も、裂けた指先の皮膚さえも――彼が崖の突端に到達する前に、ブーツを脱ごうと必死になってたことは！」

「あれは自殺だったのかも――健全な精神状態じゃなかったのよ」ミリーがきっぱりと言う。

「あのブーツか！」リンは喉が詰まったような声になった。

「ああ、一級品だ」地方検事は帽子をかぶりながら、上機嫌で言った。「チャンスがあり次第、私もあんなやつを買うつもりさ。中古だろうがなかろうが――死者の靴に関して、迷信深くはないんでね！」

Dead Man's Shoes（1945）

客間の干し首

七年間にわたる長い音信不通のあと——最悪の事態を期待する励みになるほど、長い歳月だ——アーネスト・アンブラーは、おじのテオフィルスに、死んではいないと明らかにした。アーネストによれば、「南米の未開の地で、迷子になっていた」そうだが、永久に迷ってはいなかったわけだ。手紙に続いて、仲直りのための贈り物が届いた。なのでおそらく、続いてアーネスト本人がじきにやって来るのは間違いなかろうと、老人は悲観的な気分で考えた。そしてそれから、アーネストが少しはまともな人間になってくれるのを、我慢の限界まで待つという問題が再燃するだろう。そのあとまたもや、甥をどこか遠いところへ、さっさと追い払う必要が生じるだろう。

こんな堂々巡りを、もう何度繰り返したことか。

「わしは確かに、気難しい老いぼれかもしれん」テオフィルスはユーフォリア南町の大通りにある、陰気な古い屋敷で、自分に仕えるたった一人の使用人に言った。「だが、わしに信じられるはずがあるかね？　あるわけがないとも」彼は半世紀もの間やってきたのと同じく、自分で尋ねて自分で答えた。「それに、アーネストに念を押されるまでもないさ。この老体が忌々しいよ！　アーネストに二度ならず、三度までも関わるはめになろうとは——いや、何度だったか神のみぞ知るだ！　あいつの部屋を用意してくれ、フルトン。で、あの箱には何が入ってた？　君がいとこの娘のために、切手をはがしたのは知ってるぞ——彼女のコレクションの足しになるといいが」

「おっしゃるとおりです、旦那様。それはもう、おかげさまで」

「箱の件だが、フルトン」

「はい、旦那様。小さなものです」

「そんなことは分かっとる！　おや、すまん——君は中身のことを言ったんだな。箱のことかと思ったよ。わしが悪かった。小さなものだって？　どんな種類のものだ？」

「何かしなびたものでした。ゴムのような」

「どこにある？」

「暖炉の上です。旦那様の象牙と黒檀のコレクションに、似合うかと存じまして」

テオフィルス・アンブラーは、甥からの仲直りのための贈り物を眺めようと、ぶらぶらと足を運んだ。長身痩躯だが、生気がないほど、やせこけてはいない。七十をとうに過ぎているにもかかわらず、まだしゃんとしており、少々うっかり者なだけだ。彼は鼻眼鏡をかけて、じっくり見た。

仲直りのための贈り物は、象牙でできた象と黒檀でできた岩の間に、ひときわ大きくそびえていた。茶色でしなびており、なるほどゴムのようで、猿の首に似ている。手触りは良くない。テオフィルスは掌でさっと暖炉からかすめ取ると、フランス窓から差し込む日の光にかざした。

「アーネストは相変わらずだな」彼は言った。「あいつはこれを、ユーモアのセンスと称するんだろう」

「それはなんでしょう、旦那様？」

「何ももクソもあるもんか——その目で見ただろうが。人間の首だよ、干されて縮んでるがね、もちろん。おそらく、もとはヒバロ族のものだ。彼らはこういう代物をツァンツァと呼ぶ。あっちにはまだ、首狩りをする連中がいるらしい。これはアーネストの首ではないようだがな。あいつにしては、あまりにも黒すぎる。たぶん、アメリカ先住民のだろう」

「変わった贈り物でございますなあ」

「こんなものを思いつくのは、アーネストだけさ。一体どうしてくれようか、わしにはさっぱりだよ」

「そのコレクションに紛れてれば、誰も気づかないでしょう。ですから、そちらにお置きしました」

テオフィルスは微笑んで、それを元の場所に戻した。「よろしい。ではもう一度、あいつの手紙を見せてくれ」

「おそらく、旦那様の部屋着のポケットかと存じますが」

「ああ、そうか。あったぞ」彼は手紙を取り出すと、ゆっくりと声に出して読んだ。フルトンはその間、ほとんど卑屈な感じに、気をつけの姿勢で立っていた。「『親愛なるテオフィルスおじさんへ。お嫌でしょうが、またしても伺うつもりでいます。まず間違いなく、再びアメリカ合衆国に戻るのは、数週間から数カ月のうちになりそうです——状況によるでしょうが。もちろん、お目にかかりたいと思います。もろもろお許しいただけますように。別便にて、お気に召しそうな、ささやかな骨董品をお送りします。割と最近、偶然に手に入れるなり、おじさんのことを思い出しました。よろしくどうぞ』だと。ふん！　よろしくどうぞだね、まったく。よく分からん手紙さ、言ってみれば。だがむろん、アーネストは一度だって、率直な書き方をしたためしがない――あるいは、物言いもな。これはどれくらい前に書かれたんだ？　三週間前か。となると、いつ何時やって来ても、おかしくないぞ」

「そのようですね」と、フルトンは同意した。

使用人が部屋を出て行き、テオフィルスは一人で残された。彼は断固として、不愉快な甥のことを頭から追い出そうと、読書に取りかかった。しかし、アーネストは居座った。子供の頃からあまり愛想が良いとは言えず、身内だろうが友人だろうが、関わったほぼすべての人々を、不幸な目に遭わせてきたアーネスト。自分はいつまで、あいつを新たな窮地から救い出してやらねばならんのか。そう考える割には、長年にわたって実に上手くやってきたと思う。もちろん、まだそんなに老いぼれてはいないが――もう若くないのだ。アーネストのほうは、ゆうに四十を超えているに違いなく、責任たるものの意味を理解していて当然だった。だが甥はいくつになっても、理解できないだろうと、テオフィルスは内心では分かっていた。

夜になると、屋敷は風に吹かれてきしみ、うめき声のような音を立てた。垂木がピシピシと鳴り、古びた建物の周囲では、茂みが静かな夜気の中で囁いた。テオフィルス・アンブラーは、日が暮れるや早々とベッドに入り、フルトンもそのあと間もなく寝た。すると古い屋敷はすぐに、暗闇に包まれて静まり、やがておなじみの音が聞こえてくる。ネズミたちが屋根裏をせわしなく走る、パタパタという心地良い小さな音だ。テオフィルスはそれを歓迎するようになっていた。その足音を聞きながら眠り、家のきしむ音も、ピシピシと鳴る音も、うめき声のような音も、眠りを妨げはしないのだ。

だが今夜は、これまでにない音が屋内を流れていた。

テオフィルスはとうとう、その音に目を覚ました。しばらく横になったまま耳を傾け、ついにはフルトンの寝言に違いないと決めつけた。あるいは、ぼやき声か。ため息をついて、その音がやむのを待つ。

しかし、やまなかった。なので身体を引きずってベッドを出ると、闇の中でスリッパと部屋着を身に付け、のろのろとロウソクのところまで行き、火をともした。それを前に掲げて、進路を照らしながら廊下に出る。フルトンの部屋まで行って、ドアを開けて覗き込んだ。ちらちらと瞬くロウソクの光に、その顔が照らし出された。

テオフィルスは耳を澄ました。

何も聞こえない。フルトンはなんの音も立てていなかった。

使用人は横になり、安らかに眠っている。疲れた子供さながら、おとなしく。なるほど子供じみたところがある男だと考え、テオフィルスはうんざりして、部屋を出てドアを閉めた。

暗い廊下にたたずんだまま、聞き耳を立てた。

確かに、どこかで声がする。フルトンのではないのだから、別の人間の声に違いない。チクチクと刺すような微かな不安が、明らかなものとなった。屋敷には他に誰もいるはずがないのに、音は内側から聞こえている。屋外に誰かいたとしても、この風に息を飲んでいただろう。

テオフィルスはふと考えて、ロウソクを吹き消した。明かりなしで暗闇の中にいるほうが、少しは安心できた。侵入したのかもしれない輩に、みすみす見つからずに済む。とは言え、誰がこの屋敷に侵入するだろう？　また、なんのために？　どこを探しても、金目の物など何もないのだ。そして強盗だとしたら、それほど不注意に存在を知らせるだろうか？

暗闇が自分を囲み、頼りない安心感で包み込んだ。

静かに廊下を引き返して、階段のてっぺんまで行く。その音は下のほうから、絶え間なく聞こえていた。だが、なんだろう？　つぶやきか――もしくは忍び笑い――甲高い、意味不明なおしゃべり――あるいは、支離滅裂な言葉の連なりで、ほとんど人間離れしていた。それでも時々、しわがれ声で、言葉らしきものが聞こえる。

アンブラーは耳を傾け、認識できる音を聞き分けようとした。

するとほどなく、ゆっくりと一語一語、文の断片が分かってきた。それを苦労しつつ組み立てている間も、暗闇が偽りの安心感をたたえて、自分を包み込んでくる。

「コォノ……家……ニィィ……イィル……ミィィステエル……アンブレエル……」

暗闇には脅威がひそんでおり、下から聞こえてくる恐ろしいつぶやき声が、不安を抱かせた。恐怖心はなかったが、丸腰で予備知識もなしに、正体不明のものと敢えて対面したくはない。何か恐ろしいものが下の暗闇にひそんでいると、本能的に感じたのだ。

「噛ム」と、意味不明な声の主が言う。「噛ム」と、つぶやくように言う。「噛ム」という言葉が、下から聞こえてくる支離滅裂な音の中から立ち上る。

「コォノ……家……ニィィ」と、再び聞こえた。

そして、身の毛もよだつような忍び笑い！　なんと原始的な響きだ！　さすがのアンブラーも困惑したが、どうにか抑えた。気取られそうな音は立てなかった。そいつがなんであれ、自分にとって脅威なのは確かだったからだ。

やがて訪れた静寂は、唐突であると同時に、予期せぬものだった。それは先ほどの音よりも、テオフィルス・アンブラーを不安にさせた。だがその知覚力を持った暗闇の中で、続いて生じたのは、さらに悪いものだった。

今度は別の、信じられないような音がする。

誰かのすすり泣き、むせび泣きだ！

アンブラーはそこに立ったまま、疑わしげに耳を傾けた。一体全体、何がこの屋敷に入り込んでしまったのか？　肌がぞわぞわして、鳩尾《みぞおち》を何かに噛まれている気分だった。彼は動揺し、悲惨なまでに漠然とした恐怖と、ぞっとするような嫌悪感に襲われた。それはあまりにも悲しげで、むかむかさせるほどの音だったからだ。

その悲痛な音が小さくなって行き、消えてしまうと、静寂が訪れた。

ややあって、古びた屋敷のおなじみの気配が、のどかに戻ってきた――きしむ音やピシピシと鳴る音、うめき声のような音、風がシュッシュッと軒に当たる音、ネズミたちが頭上を走り回る心地良い音が。

テオフィルス・アンブラーは、静かに部屋に引き上げた。そこに長いこと座ったまま、じっと耳を澄ませながら、いぶかっていた。それからようやく、スリッパと部屋着を脱いでベッドに戻った。

翌朝フルトンに、夜間に何か聞こえたかどうか尋ねようと考えたが、やっぱりやめた。もし彼が何か耳にしていたなら、機会を見つけて話すつもりだった。だがそうでなければ、わざわざ心配させる必要はない。その現象が続くのなら、ほどなくまた起きるだろう。

それでもなお、テオフィルス・アンブラーは、古い屋敷内を徹底的に調べた。何年も行方知れずだった品物が、いくつか見つかった。だが誰かが夜間に入り込んだことを示すものは、何一つない。ドアと窓はすべて鍵が掛かったままで、前夜の就寝時と同じ状態だ。おまけに、なんであれ、少しでも乱れているものはなかった。町の向こう側から酔っ払いの浮浪者が来て、近所に迷い込み、屋敷の外側に居場所を見つけた可能性はあるだろうか？　そしてそこで立てた物音が、あの疾風にもかかわらず、壁の内側まで達した可能性は？　いいや、それはほとんどあり得ない話で、可能性の範囲を広げすぎというものだ。だが夜間に聞こえたのは、酔っ払いが立てた物音に間違いなさそうだった。

テオフィルスはしばらく、馬巣《ばす》織りの高級家具を備えた客間に陣取り、うわべは読書をしつつも、ひそかにその問題を考えていた。時間を追うごとに、悩みが募って行く。一度ならずも、アーネストからの仲直りのための奇妙な贈り物を、物憂げに見やった。そしてついにそちらに行き、じっくりと調べられるようにと、強い明かりの下に持ち出した。湿っている気がしたが、錯覚だろうか？

じっくりと眺める。

かつては立派な首だったに違いないと思った。黒い皮膚と口の形を除けば、ほぼ北方人種の首だ。ふと思いつき、指で触ってみた。歯らしきものがずらりと、はめ込まれているように見えた。しかも非常に鋭い歯だ。顎は充分にしっかりしていそうだった。それを暖炉の上に戻す。ありそうもない仮説を立てたが、明らかに筋道が通っておらず、余計に当惑してしまった。

その日のうちに何度か、様々な思いの入り混じった気分で、ヒバロ族の首を見つめている自分に気づいた。中でも最たるものは、大急ぎでその代物から解放されたいという思いだった。

いくばくかの不安を抱きつつ、夜を待った。

彼はその夜、階段のてっぺんにある真っ暗な寝室で横になり、面倒な音が聞こえるのを待っていた。風がないので、おなじみの物音が屋敷を満たしてはいなかったからだ。柱時計が九時を知らせ、十時、十一時を知らせた。戸外では、町は真夜中に向かって静まりつつある。通りはがらんとしており、映画の最終上映も終わって、深夜の最後の観客たちも散っていた。

大通りの古びた屋敷内では、あの声が再び聞こえはじめた。

テオフィルスはすぐさま起き上がった。服はまだ着たままとは言え、部屋着だけの格好で、ポケットには用心のため、小型のピストルを忍ばせてある。度の強い懐中電灯を取り出してあり、それを手にしていると、ロウソクよりも安心できた。そんなふうに武装して、部屋から出る。ありったけの注意を払いつつ、階段のてっぺんまで行き、そろそろと一段ずつ、音を立てないよう気をつけながら下りた。

暗闇の中で、切れ切れにしゃべる声が聞こえた。不平を言ったり、主張したり、怒鳴ったり――階下の真っ暗な穴の中、身の毛もよだつ不協和音を奏でている。

階段のいちばん下に近づくと、テオフィルスは足を止めた。周囲の威圧感は濃厚かつ不快で、うんざりするほどだ。またしても、いくつかの単語が聞き取れたが、支離滅裂でほとんど意味をなしていない。

「階段……ノ……テッペン……部屋……コォノ……家……ニィイ……三番目……夜……ニィイ……」そして再び、切れ切れのおしゃべりと、混ざり合う悲痛な音。

何を言おうとしているのか？

その音は間違いなく、客間から聞こえてくる。

テオフィルスは勇気を奮い起こして、爪先立ちで廊下を進み、客間の入り口にある古風な仕切りカーテンのほうに向かった。屋敷を占める静寂の中で、その音は実際よりも二倍、三倍の大きさに思えた。取り乱したフルトンが今にも、階段のてっぺんに現れてもおかしくないほどだ。だが階上からは、それらしき気配はしない。

閉じた仕切りカーテンの前に立ち、耳を澄ませた。絶え間ないつぶやき声に細心の注意を払ってみると、一連の喉音が認められた。確かに単語だ。だが英語ではなく、何かなじみのない言語。

音声を表しているのは間違いなく、たぶん原始的なもので、ところどころ英単語が混じっていた。実に奇妙な気がしたが、その英単語のきつい訛りは、そこまで顕著でないとは言え、アーネストがこの前ユーフォリアを訪れた際、ひけらかしていた訛りにそっくりだ。

退散したい衝動に駆られたが、屈服してたまるか。

そこで次善の策を取り、すなわち妥協したのだ。客間に入るのではなく、仕切りカーテンを目の高さで細めに開け、隙間に懐中電灯を突っ込み、暖炉に焦点を合わせてスイッチを入れた。

象牙と黒檀のコレクションが、ぱっと浮かび上がる——汗で光っているかのような、例の焦げ茶色の首も。小さな目が輝き、しなびた唇が動いた気がした。だが懐中電灯の光を向けた途端、室内の音がやんだ。

何も聞こえなくなった。

しかし、待てよ——！　その首は自分が置いた場所にはなかった。それを置いたのは、象牙の騎士の横だ。今はチーク材の箱の前で——ゆうに一フィート半は離れている。フルトンが動かした可能性はあるだろうか？　なきに等しい。彼が手に取ったとしても、きっちり元の場所に戻しただろう。

では、なんだ？　心に浮かんだのはどれも、励みになる考えではなかった。想像力に欠ける人間ではないが、想像力の産物をそう易々と受け入れる気はない。部屋の向こう側に並んだ、懐中電灯の光に照らされた像を見やる。その中の一つが悪意を込めて、じろりと視線を返してきたという確信を、振り払うことはできなかった。

懐中電灯のスイッチを切って後ろに下がり、仕切りカーテンが目の前で閉まるに任せた。テオフィルスは待った。

何ごとも起きない。

なんとなく面食らった。切れ切れのつぶやき声が、また始まるのを期待していたのだ。ところが客間からは、面倒な音はまったく聞こえない。それどころか、その部屋も屋敷も、いかにも真夜中らしい静けさだ。

階段のところまで戻った。そこでもうしばらく待つ。何も起きず、説明のつかない音が暗闇を侵しもしなかった。

暗闇の中でゆっくりと階段を上りつつ、あの気味の悪い声が再び聞こえないかと、一段ごとに期待した。だが何も聞こえない。すべて先ほどと同じで、違うのはフルトンのいびきの音だけだ。また仰向けで寝ているのだろうか。階段のてっぺんで振り返り、階下の真っ暗な穴を覗き込む。ほんの一瞬、誰かがこちらを見つめている気がした。ぼんやりとした影のような者、首から足先までで――頭のない者が。だがまばたきをすると、それは消え失せた。

そうと認めたくないほど動揺しつつ、寝室に戻る。重い安楽椅子を使って、ドアを内側からふさごうかと考えた。だが今や受け入れられるくらい漠然とした恐怖に、頑として屈服しようとはしなかった。けれども大事を取るためだけに、ピストルを枕の下に滑り込ませ、ほどなく曲がりなりにも眠ったわけだ。

朝がもたらしたのは、新たな一日だけではなかった。アーネスト・アンブラーをも呼び寄せたのだ。そんなことが可能だとすれば、彼はいつにも増して放蕩な雰囲気で、目の下にたるみを作り、熱病にかかっているかのように、くすぶった炎を内に秘めていた。中背だが猫背で、鷹のような外見だと人は呼んだかもしれないが、高貴な鳥に対して失礼というものだ。その顔は魅力的と言えなくもないが、それはむかむかさせるような魅力である。風刺画家フェリシアン・ロップスの絵から抜け出したような容姿で、しばしば行動もそんな感じだった。あたかも、この世のありとあらゆる由々しき悪徳と、数多くのささやかな悪事を実践してきたかのように。

老テオフィルスは階下に行き、甥が朝食を取っているのに出くわした。

アーネストは動揺したような視線を投げた。「どうも、テオおじさん」と、上機嫌を装って言う。

「いつになくお元気そうで」

テオフィルスはうなり声で返した。「こう言っちゃなんだが、おまえのほうは具合が悪そうだな。むくんでるぞ」

「長旅でしたから」

「だろうとも。旅はどうだった？　三等で来たのか？」

アーネストは辛抱強く、旅の様子を語った。殊勝にも短くまとめた。いわく、これまでずっと、アメリカ先住民のヒバロ族に混じって働いていた。彼らの作品の見本を送ったのだが、どうやらまだ届いていないらしい、と。

「届いたよ」テオフィルスが無愛想に言う。

アーネストは驚きをあらわにして、「ほう」と言った。「ほう、そうでしたか」彼は唇をなめた。

「でもきっと、そんなに前じゃないでしょう？」

「二日前だ」

「じゃあ、今日は実際……おじさんが受け取ってから、三日目ということですね？」

馬鹿げた質問をしおって、とテオフィルスは思った。こいつは自分でもそう思ったのか、それを口にしたあと、クスクス笑ったのも無理はない。いまだにあの嫌ったらしい訛りもあった。

「一体どうやって、アメリカ先住民なんかと折り合いを付けてたんだ、アーネスト？　それとも、連中の言葉がしゃべれるのか？」

「覚えたんです。こっちも何人かに英語を教えましたよ。そう、いろいろと教えてやったし、向こうも教えてくれました。お送りしたあの首はね――僕は今や、自分であういうことができるんです。他にもたくさんのことが」

「同じく不埒なことに決まっとる」

アーネストは怒って顔をしかめた。「おじさんはそう考えるでしょうけど」

「前例を知ってるからな」テオフィルスはぶっきらぼうに応じた。「どれくらい滞在するつもりなんだ？」

「そんなに長居はしません。一、二週間くらいかな。それから帰らなきゃならないので。あのアメリカ先住民の間では、かなり評判がいいんですよ」

「想像がつくさ」

「信じがたい話でしょうが、僕は偉大な呪医だと思われてるんです――アフリカのまじない師に相当するものでね、間違いなく」

彼はほくそ笑んでいた。ヒバロ族からの評価が、現に誇らしかったのだ。テオフィルスは肩をすくめるのを我慢した。

「おめでとう」と、そっけなく言う。「で、教えてくれ、アーネスト。おまえが送ってきた例の首の件だが。かなりの時間を要したのか?」

「いいえ、あれはせいぜい……」アーネストは言いかけて、老人をにらみつけた。「どういう意味です?」

「どういう意味だと思ったんだい?」テオフィルスが穏やかに切り返す。

アーネストはぐっと唾を飲み込んだ。「僕のことをいつも、悪いように考えるんですね」と、文句を言った。

「ああ、で、そいつは誰のせいだ?」テオフィルスは立ち上がり、甥のほうに身を屈めた。コーヒーにほとんど手をつけていないが、もはや飲もうという気はすっかり失せている。「もし滞在するつもりなら、アーネスト、わしの隣の部屋を使いたまえ。言っておかねばならんが――この家には誰かいるらしいぞ。フルトンとわしの他にな。それに関しては、追々分かるだろう」

アーネストは目を細めて、おじをじろじろと見た。

テオフィルスは大いに困惑した。甥の目からは、希望と憎しみと貪欲さが読み取れたが、さらに別のものもあった。おまけに、なんと奇妙な話しぶりだ！　以前の卑屈さはなりをひそめ、弁解するでも懇願するでもない。油断なく待ち構えているような態度をしており、その熱っぽい目つきの裏から、抑えきれない忍び笑いがにじみ出ていた。

テオフィルスは一日中、いらいらしっぱなしだった。フルトンも同じくで、それはアーネストにこき使われたりするせいだった。大通りにある屋敷の、ただでさえ不穏な雰囲気に、アーネストは爆発的な混乱によって、追い打ちをかけたわけだ。しかも夜が近づくにつれ、彼はひどくそわそわしはじめた。そしてついに、夕食が済むとすぐさま立ち上がり、屋敷を出て行ったのだ。帰りは遅くなるから、寝ないで待つには及ばない、とつぶやきつつで——そのつもりでいる者がいる、とでも言わんばかりに。

「正面玄関のドアは、鍵を掛けずにおこう」テオフィルスは言った。そしてアーネストの帰宅時間は、あの客間にある代物から、独白が聞こえる真っ最中になりそうだと考えた。そうなってくれればいいのだが。

ところがその夜は、前の二晩のような騒ぎもなく、更けて行った。テオフィルスは何時間も、聞き耳を立てていた。ついに柱時計が十一時を打つと、緊張に耳を澄ませた。聞こえたのは木々の間を抜ける風のざわめきや、家がきしむ音、ネズミたちが走り回る音。そして十五分が過ぎると、正面のポーチでガタガタとすさまじい音に続き、ドアに突進し、開け閉めする音がした。そのおかげで、続いて危なっかしい足取りで、廊下を進む音が聞こえた。

アーネストだ——しかも酔っ払っている。テオフィルスはため息をついた。それは予測できたことだろうに。立ち上がり、部屋着を引っかける。自室のドアを開けて、そこに立って待った。アーネストがよろよろと廊下を抜け、階段を上がる音を聞きながら。甥が用意された部屋を見つけてくれるよう願った。

しかし、その願いは叶えられぬ運命だった。開いているドアを目にすると、アーネストはおじの部屋に入り込み、よろめきつつベッドのところまで来て、どさりと身を投げ出したのだ。テオフィルスはうんざりしながら、近づいて肩に手を触れた。アーネストが用心深く、かすんだ目で辺りを見回す。おじの姿が見えるや、目を見開き、再びしっかりと閉じた。

「あっち行け」と、だみ声でつぶやく。「あんたなんか怖いもんか。生きてようが、死んでようが。あっち行け」

心配してやる価値があっただろうか、とテオフィルスは考えた。放っておけば、アーネストはすぐさま、眠ってしまうかもしれない。でないと騒ぎ立てて、飽くまでも厄介な状態になるだろう。テオフィルスは部屋着越しに、冷たい夜気を感じつつ、しばし佇んでいた。それから諦めて出て行った。ドアは少し開けたままにし、もしアーネストがまた起き上がったら、その気配が分かるようにして。甥に割り当てた隣の部屋でも、容易に眠れるだろうが、嫌なのは自分の暖かいベッドから追い出されたことだ。靴を脱がせてやるべきだったかもしれないが、この老体ではそこまでできないと、自分に言い聞かせた。

彼はアーネストのベッドに入った。その夜の残りの時間は、妨げられずに眠れるよう、切に願いながら。

ぐっすり眠れた。

フルトンが部屋に入ってきた途端、目を覚ました。使用人はひどく取り乱し、両手がぶるぶる震えている。テオフィルスは飛び起きた。

「旦那様――アーネスト様が、旦那様のベッドにおられます」

「ああ、そのとおり。わしが許してやった」

「どうやらお加減が悪いようでして」

「酔っ払ってるのさ、あいつめ！　明らかに酔っ払ってるだけだ」

フルトンは申し訳なさそうに、疑って見せた。「ですが、あの血は」と、おずおずと言う。

「あの血？」テオフィルスはそのまま繰り返した。

彼は起き上がった。部屋着をはおるのも忘れて寝巻き姿で、できるだけ急いで自室へと廊下を進んだ。

フルトンは大げさだったわけではなかった。そこにはかなり大量の血が流れており、アーネストの首に数カ所ある、腫れた傷口から出たものらしい。本人が死んでいることは、疑いようもなかった。その首はずたずたに引き裂かれているが、それが致命傷でないのは素人目にも分かる。

「人を呼びたまえ」と、フルトンに言う。

「葬儀屋ですか？」フルトンは勇を奮って尋ねた。

「それと、保安官もだ。連中は質問をしたがるだろう。そういうものさ」

保安官がやって来て、山ほど質問をした。郡の検屍官から報告が入ったあとは、なおさらだ。アーネスト・アンブラーの死因は、毒物によるもので、明らかに首の傷から注入されたらしい。クラーレという毒物で、南米のある種の先住民の部族にはよく知られている。首の傷については――なんらかの噛み傷なのは明白で、おそらくネズミのしわざだろう。「それに関して、何かご存じですか？」と、尋ねられた。

テオフィルスは大して役には立たなかった。甥の死を望む動機がこれっぽっちもない、という事実がなければ、彼とフルトンにとって、非常にまずい事態になっていたかもしれない。だが実際は証拠不在のため、明確な結論には至らなかった。暖炉の上の奇妙なツァンツァのことが、二度ほどテオフィルスの喉から出かかったが、賢明な虫の知らせがあった。刑務所に入らずに済んでも、精神病院送りになるかもしれないぞと。

しかし機会があり次第、彼は階段に付いた血のしみを調べた。それは保安官事務所の連中が発見したもので、さほど多くはなく、階段を下りる途中で終わっていた。客間に入ってみると、例のツァンツァは、暖炉のいちばん端にあった。口の片隅に赤茶色の汚れが付いている。もしその猿の首のようなものから、尖った「歯」を取って送り付ければ、アーネストを殺したクラーレの出所が分かるだろうと、微塵の疑いもなく思えた。

そうするのを渋ったのも、無理のないことだった。

だが暖炉の上の代物は、なんとかせねばならないだろう。当座はそのままでもいいが――ずっとは置いておけない。

二週間もたたずに、他の郵便物に混じって、テオフィルス・アンブラー宛てに手紙が届いた。エクアドルのクエンカ在住の、アメリカ領事からだ。「最近入手された、ヒバロ族の干し首をお持ちでしょうか？　もしそうであれば大至急、領事館にお送りいただけませんか？」とのこと。領事は遺憾だとしながらも、あるヒバロ族の女性のとりとめもない長話に悩まされ、休む暇ももらえず、ついにこうして手紙で問い合わせたという。いわく、女性の夫の首なし死体が、ある小さな家の裏庭で発見されたそうだ。そこにかつて住んでいたアーネスト・アンブラーは、姿を消してしまった。夫は誰かに殺害されたが――女性が領事に語ったところによれば、それはアンブラーのしわざだと、夫の幽霊から聞いたとか。またアンブラーはその首に、古代の魔術の儀式を施して、ある行為をさせるべく、アメリカの某所に送っており、事が済めば首は戻ってくる予定らしい。亡き先住民は今や幽霊となり、夜な夜な妻のもとに現れてはすすり泣き、俺の首を返せとやかましくせがんでいる。馬鹿げた滑稽な話ではあるが、領事としてはテオフィルス・アンブラー氏に、自分がいかに困難な境遇かをお察しいただき、ご理解いただけるよう願っている、とのことだった。

テオフィルスはもちろん、充分に理解した。例のツァンツァは、ある行為をさせるべく、送られてきたわけだ――三日目の夜に、階段のてっぺんの部屋で。救いがたきアーネストは、ツァンツァがもっと早く届くよう、期待していたのだ。幸運にもテオフィルスは、その皮肉な状況に感謝することができた。どれほど信じがたいものであろうとも。

彼はツァンツァを運任せにはしなかった。入念に梱包して、クエンカのアメリカ領事館宛てに、航空便で送ったのだ。

The Tsantsa in the Parlor（1948）

黒猫バルー

父親の葬式を済ませたその週に、ウォルターは未亡人のおば、シーアの家に引っ越した。ウォルターは今や孤児だが、別に違いは感じなかった。喪失感があるのは確かで、父親を亡くしたのは寂しいが、何もかも奪われてしまったわけではない。彼にはまだバルーがいる。だがおばと、十一歳で彼より一つ上のいとこのハロルドは、その濃い緑色の目をした大きな黒猫に、嫌悪と明らかな不安のまなざしを向けた。だから彼は子供だけが持つ本能で、二人がバルーを口実に、自分を家から追い出そうとするだろうと気づいた。

ウォルターは堂々と、与えられた部屋に陣取り、バルーの居場所を作ってやった。おばがやんわりと、「その猫」はネズミのいる地下室か屋根裏で寝たほうがいい、とほのめかしたにもかかわらず。

「これは特別な猫なんです」彼はおばに告げた。「名前はバルー。父さんがエジプトから、僕のために連れてきてくれたんですよ。バルーはまるで人間みたいだけど、かなり年を取ってます。僕よりも年上だし、この家よりもね。父さんの話では、アメリカよりも古い存在だそうです」

おばのシーアは不服そうだったが、黙っていた。

彼が持ってきたのは、旅行鞄が二つで——片方には衣類、もう片方には本や、父親と暮らした日々の思い出の品が詰め込まれていた。母親は記憶にないほど昔に、すでに亡くなっている。ウォルターは色白で、髪は巻き毛、がっしりした体格だ。やせっぽちでひょろ長い、いとこのハロルドとは対照的だった。自立心があるのは、父親が探検旅行でアパートを留守にすることが多く、その間は一人で過ごしていたからだ。

「ここが気に入ってくれるといいわ、ウォルター」おばのシーアは初日の夜、夕食に下りてきた彼に言った。「悲しみを忘れられるよう、わたしたちがお手伝いするつもりよ」

「ありがとう、シーアおばさん」彼は厳かに言った。

しかし、ごまかされはしなかった。ハロルドに快く思われていないのだ。おばのシーアが自分の世話をする見返りに、いくらもらえるのか知らないが、たんまり入るのではないだろうか。自分を嫌うハロルドと一緒にいるのは大変だろうし、バルーのこともある。だがウォルターは、負けないつもりだった。

新しい生活が始まって二日もしないうちに、ハロルドが「あの猫」のことで噛みついてきた。とりわけ迷惑なのは、いかにも年上ぶった態度だ。単に先に生まれただけなのに、なんだか偉いと思っているらしい。

「母さんが言ってたぞ。おまえの猫には、特別なところなんかないって」ハロルドはウォルターのベッドに腰掛けて言った。

「あるとも」ウォルターが言い返す。

「あるもんか」

「父さんがエジプトで手に入れたんだ。父さんなら知ってたはずさ。司祭らしい人からもらったんだから。トト神に仕える司祭だと言ってたよ。バルーはとても特別な人なんだ」

「猫は人なんかじゃない」

「バルーは人さ」

当のバルーはウォルターのタンスの上で丸くなり、会話には注意を払っていなかった。鏡に映る姿は、大きな黒いクッションさながらだ。ぴんと立った黒いふさのような耳に、長くて立派なひげ、翡翠のごとき緑色の目。横座りのような姿勢で、仕切り壁をものともせず、はるか彼方へと冷ややかな視線を向けている。

「おまけに」と、ハロルドはせせら笑って続けた。「母さんが言うには、ウィリアムおじさんは変人だったそうだ」

「そんなことないよ！」

「そうだったのさ！」

「父さんは偉大な探検家だった。君の父さんのほうは？」

ハロルドは答えることができず、完敗だった。

バルーは起き上がって背中を丸めてから、非常に優雅な伸びをした。床に下りると、軽やかにウォルターに駆け寄り、身体をこすりつけ、喉をゴロゴロと鳴らす。彼の意見に賛同したのが一目瞭然だ。バルーは偉そうな態度で慎重に、ハロルドの周りを歩いた。

「バルーに嫌われてるな」ウォルターは真面目な口調で言った。

「こっちだって嫌いだね」


ハロルドの二度目の攻撃は、その週のうちに行われた。彼は使用人たちがバルーを恐れていると、文句を言いにきたのだ。使用人は二人しかいないが、どちらも黒人だった。黒人がバルーを恐れるというのは事実で、いつもそうだった。ウォルターは父親のもとでしばらく働いていた、老いた黒人のことをよく覚えている。その男は猫を遠ざけていたばかりか、出くわしてしまうと、周りを慎重に歩いたものだ。この家の黒人は二人とも女性なので、さらにまずい状況だった。女たちはつねに、猫を遠巻きにしていたからだ。ウォルターは二人が話すのを、耳にしたことがある。「ああ、あれは魔女の猫だね、間違いないって！」こんな話も聞いた。「あのバルーってのは、人の生気を吸い尽くすんだよ。老いぼれ猫で、この世と同じくらい古参なのさ」と。

「バルーが、ルーばあやを怖がらせてるぞ」ハロルドは言った。「メリッサのことも」

「黒人はいつも、バルーを怖がるんだ」ウォルターは蔑んだ。「何故か分かるかい？」

「いいや。何故だ？」

「黒人は知ってるからさ。バルーのことをね。父さんの話では、僕らには分からないものを感じ取れるんだって。彼らはバルーが何歳なのか、感じ取ってる。特別な存在だと気づいてるんだよ」

「馬鹿なこと言ってらあ」

「言ってないってば」

「言ってるじゃないか。おまえは嘘をついてる、そんなの嘘っぱちだ」

ウォルターは憤慨した。「嘘なんかつかないよ。必要ないし。バルーは……」

「バルーは忌まわしい黒猫だ」ハロルドがさえぎる。「毒殺処分にでもすべきさ」

「ここから出て行け――そんなこと言うんなら！」ウォルターは拳を固めた。

「誰が出て行かせるって？」

「この僕がだ」

バルーが奇妙な怒りの声を上げつつ、割って入った。立てた尻尾は、棍棒のように太くなっている。

「その猫が僕を引っかいてみろ――蹴飛ばしてやるからな」ハロルドが言う。

「バルーは引っかいたりしない」

「ただそこに座ってる以外に、なんか役に立ってるのか？」

「バルーはネズミを捕ってくれる」

「僕らのおかげで、そいつにたっぷり餌をやれてるくせに」ハロルドは非難がましく言った。

「お金は払ってると思うけど」

「とにかく、その猫を追い払わないと、ルーとメリッサが辞めるかもしれない。そうしたら、母さんがかんかんになるぞ」

「バルーと僕は、どこまでも一緒だ」ウォルターはきっぱりと言った。「僕はバルーから離れない」

バルーは頭も上げず、控えめに喉を鳴らした。

おばのシーアは息子の執念深さや、ウォルターと仲が悪いことに気づいていた。それを残念に思ったし、はらはらもしたが、じきに事態が落ちつくよう願っていた。慣れるには時間を要するだろうから、仕方がないと。だが愚かにも、ウィリアム・ベイルのことをうっかり話したため、ハロルドをけしかけてしまったのだ。いかに実りのない探検ばかりして、いかに変わり者で、いかに我が子を気にかけてやらなかったか、などと言って。

ハロルドはその話を覚えていたのだ。

ウォルターにはこたえる内容だった。どれほど父親が恋しいか、気づかされたからだ。もう父親は守ってくれないし、好き勝手にできた自由な日々は失われたのだと、初めて痛感した。あの頃は住み込みの家庭教師がおり、彼女が慈悲深いまなざしで見守りつつも、めったに干渉はせず、ただ自分を優しく導き、害のあるものから遠ざけてくれていたのに。父親がまだ生きていて、何もかも再び元どおりになればなあと、ウォルターは時々、どんなに願ったことか！

彼はある日、ハロルドが部屋で、バルーを虐めている現場をとらえた。バルーは隅っこに追いやられ、本を次々と投げつけられていた――ウォルターの本を。飛びかかって両手の拳で殴ると、ハロルドは逃れようとして、ベッドに倒れ込んだ。

「この卑怯者！」ウォルターは叫んだ。「今度そんなまねをしたら――殺してやるからな」

ハロルドは起き上がり、壁にもたれた。「そいつを傷つけたわけじゃないさ」と、不機嫌そうに言う。

ウォルターはバルーに近づき、撫でたりさすったり、話しかけたりした。肩越しにこう言った。

「僕の部屋から出て行け」

「ここは僕らの家だ——おまえのじゃない」ハロルドが傲然と言った。

ウォルターはうずくまったまま振り返り、にらみつけた。「出て行け！」

ハロルドがドアににじり寄って、姿を消す。

ウォルターは再び猫を見やった。「傷つけられたのかい、バルー？」

バルーは理解したらしい。彼に身体をこすりつけ、喉を鳴らす。

ウォルターは猫をくまなく調べた。どこを触られても、ひるまなかったため、怪我はしていないようだ。彼はハロルドが投げた本を拾いはじめた。「あいつを殺してやる」と、憎々しげにつぶやく。

バルーの尻尾が左右に振れる。猫はウォルターの指に鼻をすりつけ、手の甲をなめた。

ウォルターはそれ以来、バルーを部屋に閉じ込めようとしなかった。どこにでもお供をさせた。ひるんだ黒人たちを見るのは気が引けたが、バルーが通る際に、彼らが壁に張りつく様子や、奇妙な意味不明のことをつぶやく様子は異常だった。ハロルドはある時、秘密めかしてこんな話をした。黒人の少年たちが繁華街の店から配達にきて、もはや立ち話もせず、カゴを置いて去ってしまうのは、バルーの噂を知っているからだと。彼らはバルーの不思議な力を信じていたのだ。

おばのシーアは動揺し、腹を立てもしたが、ウィリアムの遺産を考慮しなければならなかった。

貧乏ではなくとも、遺産は大いに重要だった。気ままで無頓着だったにもかかわらず、ウィリアム・ベイルはどういうわけか、がっちり貯め込んでいたのだ。だからウォルターが成人になるまでは、彼女はできるだけ金をもらうつもりだった。

ハロルドはウォルターを困らせる方法を見つけた。

例えば家の裏庭のコートで、二人でテニスをする時。そこにバルーがいれば、ハロルドは毎回少なくとも一度は、猫にボールを当ててやった。ウォルターはわざとだと知っていたが、証明できなかった。なのでいつも即座に遊びをやめて、いとこにぶちまけられない怒りにむっつりとしながら家に戻った。

また例えば室内で、トランプなどのゲームをする時。バルーが一緒にいれば、ハロルドは尻尾を踏んづける機会を逃さなかった。妙なことに、猫は悲鳴も上げず、たじろいで尻尾をなめるだけだった。そしてウォルターの怒りの叫びは、息子をかばうおばの言葉で阻止されるのだ。「単なる偶然だって、誰にでも分かるでしょ、ウォルター」と、口を酸っぱくして言われても、偶然ではないと分かっていた。

ウォルターに無視されると、ハロルドのほうから部屋にやって来た。いつもバルーのことで、がみがみ言うために……。

「あの猫が怖いから、メリッサは今日、卵を一ダースも台なしにした……」

「あの猫はうちに来て以来、ネズミを一匹も捕まえてやしない。丸々二カ月、ほとんど三カ月もの間……」

「あの猫はいつも、上等な家具で爪研ぎをしてる……」

「母さんが言ってたぞ。おまえの父さんは、そんなにあちこち行ったわけじゃないって……」

だがとうとう、ハロルドはもっと露骨なやり方に戻った。

ある日の午後、彼はウォルターが歯医者に行ったと思い、部屋に侵入した——パン焼き用の柄の長いフォークを、ホウキの柄に結び付けてさらに長くした、独創的な武器を持って。猫が廊下に出て隣の物置に逃げ込み、古い箱や旅行鞄の間に隠れてしまわないよう、ドアと窓を念入りに閉める。それからバルーを追いかけた。

傷を二つ負わせてやったところへ、ウォルターが現れた。

ハロルドは彼にこらしめられ、自分で作った即席の武器で、長い引っかき傷をいくつか負ってしまった。すると執念深いことに、それをバルーのせいにした。そのためおばのシーアがウォルターを叱り、バルーを「処分すべきだ」と主張したのだ。ウォルターはとんでもないと突っぱねたが、いとこの裏切りについては黙っていた。


ウォルターはその夜、バルーにしつこく起こされた。

猫はベッドに乗って、彼の腹の上に横たわり、闇の中で緑色の目を光らせている。

「どうしたんだい、バルー?」

猫は命令するように喉を鳴らした。前足で上掛けのシーツを引っぱり、もどかしげに尻尾を盛んに揺らす。「見にきてよ」と言っているようだ。

ウォルターは身じろぎした。

バルーはぴょんと床に飛び降りると、そこに立って待ち、ウォルターがついて来ているかどうか、振り返って確かめた。

ウォルターは明かりをつけて、猫が本棚に飛び乗るのを見守った。二段目の本が一冊せり出す。バルーは爪で引っかき、本を床に落とした。続いて下り、開いた本の上を行ったり来たりする。

ウォルターはひざまずき、それをじっくり見た。父親のエジプトの本で、鉛筆書きのメモが付いている。〈死者の書〉だ。彼はもどかしげに行き来するバルーを見つめた。自分は明らかに、何かをするよう期待されているのだ。彼が本のページをめくりはじめるや、バルーは向かい側に座り、一心に見守った。

バルーがいきなり、前足を突き出してページの上に置き、彼を見やる。猫の緑色の瞳が目の前で揺らぎ、大きくなったように見えた。瞳は水たまりから池、さらに海ほどの大きさへと変わり、その中で様々な生き物が、奇妙な行列を作って動いていた――エジプト人の衣装に、覆面のような物をかぶった古代の人々、猫の女神バステトの司祭たち、翼を持った生き物や、四つ足の生き物、猫、人間、過去何世代もの人と猫。そして幻影はかき消えた。

ウォルターは屈んで、父親のメモを読んだ。

書かれていたのは、もっと奇妙なものだった。注意深く何度も読んで暗記し、理解しようと努めた。それは人間を別の生き物に変える、というような内容だった。そこには呪文と、その使い方が載っていた。

バルーは一心に見守っている。

ウォルターは本を元の場所に戻し、じっくり考えた。眠りに就くと、夢を見た――時間と空間の巨大な渦巻や、そびえ立つピラミッドと古代の人々、自分の理解力を超えた、はるか昔に失われたものの夢を。


三日後のこと。彼はゲームをしようと、ハロルドを部屋に誘った。

「ゲームってどんな？」ハロルドが尋ねる。

「新しいゲームさ」ウォルターは言った。「変身ごっこだよ」

「そんなの初めてだな」

「たぶんそうだろう」

ハロルドは部屋までついて来ると、様変わりした室内を眺めた。「うわ、家具を移動したのか！」

「必要があってね」

「あの円はなんのためのものだ？」

「あれもゲームに関係あるのさ」

「叱られるぞ――床にチョークで書くなんて」

「じゃあ、ここに立ってくれ、ハロルド。この円の真ん中に。そしてバルーを、もう一つの円の真ん中に座らせる――こんなふうに」

「その猫はこのゲームのやり方を知ってるのか？」

「ああ、知ってるとも。バルーはすごく賢いんだ、ハロルド。僕や君よりも賢い。彼は誰よりも賢いんだ」

「よせやい。そんなの、ゲームに関係ないだろ」

「ある意味では、関係あると思う」

「で、次は？」

「僕が君の前にひざまずき、呪文を唱える。そうすると、何かが起きる」

「くだらない！」

「本当に起きるんだってば。ハロルド、頼むから、ちょっと一回やってみてくれよ」

「まあ、いいけど」

ウォルターは父親のメモの内容を、理解しているよう願った。バルーが注意深く、チョークで描かれた片方の円の中に座り、ハロルドがもう片方の円の中に立つ。彼はウォルターが書き写した、小さな記号や象形文字を、好奇の目で眺めた。

「そいつはなんだい？」

「これもゲームに関係ある」

「なんなんだ？」

「本当に知らないんだよ、ハロルド。単にゲームに関係あるものだ。手順どおりにやらなきゃいけないのさ」

「こっちは来週、もう十二歳になる。ガキの遊びに付き合ってる年じゃないぞ」

「さあ、始めよう」

ウォルターは呪文を唱えた。

しばらくは何も起きなかった。すると突然、猫が宙に跳んだ。尻尾を太くして、総毛を逆立てている。猫はフーッとうなり、空を引っかきはじめた。歯の間から舌を突き出し、喉から発する音は、いかにも獣じみていたが、人間の声のようでもある。だが言葉にはなっていない。

ウォルターは震えながら、ハロルドを見やった。

どうも様子がおかしい。ハロルドの目には、以前にはなかった光が宿っている。それはまるで――バルーの目のようだ。ウォルターが見守るうちに、彼はひざまずき、腹ばいになった。伸びをしてから身を乗り出し、ウォルターの手をなめた。


長い静寂があった。ウォルターはその間、今や猫のバルーとなったハロルドを閉じ込め、ハロルドに姿を変えたバルーに、慣れようとしていたのだ。おばのシーアは、息子たちの姿が見えないことにしびれを切らし、どこにいるのかと大声で呼んだ。ウォルターはためらいがちに返事をした。

「上ですよ、シーアおばさん」

「上ってどこなの、ウォルター？」

「僕の部屋です」

「ハロルドも一緒？」

「ええ、シーアおばさん」

「あの子は一体、何をしてるの？」

ウォルターは唾を飲み込み、読書中だと答えた。ハロルドが何をしているのか、おばのシーアにはあまり詳しく教えられない。本当は物置におり、ネズミを捕まえているところなのだから。バルーが人間になったことで、様々な影響が生じたが、早く収まってくれるよう、ウォルターは熱心に祈った。さもないと、おばのシーアから、返答に困るような質問を浴びせられそうだ。それでも、バルーは頼りになる気がした。


おばのシーアは毎月、ウィリアム・ベイルの遺産管理人に、手紙で様子を知らせていた。その尊敬すべき南部の紳士が、彼女にウォルターの生活費が支払われるよう、取り計らっていたのだ。彼女は今回、家庭内の状況の変化について、長々と書かずにはいられなかった。

「息子たちに関して、喜んでいただけそうなお知らせがあります。喧嘩ばかりの二人でしたが、現在はとても仲良くやっています。このような変化を見ると、本当に胸が躍ります。ハロルドはこれまで、ウォルターに優しくしていなかったと、認めなければなりません。でも今では実際、気を遣っているようです――もちろん、嫌々ではなく。息子は確かに、いとこのことが大好きなんです。ウォルターの飼い猫は、処分しなければなりませんでした。どうやらある日、部屋でひきつけを起こしたらしく、手の施しようがなくて。彼がその猫にちなんで、ハロルドを『バルー』

と呼ぶのは、やや風変わりな癖です。妙な話ですが、使用人たちは息子を可愛がってくれていたのに、今やそばにいるのさえ我慢できない様子で。でも黒人というものは、少し変わっていると考えるべきでしょう……」

Balu（1948）

余計な乗客

アロディアス氏は長い間、変わり者のおじを殺す計画を立てており、その出来映えに大満足していた。一方、彼はとても器用だった。長年にわたって、才覚を頼りにどうにか暮らしてきたため、今までは一度も、おじのサディウスを殺す必要は生じなかった。だが中年に差しかかり、もはや昔のように手先が器用ではなくなったので、時は来たれりというわけだ。彼はもうそろそろ、おじの遺産を手に入れるべきだと思い立ち、最後にはロンドン警視庁《スコットランドヤード》に挑戦するような完全犯罪を編み出した。

こうした計画は皆そうだが、これも滑稽なほど単純なものだった。だからアロディアス氏は、スコットランドヤードの刑事部が解決に向けて、間抜けな努力をするだろうと考えては、何度も自己満足の忍び笑いにふけった。おじのサディウスは世捨て人で、ロンドンとアバディーンを結ぶ路線にある、サドベリーの外れに住んでいる。林の中のおじの家から、三街区の距離に住む別の世捨て人は、速い車を持っており、それを自宅から少し離れた倉庫に、不用心にも鍵を掛けずに置いていた。アバディーン行きの夜行列車の停車駅、サドベリーから三十マイルのところには、次の停車駅イーストチェルムリーの村がある。サドベリーからの線路はかなりカーブしているため、車で幹線道路を進むよりも遠回りだ。事は簡単だろう。つまり、鈍行の夜行列車に乗って、ロンドンからアバディーンに向かう。サドベリーでこっそり客室を抜け出し、おじのサディウスを「始末」する。それからおじの隣人の速い車を拝借して、適切な時間にイーストチェルムリーに到着し、こっそり列車に戻るのだ。これほど賢い計画はない。完璧なアリバイだ！　ああ、スコットランドヤードの連中を、どんなにコケにしてやれるだろう！

しかも、事はものの見事に運んだ。なるほど老人は甥だと気づき、その狡猾な瞳が光を失い、打ち砕かれた頭ががくりと垂れる前に、おまえを追いかけてやるぞ、とかなんとかつぶやいたが――それはほんの束の間の出来事だった。アロディアス氏は心の中で、すべての過程をたびたびリハーサルしてきたため、何をすべきかきちんと分かっていた。目隠しされていてもできただろうと、自負するくらいに。例の隣人の老いぼれは、愛車をガソリン満タンにしてくれてもいた。まるで共犯者さながらだ。おかげでアロディアス氏は、真夜中にイーストチェルムリーに到着できた。長い道中で誰にも会わず、誰も見かけずに小さな村々を通過して。イーストチェルムリーに見事な頃合に着くや、影のようにこっそりと、駅のほうに回り込み、誰にも見られることなく、客車に忍び込んだ。

誰にも、とはすなわち、余計な乗客を除いてだ。

と言うのもこの時点で、アロディアス氏は自らの完全犯罪において、まったく予期せぬ要因に直面したからだ。客室を離れた時は無人で、自分の旅行鞄やゴルフクラブがあるだけだった。だが戻ってくると、向かいの座席にうずくまり、帽子を目深にかぶった、余計な乗客を発見したのだ。その男は彼の登場に、注意を払わなかったのかもしれないが、そう確信できないのが大いに苛立たしい。

「お騒がせしてすみません」と、愛想良く言ってみた。「洗面所に行ってたものですから」

返事がない。

アロディアス氏は二度ほど、咳払いをした。

動く気配もない。

彼はほっとして、座席に深く座った。実に快適な、安心した気分で。だがこの心地良い安心感は、長くは続かなかった。たちまち、自分にこう問いかけていた。この余計な乗客は一体、どこからやって来たのか？　サドベリーとイーストチェルムリーの間には、停車駅はなかった。この客室は普通車両ではなく、客車の一つにある。かろうじてあり得るのは、他の客室の誰かが暗闇の中で、ここを自分の客室と間違えてしまい、今もうっかり占領しているということ。真夜中をやや過ぎて、辺りはまだ暗く、通路の明かりはぼんやりとしているからだ。

だがその解釈では満足できず、アロディアス氏は人並みに、満足できない事柄は嫌いだった。実に完璧だと自負する計画において、この問題が瑕《きず》となるかもしれないとすればなおさらだ。ところが同室の旅行者は、募りつつある彼の不安に、明らかに気づいていないらしい。そこにうずくまったまま、自分では身動きせず、ただ闇の中を突き進む列車に揺られているだけ。これが彼を悩ませた。余計な乗客の存在について、きっちりとした説明を期待していたのだ。

それが得られないとなると、様々なことを想像しはじめた。そしてあらゆる機会をとらえて、通過する駅の明かりの中で、同乗者の様子を調べようとした。男は厚ぼったい、粗野と言えそうな靴をはいている。明らかに田舎の人間だろう。手は清潔そうには見えず、年寄りじみている。帽子は随分と、手荒な扱いを受けてきたらしい。顔については、アロディアス氏には何も見えなかった。どれくらい長く眠っているのだろうか？　ひょいと客室を見つけて落ち着き、すぐに寝てしまっただけなら御の字だろう。だがもしそうでないなら、列車がゆうに六十から七十マイル近く進めるほど長い時間、洗面所に入っていたのは何故かと、迷惑な質問をしてきても当然かもしれない。もちろん、自分が洗面所に入ったのは、余計な乗客がこの客室に入ったのと、おそらく同じ頃だろう。

こう考えると、絶望の針でちくちく刺された気分になった。アロディアス氏はすでに、どこかのお節介な田舎者が、アバディーンの警察署くんだりまで行き、彼が遅れて客室に入ってきたのは怪しいと、真面目に証言する光景を思い描いていた。それが読みたくもない、新聞の記事になっているのが想像できた。「サドベリーの犠牲者の相続人、尋問を受ける」という見出しが踊るだろう。そして自分の安全を明らかに脅かすかのごとく、そこにうずくまっている歓迎されざる客は、疑いをすっかり口にしてしまうだろう。「ダンナが遅れて座席に着いたもんで、そんな長いこと、どこさ閉じこもってたのやらって、思わざるを得なかったんでさあ。かなりの時間でね、そりゃもう。やっこさん、具合悪そうにゃ見えんかったし」と。

アロディアス氏は、自分を抑えきれなかった。派手な咳をしてみた。同乗者が列車の揺れのせいではなく、身動きしたような気がしたので、彼は慌てて言った。「申し訳ない。起こすつもりはなかったんです」

だが返事はない。

彼は唇を噛んだ。「おい君」と、きっぱり言う。

男は黙っている。

列車の立てる様々な音が、客室を満たしていた――前方で上がる汽笛、噴出する蒸気、カチカチと鳴る動輪。それらの音が室内にあふれ、轟き渡り、次第に膨らんで行く。奇怪な話だ。この騒々しさなら、死人でも目を覚ましてしまうだろう。なのに余計な乗客はその間、静かに眠っていた。夢の世界の奥に迷い込んだかのように、そこにうずくまったまま。

彼は身を乗り出し、男の膝を軽く叩いた。

「いいですか、ここはね、私の客室なんですよ」

返事はなし。

ああ、腹立たしい！　アロディアス氏のような、激しい気性の持ち主にとってはとりわけだ。しかもこれは、彼の生涯にわたる成功の中でも、ついには最高傑作となるはずのものを成し遂げた直後だから、なおさらだった。この忌々しい余計な乗客が、いかに無害な人間であろうとも、その存在自体が、今夜の喜ばしい達成感をくじいていたのだ。

男を揺さぶってやろうかと考えた。

だがこの考えはすぐさま、きれいに忘れ去った。結局、反感を買っても得にはならない。男が疑いを持ちそうなことを一つでも目撃した、と信じるべき理由はないのだ。それどころか、この路線のどこかで、客室を出て行くかもしれない。サドベリーの世捨て人の相続人と、同じ列車に乗っていた、などとは気づきもせずに。そう、不要な注意を引くのは、まったくもって得にならない。

彼はいらいらして、同乗者を吟味しようとさらに励んだ。しまいにはパイプを取り出し、煙草の葉を詰めて、マッチを擦ることまでした。パイプに火をつけるためというよりも、むしろ揺らめく明かりの中で、余計な乗客の様子を調べるために。すると初めて、男がなんの荷物も持っていないのが見て取れた。ならば明らかに、客室を間違えてしまったのだろう。靴はなるほど田舎臭く、どた靴っぽい。泥まで付いている。手にも。野暮天め。

待てよ、本当に泥なのか？　マッチの火が消えた。

二本目をつけるのは怖かった。大地震に襲われたかのごとき一瞬、同乗者の手と靴に付いているものが、血のように見えた！　ぐっと唾を飲み込み、幻覚だったのだと自分に言い聞かせる。それは怪しげな稼業と犯罪の人生を始めた日から、これほどの年月をへても消えない、本質的な良心のせいなのだと。

彼は長い時間、黙って座っていた。今や午前二時を回っている。ほんのしばし、窓の外を眺めながら、あくせくと列車の現在地を突き止めようとした。スコットランドとの境界に近づきつつあるようだ。目を閉じて、アバディーンで警察に見つかり、おじのサディウスが死んだ、夜間に襲われて殺されたと告げられた時、どう振る舞うべきかを考えようとした。こちらはその間、スコットランドに向かう列車内にいたという、かくも完璧なアリバイに守られているのだ。だがこんなことを考えていても、なんの足しにもならなかった。実際に遺産を手に入れる瞬間までの行動の流れは、すでに心に決めてある——とっくの昔に。そのすべてが、自分の計画に不可欠なものだった。実のところ、不可欠でないのはこの余計な乗客だけだ。

再び男に向き直り、もう一度咳払いをする。派手な咳をして、窓枠でパイプを叩いて灰を落とす。それから客室の闇を透かして、座席の隅にうずくまるその老人を、期待に満ちた目で見つめた。なんの動きもない。

「もうたくさんだ」と、じれったくなって大声を出す。

沈黙が流れた。

またもや身を乗り出して、同乗者の膝を根気強く叩く。「もしもし、客室をお間違えですよ」

今度は返事があった。「いいや」という、眠そうなつぶやきだ。

しわがれて、ひび割れた声だった。アロディアス氏はやや面食らったが、ある意味では安堵した。

「失礼しました」もっと愛想の良い口調で言う。「私の客室に、誤ってお入りになったのかと思いまして」

「いいや」と、同乗者が再び言った。

彼はすぐにまた苛立ち、この男は何故、頑として帽子を目深にかぶっているのだろうと思った。

「どこから乗車したんですか?」と、少し荒っぽく尋ねる。

「サドベリーさ」

サドベリーか! なるほど! それならあり得る。どうして思いつかなかったのだろう? あまりにも急いで下車したので、あそこで誰かが乗ったかもしれないとは、考えていなかったのだ。再び口を開こうとした時、同乗者が度肝を抜くようなことを言い添えた。

「君が降りた場所だ」と。

衝撃に凍りついたのも束の間、彼は言い返した。「ええ、ちょっと空気を吸いに降りたんですよ。それから戻ってきて、洗面所に行きました」

「わしはてっきり――」老人は彼が想像していたとおり、訛りのある声で続けた。「おじさんに会いに行ってたのかと思ったが」

アロディアス氏はじっと座っていた。この難題に直面し、頭が電光石火に働いた。ものの十秒で決心した。この余計な乗客が誰であれ、生きて下車させてはならないと。向こうは犯行については、何も知らないのかもしれない。それでも、自分を絞首台に送るに足ることを知っていた。実際、充分に知っていたのだ。自分が何者かを。サドベリーで下車したことを。そして間違いなく、イーストチェルムリーの辺りで、再び客室に現れたことも。その三つを合わせれば、自分を破滅に導くには充分だった。せっかくここまで来たのに、破滅するのはまっぴらだ。

時間が必要なので、今は上手くやり過ごしたくてたまらなかった。この脅威となる老人を消し、死体を鉄道用地のどこかに捨てるための計画を考えつくまでは。

「おじをご存じなんですか？」彼は緊張した声で尋ねた。

「いかにも、かなりよくね」

「私自身はあまりよく知らないんです。自分はロンドンの人間で、おじは田舎の自宅を離れないもので」

「いかにも。おじさんには外に出ない理由がある、と言えるかもしれん」

アロディアス氏は耳をそばだてた。「理由とはどんな?」と、ぶしつけに尋ねる。

「知らないとは気の毒に」

「知りませんよ」彼は苛立って言った。

「もう少し知ってたらなあ」

「おじについて知るべきことがあるなら、伺いたいですね」

「じゃあ、教えてやろう。君のおじさんは魔法使いなんだ」

「魔法使い?」彼は煙に巻かれた。

「あるいは、黒魔術師と言ったほうがいいかな」

アロディアス氏は仰天した。また一種の不気味な面白さに、感動も覚えた。老人と同じ村に住む人々が、おじを黒魔術師と見なしていることを、自分が面白がる理由は分からない。それでも、面白かったのだ。そう思いつつも、この詮索好きな老人は死なねばならない、という決心は忘れなかった。そして素早く二発ほど殴って殺すべきか、もしくは騒がれるのを避けて、絞め殺すべきかと熟考していた。むろん重要なのは、警備員に怪しまれそうな物音を聞かせないこと。同時に、話は続けなければならない。ここは余計な乗客と調子を合わせるのが得策だ。

「黒魔術師ですって? ではおそらく、おじには何か特別な才能があると?」あったと言いそうになり、すんでのところで自分を抑えた。おじのサディウスのことを過去形で語るのは、絶対にまずいだろう。何か不具合が生じて、詮索好きな同乗者が結局、逃げてしまった場合に備えてだ。

「いかにも、才能があった」

「さだめし、天気でも予言したんでしょう」

「そんなもん、おしゃべりな阿呆だってできる」

「じゃあ、運勢を占ったとか？」

「ジプシーじゃあるまいし！　そんなんじゃない！　だが君はずっと、おじさんをえらく見くびってたね」

「この私が？」

「いかにも」

「おじは黒魔術師として、どこがそんなに素晴らしいのかな——もしそうだとしてですが」

「ああ、そうだったとも。そこには疑問の余地はない。自分の使い魔も持ってたよ——翼のあるのを」

「翼？」

「いかにも。おじさんがわしをこの列車に導いたのさ」

アロディアス氏はじろりと見た。虫の知らせのような、ぞわぞわとしたものが背筋を這い上がる。まばたきをして、明かりがもう少し強ければと思った。この犠牲者に選ばれた奴には、厄介にも挑戦的なところが出はじめており、それが気に食わなかった。

「しかもおじさんは、死体《リッチ》の一つや二つ、送り込むことができたんだぞ。その気になれば」

「リッチ?」アロディアス氏は渇いた声で言った。「そいつは一体なんです?」

「知らんのかい?」

「知ってたら、尋ねやしません」

「死体のことさ、まさしく」

「送り込むって? なんの話をしてるんだ?」彼は問い詰めた。腕に寒気が走るのを感じながら。

「ああ——特別な目的のためにな。君のおじさんは、その手のことにかけては優秀だった」

「特別な目的」と、彼は繰り返した。ちょうどその時、窓の上げ下げに使う分銅とおぼしき、頑丈な重りに足が触れ、屈んで手に取った。うん、これは使えそうだ、申し分ないだろう。おまけに、そろそろ使う潮時だった。そのうずくまった人物には、ぞっとするほど嫌な、恐ろしい雰囲気があったからだ。

「特別な目的さ」余計な乗客が言った。「今回のように」

アロディアス氏は不意に、同乗者がこの数分間、おじのことを過去形で語っていたのに気づいた。喉がつかえるような感じがしたが、重りをぎゅっと握り締める。余計な乗客はあまりにも知りすぎた。もしくは推測しすぎたのだ。どんな危険を冒しても、死んでもらわねばならない——速やかに。彼はこっそりと身を乗り出した。暗闇と目深にかぶった帽子をものともせず、老人には自分の姿が見えているような気がして。

それからその帽子をもぎ取り、最初の一撃をと構えた。

できなかった。

帽子の下の頭は、かろうじて半分ほど残った——めった打ちにされ、顔まで血まみれになった——おじのサディウスのものだったのだ！　彼は悲鳴を上げようにも、声が出なかった。

打ち砕かれた頭の下から、こちらを見つめる目は、地獄の業火のごとく輝いている。

アロディアス氏は言葉どころか、ぐうの音も出なかった。口がきけず、身動きもできない。自分の理解を超えた強い力が、向かいの座席にいるものから放たれた。その視線が彼をとらえ、包み込み、引きつける。彼は縮こまって座席から滑り落ち、客室の床にひざまずいた。夢の中にいるかのように、列車の立てる様々な音が、はるか彼方から聞こえてくる気がした。

「こっちへ来い、サイモン」と、かつてはおじのサディウスだったものが言う。

サイモン・アロディアスは、床を這って行き、ひれ伏した。

「顔を近づけろ、サイモン」

サイモン・アロディアスは顔を上げた。激しい嗚咽が、必死に喉から出かかっている。身動きもできずに、彼は見守った。余計な乗客の大きな血まみれの手が、拳となって顔の上に落ちる。

もはや何も見えなくなり、運命を告げるかのように、夜行列車の音だけが耳の中で轟いた。


アロディアス氏を発見した警備員は、衝撃のあまり倒れた。

アバディーンの検屍官は、一週間も動揺が収まらなかった。

しかしアロディアス氏は、顔の状態にもかかわらず——顔の残った部分だが——窒息死と確認された——「一人もしくは複数の者による犯行」だと。現場には彼しかいなかったにもかかわらず、自殺という可能性はあり得なかった。

例のスコットランドヤードの「間抜けな連中」は――アロディアス氏が捨てた手袋を、すでに発見していた。それは彼がイーストチェルムリーで、盗難車を乗り捨て、駅に向かう途中で捨てたものだ。その手袋に導かれて、警察は間もなく、盗難車が停まった場所にたどり着くことになる。かくしてアロディアス氏は、おじのサディウスの遺産ではなく、当然の報いを受けることになるわけだ。

The Extra Passenger（1946）

ライラックに吹く風

列車がキャッスルトンに到着すると、ミス・アリス・グレノンは、誰か迎えにきているかと、客車の窓から不安げに外を眺めた。キャッスルトンは初めてなので、誰の案内もなく、自分で義姉の家までの道を探すことにならないよう願った。アリスは単に訪ねるためだけに、思いつきではるばるやって来たのを、すでに悔やんでいた。義姉のエマとはずっと、あまり親しくなかったからだ。しかしもちろん、二人は五、六ではきかないほどの州に隔てられていた――はるかミズーリから、ここヴァーモントの丘の上の町までは。だが見れば一頭立ての馬車が来ており、その中にしかつめらしく座っているのは、紛れもなくエマだ。アリスは窓から、手袋をはめた手を振った。だがエマは右でも左でもなく、ただまっすぐ前方の、プラットホーム沿いの場所を見つめている。そこに列車が止まるだろう、と思っている場所を。

列車を降りると、今度はエマもこちらを見た。エマが降りてこないのを不思議とも思わず、アリスは義姉の待つ馬車まで急ぎ、荷物を渡して乗り込んだ。女二人はおざなりのキスを交わした。「ごめんなさいね。そこまで下りて、旅行鞄を運んだりするのを手伝わなくて」エマが言う。「でも背中が痛くて、馬車の乗り降りもひと苦労なの。テレサを寄こそうにも、あなたは彼女を知らないし、向こうもあなたを知らないから、役に立たないだろうと思って」

「あら、ここにたどり着けただけで嬉しいですわ」アリスは言った。「長旅でしたもの！」

「お疲れさま。わたしなら遠慮するところよ」彼女は手綱を引き、舌を鳴らして馬に合図した。「そこを回って、家までお行き」

アリスはこっそり義姉を見やった。エマは昔から大柄だった。押し出しの立派な女、という表現がぴったりだと思う。しかし、最後に会ってから現在までの間に——四年間のことだが——さらに大きくなったように見える。だがそれはおそらく、アリスのほうが小さくなったせいかもしれない。兄のベンジャミンのことをはじめ、心配ごとが多くて、体重が落ちてしまったのだから。エマの腕は血色も肉付きも良く、大きな手をしており、走っている馬を腕力だけで止められそうだ。晩春の暑さのせいで、その顔は紅潮している。雲一つない空から太陽が照りつけていて、アリスは列車の中でさえ、暑さを感じたほどだった。エマのほうは日差しの真下で、馬車の中に座っていたのだから、暑そうに見えても不思議はない。分厚い上唇や、両側のこめかみの生え際に、汗がぽつぽつと浮き出ていた。

「遠いんですか？」アリスはほどなく尋ねた。

「あら、そんなに遠くはないわよ」エマは言った。「町中じゃないけど、町外れでもないわ。昔は農場だったのに、今は周りの建物はなくなってしまってね。屋敷の他は、小屋が一つ二つあるだけ。広い屋敷よ！　ベンったら、どうしてあんなに大きなものを建てたのかしら」

でも私には分かる、とアリスは思った。ベンは子供たちを育てるつもりだったのだ。おそらく、それが叶わなかったせいで、三年前に家を出たのだろう。エマ宛てのあの短い手紙以外は、何も残さずに。アリスは少しの間、黙っていた。それから、ふと言った。「ベンがいなくなるちょっと前に、写真を送ってくれたんですが、とても素敵なお屋敷だと思いましたわ」

「まあね、きっとそうなんでしょ」エマが渋々と答える。「あそこをひどく気に入ってる人もいるわ。買い手は引きも切らずだけど、売りに出してはいないの」

「どうして？」アリスは無邪気に尋ねた。

「売ることができないからよ」エマは激しい口調で、彼女を驚かせた。「法律で決まってるの。人に聞いたのよ。まださらに四年もかかるんですって。そのあとで、もしベンから連絡がない場合は、法的な死亡宣告を受けて、わたしがあの家を手に入れるわけ。自分のものになってしまえば、好きなように処分できるわ」

「そうしたら、売るおつもり？」

エマの目にどこか奇妙な表情がぱっと浮かび、口元が不機嫌そうに曲がった。「どうかしら。時が教えてくれるでしょう」

「でもまあ、お姉様がご一緒で幸いですね。誰かいなければ、とても心細いに違いないですもの」

エマはこう言わんばかりの目で見つめた。あなたにできるのなら、自分だってきっと、一人暮らしに耐えられるわと。屋敷まではもう遠くないはずだと考え、アリスは口をつぐんだ。馬車がほこりっぽい街路を進むうちに、芳《かぐわ》しい空気が入ってくるにもかかわらず、日差しの暑さを感じはじめていた。こうして見たところ、キャッスルトンは素敵な町だと思えた。ミズーリのおおかたの町よりも、木がたくさんある。古い町は緑豊かなものなのだろう。ベンも緑の好きな人だった。

「もしかして」彼女はついに言った。「ベンからはまだ、何も連絡はないのかしら」

「ええ、ないわ」エマが言う。

「こちらもです。本当に奇妙だわ。もちろん、パパはいつも言ってました。ベンはちょっと変わり者で、私たちとは違うんだって。あんなふうに家を出た理由は、誰にも分からない。ベン自身ですら、分からないのかもしれないってね」

だがエマは何も言わず、ただわずかに鼻を鳴らした。そんな男に対する軽蔑の念を、敢えて隠そうともしないかのように。

エマはもう四十二歳のはずだ。そして姉のテレサは、ベンが出て行く少し前に寄こした手紙によれば、六つ年上だそうだから、四十八歳ということになるだろう。姉妹二人はあの時以来ずっと、屋敷でともに暮らしている。もし自分の夫が、あんなふうに出て行ったとしたら、どんな気がするだろう。夫が子供をとても欲しがっていたのに、持てなかったせいだと考えるだろうか？あるいはベンは、一緒に暮らすのが難しい男だったのか？他人を本当に理解できることは滅多にない、と彼女は考えた。たとえ一緒に暮らしていても、心から理解はできないのだと。

ようやく屋敷に到着した。白い木造家屋で、緑色の鎧戸が付いており、ぐるりと杭垣に囲まれている。見事なニレの古木が並んでいた。屋敷が建っているのは町の西端で、まさに郊外だ。小さなブドウの木が東の外れのほうの、ポンプといくつかの小屋の近くにあり、そこは町に面している。西にはライラックの高木が茂る、ちょっとした小道があった。だがアリスは馬車から降りて、エマが降りるのを手伝おうと振り返った時、その大きな屋敷の西側半分は、使われていないらしいと気づいた。鎧戸がすべて下ろされたままで、鎧板もすべて閉じられている。

「あら、半分だけで生活なさってるんですね」彼女は言った。

「ええ」エマが急いで答える。「家中を手入れしておいても、意味がないでしょ。もちろん、向こう半分を閉ざしてるわけじゃないけど。わたしたちのいる側には、充分な空間があるわ。あなたには一階の寝室を使ってもらうつもりよ。テレサとわたしはその間だけ、二階で寝ればいいんだし。ねえアリス、どれくらい滞在してくれるの？」

「いいえ、そんなに長くは」アリスは慌てて答えた。問いの唐突さと熱心さに、やや驚きながら。

姉のテレサが二人を迎えに出てきた。やせて骨張った女だ。髪を後ろで引っ詰めて、高い位置でだんごに結っている。地味な顔つきで、服も地味な茶色のラシャだ。全身を見回しても、飾りは小さなブローチだけ。だがアリスの重い旅行鞄を、苦もなく持ち上げたのだから、かなり屈強そうだ。

「お客様を迎えたのは久しぶりね」テレサは話し好きな感じだった。「ベンがいなくなって以来よ。うちの親族は誰も残ってないし、ベンの親族はとても遠いところにいるから。来てくださって、本当に嬉しいわ」

「わたしも来たいと思ってたんです」

アリスはそう言うと、姉妹が交わした目配せに気づいた。なんだか変ね！　あたかも二人の間に、不安がよぎったかのようだった。だがテレサがすぐさま、エマに背中のことを尋ねたため、それが気がかりなのだろうと推測した。

しかし、変な感じは続いた。アリスは来なければよかったと思った。姉妹は礼儀正しいし、親しみやすかった。それでもやはり、夕食の頃までには、自分が歓迎されていないと確信した。そこで一週間の滞在予定を、二日ばかり切り上げて帰ろうと決めたのだ。そうすれば、できるならしたかった、ボストン行きの時間が作れるだろう。だから平気だったが、この姉妹には好奇心をそそられた。おそらくあまりにも長い間、二人だけで暮らしてきたため、お客を好まないのだろう。

夕食のあとは当然、姉妹が蒸し暑い家を出て、正面のポーチに座りたがるだろうと思っていた。ところがさにあらず、アリスが声をかけてみると、エマは頑なに答えたのだ。私たちは「見世物になる」習慣はないと。

「あら、わたしは見世物だなんて思いませんわ。ただポーチに座って、好きなことをするだけですもの」アリスは言った。

「そう思う人もいれば、思わない人もいるのよ」エマが無愛想に言う。

彼女は縫い物をしており、顔も上げなかった。

「わたしはそのう、外に出たいんです」アリスは言った。「寝る前にいつも、ちょっと手足を伸ばすことにしてますので」

「じゃあ、行ってらっしゃいな」エマが言う。

「家の東側のほうが素敵よ、いつも思うんだけど」テレサは急いで、神経質そうに言った。

「ええ、そうね」エマが平板な、感情のこもらない声で言う。「西側は地面がでこぼこなの。それにもう暗くなってきたから、歩きづらいわ」顔を上げず、こう付け足した。「ご一緒すればいいんだろうけど、背中が痛くてね」

「わたしのほうは、この繕い物を済ませてしまわないと」テレサが言う。

「お構いなく。そんなに時間はかかりませんから」

アリスは出かけた。二人とも同行しないとは、実際に妙だった。むしろ、ちっとも外に出たくないかのようで、行くのをしきりに嫌がっていた。そう、しきりにという言葉がぴったりだった。まったくもって、おかしな二人だ。そもそも、ベンがエマと結婚したのがおかしい。だがベンはいつも、妙なことをしでかす人だった。あんなふうに家を出たのもそうだ。

あれはもう、三年前の出来事なのだ。

見たところ、エマとテレサは、やり繰りに苦労しているようだった。ベンの保険金とあの屋敷は、エマが言ったとおり、失踪から七年たつまでは彼女のものにはならない。音信があれば別だが。そしてベンはああいう頑固者だから、最後の最後になるまで、手紙は書かないだろう。

アリスはわざと家の裏手を回り込み、西側に向かった。西の空低く、まだ夕焼けが残っている。地平線のほんの少し上には、雲の峰があった。上方の雲と下方の大地は、ほとんど漆黒と言えるほど暗いため、中間にあるサフランとレモンとエメラルドの色の帯が、いっそう明るく見えた。コマドリがなおもさえずっており、ナゲキバトの物悲しい鳴き声が、あちこちから聞こえてくる。

彼女はゆるゆると、ライラックの木立に向かいつつ考えた。きっと花が咲いているに違いない。その匂いを嗅ぎながら茂みに近づき、芳香に満足しつつ足を踏み入れる。そこに立ったまま、ほっそりした枝と幹の隙間から、西の方角に消えゆく夕焼けを眺めた。

わずかに風が出てきた。ライラックの茂みの葉を、さらさらと鳴らす音が聞こえる。今にも風が肌に感じられるだろうと待つ。風がひそやかな音を立てて、ライラックの葉の間を抜け、小さな花がいくつか舞い落ちた。耳を傾けているうちに、風が茂みの中で、ため息をついたような気がした。アーフィースというような音で――まるで茂みが呼吸をしているかのようだ。なんと規則正しい音だろう！

ライラックは風にそよいでいた。西の空には、明るいピンクとレモン色の夕焼けが見える。木々は夕焼けを背にして、静かに高くそびえ、照り輝く空の帯を黒々とすっぱり切っていた。だがどことなく、自分が見ているものには、おかしなところがあるように思えた。何かが違う。なんだろう？　当惑して目をこらす。ああ、木だわ！　木々がまっすぐに高く、静かにそびえているはずがない。風に揺れているはずなのだ。こうして風が自分を引き寄せ、身体の隅々まで冷やしてくれるが心地良いのだから。

だが木々は夕焼けの下、まったくそよいでいない。小枝の一本、葉の一枚すら、微動だにしていなかった。

屋敷のほうを振り返り、台所の窓の明かりに照らされた、バイカウツギの低木に目をやる。そよいでいるか？　風は東から西に吹いているか？　だがバイカウツギの木は、西側に並ぶ木々と同じくらい、静かに立っているではないか。

両腕に寒気が走った。

風がライラックの木々の間で、アーフィース、アーフィース、アーフィースと鳴った。

彼女は突然、怖くなった。スカートの裾を持ち上げ、茂みから出て屋敷のほうへと走る。すると茂みを飛び出した瞬間、日中から漂う熱気がはっきりと感じられた。

屋敷に向かう途中で足を止め、振り返ってみた。ライラックの木々が夕焼けの下、葉を揺れ動かし、枝をそよがせる様子が見えた――なるほど微かにだが、動いている。彼女は我が目を疑うかのような面持ちで、そこにたたずんでいた。それからライラックに背を向け、屋敷をぐるりと回り込んで、台所のドアから中に入った。

入って行くなり、姉妹はどちらも顔を上げた。問いたげな二組の黒い瞳。エマが手元のランプをやや傾けたため、アリスが座ると、そちらにもっと光が向いた。

「なあに？　どうしたの？」テレサが小声で尋ねる。

アリスは唾を飲み込んだ。「ライラックが」と、弱々しい声で答えた。

「ライラックがどうかした？」エマが無愛想に問う。

「揺れてたんです」

「風が出てきたのね」テレサはもごもごと言った。「ありがたいこと！　五月にしては暑い日だったから」

「とても暑い日だったわ」エマが繰り返す。

「でも他には、何も揺れてなかったんです」アリスは言った。「この目で見たの。葉っぱ一枚だって、どちらの側でだって……」

「きっと、どこかで風が出てきたのよ」エマはぶっきらぼうに言った。彼女のほうに、針と糸を突き出す。「糸を通してくれないかしら、アリス？　なんだか、目が疲れてきちゃって」

アリスはもっと言いたかった。だが姉妹が雑談を期待しているのが、分かりすぎるほど分かった。この話をしても無駄だろう。彼女は煙に巻かれてしまった。もうしばらく一緒に座り、たわいのないことを話すと、二人は安堵したらしい。それからテレサが立ち上がって寝に行くや、自分も立ち上がったのだ。

朝になると、台所は明るく陽気な雰囲気だった。昨夜は大違いで、暗闇がランプにのしかかり、コフキコガネが次々と窓の網戸を打ち、ライラックに吹く風のことばかり鮮明に思い出されたのに。今は小さな部屋に日の光があふれ、姉妹も明るく陽気に見えた。

「町を案内してあげるべきなんだろうけど」エマが言う。「実のところ、わたしたちはあまり外出しないの。お店に行かなきゃならない時とか、代わりにお使いをしてくれる人がいない時とか以外は」

「まあ、町の見物に来たわけじゃありませんわ」アリスは言った。「あなたに会いに来たんですもの。滞在は一週間の予定でしたが、ボストンにも行きたいんです。大おじのウィルに会いたくて。なのでおそらく、それより前にお暇《いとま》するつもりです」

「わたしたち、来てくれて喜んでるのよ」と、エマ。

「お客様はあまり来ませんからね」テレサは言った。「でもどうしてもと言うなら、無理強いしても仕方がないわね」

朝食が済むと、アリスは外に出た。わざと屋敷をぐるりと回り込んだ。ライラックの木立が日差しの中で、美しく花を付けていた。花の色は紫だが、茂みの一箇所だけ、白い花が咲いている。ミツバチが花々の間で、ブンブンと音を立てていた。その芳しい香りのほうへと、ライラックの木の下を歩いて行き、気持ちの良い木陰に入った。茂みが頭上でアーチを作っているのが見えたが、昨夜は気づかなかった。

葉っぱが一枚、さらさらと鳴った——別の葉っぱも。それから他のもさらさらと鳴り、急にすべての葉が激しく揺れ動き、あちこちを向いた。まるでそこだけ風があるかのように。そして確かに風があるのか、またもやあの囁くような音が聞こえた——アーフィース、アーフィース、アーフィースと。

不意に固唾を呑み、思わず喉に手を当てた。

聞こえたのは、本当にアーフィースという音なのか——それとも、アーリース(傍点)か?　たちまち空気そのものが振動しつつ、自分の名前を何度も繰り返しているように思えた。ぱっと両耳をふさぎ、茂みの中から日差しの下へとよろめき出る。そこで振り返り、揺れているライラックの花を、恐怖の目で見つめた。

そのうちに揺れが小さくなり、葉の囁くような音が次第に収まって、茂みは静かになった。そして花の激しい揺れが収まるにつれ、怒ったようなミツバチの羽音が、再び聞こえだしたのだ。

彼女は長い間、立ったまま見つめていた。そこには何か恐ろしいものがあると感じた。

屋敷をぐるりと回り込みながら、姉妹にもう一度、話をしようと決心した。だが二人の硬く、問いたげな表情を目にすると、言葉を飲み込んで、さり気なく見せようと努めた。

「今日も暑いですわ」

「ええ、そうね」エマが言った。

アリスは両手を後ろに伏せて、ひんやりした壁に背を預けた。

「あなた、本当に顔が真っ青よ」テレサが動揺して言った。

「暑さのせいでしょ」と、エマ。

「いいえ、暑さのせいじゃありません」アリスは言い返した。「ライラックに吹く風のせいよ、まさにそうです」一歩前に出る。「この家にはおかしなところがあるんだわ。一体なんですか？」

「アリスったら、何を思いついたのやら」エマが言う。

「一体なんですか？」アリスは再び尋ねた。「あの西側を閉め切ってるのは何故？　そうすればライラックが見えないし、風の音も聞こえないから？」

二人とも何も答えない。

「どうして話してくれないの？　どうして答えてくれないの？」

エマがついに沈黙を破った。「何を言えばいいのか分からないからよ。あなたの話しぶりったら——まるで気が触れたみたいだわ、アリス」

「誓ってもいいけど、茂みがわたしに話しかけたんです。絶対にそうよ」

テレサは曖昧な表情でエマを見た。「ちょっとお茶をあげたらどうかしら――美味しい、濃いのを――?」

「ええ。そうね、それがいいわ」エマが言う。

アリスの緊張が解けた。唾を飲み込むと、喉がからからだった。「少しいただきます」と、弱々しく言いつつ、前に出てきて座った。

「わたしが入れましょう」

エマが素早く立ち上がり、食料貯蔵室へと移動する。

「お背中は楽そうですね」アリスは言った。「よかったこと」

「少しはましよ」エマは食料貯蔵室のほうから、くぐもった声でそう認めた。

テレサはテーブルをはさんで、アリスの向かい側に座った。「キャッスルトンは小さな町よ、アリス。ライラックの茂みのことを、そんなふうに言うのを聞かれたら、すっかり気が触れたと思われるわ」

「気が触れてなんかいません」と、アリス。

「ええ、そうでしょうし、わたしたちも分かってるわ。でも皆は分かってくれるかしら?」テレサは尋ねた。黒い目を見開き、こちらを見つめている。

「気が触れてなんかいません」アリスは再び言った。

エマが湯気の立つお茶を持って現れる。コンロの上ではずっと、お湯が沸かしてあった。カップをもう二つ持ってきており、アリスにお茶を注いでから、その二つを満たす。

「苦いわ」アリスは言った。

「だってハーブティーだもの。神経を鎮めてくれるのよ。母がいつも入れてくれて、わたしたちにはよく効いたわ」エマはたっぷり飲み、顔をしかめた。「すごく濃いわね。濃すぎるようなら、ちょっと薄めてあげるけど」

彼女がカップに手を伸ばしてきたが、アリスは首を振った。「大丈夫、ゆっくり飲むことにします」

午後は気分が優れなかった。今日も厳しい暑さで、横にならねばならなかった。昼食時には食欲がなく、二回も吐き気を催すほどだったのだ。だが夕方には起き上がり、夜に眠れるようにと、少し散歩をすることにした。エマがまたお茶のカップを持って現れたが、欲しくなかった。すると彼女はそれを台所に戻し、飲みたくなったらいつでも、温めてあげると言った。

アリスは再び外に出たが、ライラックの茂みには近づくまいと決めていた。

だが無理だった。何かがそこへ引き寄せたのだ。その何かに引かれて、屋敷の東側から回り込む。そして一歩ずつ、黄昏に美しく静かにたたずむ、ライラックの茂みに向かう。

近づくにつれ、茂みが傾いてくるように見えた。それが一瞬、自分のほうにたわみ、愛撫しようとしている気がしたのだ。

すると突然、まだ木陰に入ってもいないのに、葉が揺れ動きはじめた。そしてあのぎょっとするような囁き――アーフィースという音は、間違いなく、アーリース、アーリース、アーリースと聞こえた！

彼女はできるだけ耐えた。風を肌で感じ、葉のざわめきを聞き、夕焼け空に驚きの目を向けながら。そこでは木々の葉は静かに垂れ、夕方の熱気の中でびくともせず、明るいターコイズとアメジストの色の空に、黒々ととどまっていた。ライラックの葉の隙間から、宵の明星がまたたいては再び現れた。あたかも葉が星空を見せたり、隠したりしているかのように。

それから身震いしながら、屋敷に駆け戻り、正面から自分の部屋に入った。


朝になると、アリスは荷造りをし、荷物を持って現れた。

「ボストンに行くつもりです」

「もう？」テレサが驚いて尋ねた。

「大おじのウィルに約束したんです。それに、そろそろ家に戻っていなくては。もしベンが向こうに来てくれても、迎えが誰もいないことになりますから」

「あなたが決めたなら、無理強いしても仕方がないわね」エマが言う。「駅まで送ってあげましょう。ボストン行きの列車は、九時十五分よ」

駅で馬車を降りると、どっと安堵感を覚えた。「ありがとう、エマ。とても楽しかったわ。もしベンから連絡があったら、すぐに知らせてください」

「もちろんですとも。あなたもね」

アリスはさよならと手を振り、列車に乗り込んだ。

彼女は震える声で、ベンのライラックに吹く風のことを、大おじのウィルにすっかり話した。ウィルはボストンの弁護士だが、想像力に富んでもいた。彼はアリスがその午後、吐き気を催すほど具合が悪くなったのは、エマが用意した苦いお茶を飲んだあとだと、すかさず気づいたのだ。そして優しくアリスを慰めたが、彼女がミズーリへの帰路に就くや、取るものも取りあえず、列車に乗り込んだ。関係当局に話をすべく、キャッスルトンに向かうために。

ウィルは到着する前から、アリスにどう知らせようかと考えていた。それはベン・グレノンが、けっして逃げ出したわけではなく、砒素あるいは似た性質の毒を盛られて、例のライラックの茂みの下に埋められた、ということだった。あの愚かな姉妹のしわざであり、彼の死亡が確認されるまでの七年間、保険金と屋敷が自分たちの手に入らないとは、知らなかったのだ。ウィルは物事の合理性に、ある種の残酷な満足感を覚えた。あの哀れな共犯者二人がこの三年間、必死で正気を保っていたに違いないと気づいて。

The Wind in the Lilacs（1948）

ミス・エスパーソン

ミス・エスパーソンのことを思い出したのは、まったくの偶然だった。ある都市の新聞の死亡記事で、彼女の名字に出くわしたのだ。様々な記憶、とりわけ子供の頃の記憶に正しく繋がるのはいつも、このように曖昧なきっかけからではなかろうか。それに続いて浮かぶであろう考えについては、説明のしようがないが。私がミス・エスパーソンの件で考えたのは、いい大人になった自分の外見が、少年時代とどれほど変わったかということだと思う。最近亡くなったエスパーソンという男性と、私が子供時代の大半を過ごしたルイジアナの小さな町の、あの上品な年配の女性との間には、確かになんの関わりもないようだった。

実のところ、ミス・エスパーソンのことはすっかり忘れていた。二十年の間に一度も、思い出す機会がなかった。そしていくつもの訃報の中で、エスパーソンの名前を見つけたのは、まさしく偶然の出来事だった。ほんのついでに目に留まっただけなのだから。だがたちまちミス・エスパーソンの姿が、あの記憶の暗い井戸の中から浮かび上がり、私はすぐさま、忘れられたルイジアナの町の少年に戻ったわけだ。そこにはミス・エスパーソンがいた。背が高く、奇妙なほど角張った顔に、たくましい顎で――今になって考えると、ほとんど馬のようだった――さらには驚くほど黒い瞳が、白くなりかけた髪のせいで際立っていた。そしてそこにはいくつもの並木と、低木の茂る庭に囲まれた、彼女の「ささやかな地所」があった。それは前は日陰になった道路から、後ろは彼女の土地との境界線をなす川まで、ぐるりと生垣で仕切られ、たどり着けた子供たちにとっては、素敵な楽園だったのだ。またそこには、恐怖に基づく迷信などもあったが、子供には無意味だった。

と言うのも、ミス・エスパーソンはまさに優しさの権化で、誰にも迷惑をかけず、いかにも身寄りのない年配の未婚女性らしい穏やかさで、我が道を行く人だった。だがその町に住む黒人たちにとっては、奇妙にも申し合わせて恐れる対象となった。それはほとんど根拠がなさそうなため、おかしな話だった。ミス・エスパーソンは生まれてこのかた、黒人を悪く言うことさえなかった。むしろ実際は、その町に住む白人の誰よりも丁重に、黒人に接していたのだ。にもかかわらず、黒人たちは彼女を見かけると、きまって通りの向こう側に行ったり、目をそらしたり、横目で盗み見たりした。彼女を恐れているという証拠は、あからさまではなく、つねに遠回しなものだった。例えばミス・エスパーソンの家で手伝いが必要になると、頼まれた黒人の女たちはいつも、その日にやらねばならない別の「用事」を思い出した。あるいは女たちはむっつりと、「行ければいいんですけど」とは言ったが、滅多に来なかった。そしてほんのたまに、仕方なく仕事にやって来る時は、彼女のご機嫌を損ねるのが怖いから、というのが明白だった。つまり、つねに良い待遇で、たっぷり給金をもらえても、明らかに関係なさそうだったのだ。ミス・エスパーソンには、黒人の古来からの本能に、じかに容赦なく訴える何かがあり、最も年老いた者から最も幼い者まで、彼女に同じ反応を示した。さらに黒人の子供たちを通じて、その反応は白人の子供たちに伝わり、私たちはなんとなく、ミス・エスパーソンがある種の「力」を持つ、恐ろしい人間だと思いたがった。何故なら彼女は、父親が領事をしていた英領西インド諸島で生まれ、迷信深いその土地の黒人たちから、子供の頃に多くを学んだそうだからだ。

黒人の子供たちは、彼女に名前を付けていた。きっと親が言うのを聞きかじったのだろう。それは「オビウーマン」という名前で、「オビ・ウーマン」に変わった。私たちにはなんの意味も持たない言葉だったが、仲間内では時々、彼女をそう呼んだ。だが近所の白人の子供たちは、ミス・エスパーソンを恐れなど抱いていなかった。私たちは彼女の家があこがれの場所で、そこに行けば必ず、たまらなく嬉しくなるものがたくさんあると知っていたからだ。ケーキやクッキー、アイスクリーム、イチゴ、ハチミツ、スイカ、さらに彼女が一緒に遊んでくれる、様々なゲームさえあった。ミス・エスパーソンはもしかして、寂しかったのだろうか？　そうには違いないが、選び抜かれた友人たちがいて、絶えず行き来していた。黒人たちが奇妙にも恐れるのに半比例して、友達には好かれていたのだ。

私はこれらのことをすっかり思い出した。前に言ったように、記憶はそっくりそのまま、過去の世界から浮かび上がってきたが――そこには漠然と違うところがあった。記憶している様々な事柄にではなく、瞬間的な解釈においてで、自分の視点が変わったのだ。私は死に対して毅然とした彼女を見たのを最後に、少年時代を振り返ったことは一度もない。ところが今ここで、奇妙にも、彼女自身とも、彼女に代表される文化とも相容れない新聞の中から、ミス・エスパーソンの姿が浮かび上がった。それは私が知っていたとおりの人だったが、今になって不意に多くのものを、いわば啓示を与えてくれたのだ。生と死の意味に関しては、いまだにあまり確信はないが、二十年前の少年時代よりは知っている私に。

ミス・エスパーソンのことを思い出すと、つられてジェイミーのことも思い出した。ジェイミーはミス・エスパーソンの家の隣に、父親と継母と一緒に住んでいた。私はジェイミーとは反対側の隣に住み、二人とも彼女の家を一種の避難所と見なしていた。だがその避難所が必要だったのは私ではなく、ジェイミーのほうだった。と言うのも、継母は思いやりがなく、しかも息子に辛く当たったからだ。そしてすぐに思い出せるのは、父親が継母と同じように息子を憎んで、ついには家を出てしまった時に、ジェイミーが継母から受けた仕打ちを知り、私が自分の不甲斐なさに時々、すさまじい怒りを覚えたことだ。それは彼の痛みや苦しみに直面して、守ってやりたいという思いが、湧き上がったせいだった。ジェイミーは当時、七歳くらいだったと思う。実の母親は二年前に他界し、父親はニューオリンズで知り合った、赤毛の美人と再婚したのだった。

この女は当初から、ジェイミーに腹を立てていた。最初のうちは、息子が死んだ母親の思い出にしがみついていることを、自分への反発と解釈したせいだろう。そして母親として必要な忍耐心で応じるのではなく、彼が敏感に察した、敵意で応えたのだ。だから、二人がついには和解する機会があったとしても、それは決定的に失われてしまった。さらに継母は、彼の最も傷つきやすいところを攻撃した。母親との思い出の品を、すべて奪い取ろうとしたのだ——母親がくれたものや、注文したり作ったり、繕ったりした服さえも。もっとも、彼はすぐに大きくなって、もう着られなくなっていたが。継母の虐待ぶりは洗練されており、息子に意地悪な冷たい態度を取った。それがほどなく、とんでもなく残忍な体罰に変わったのは、継母に対する憎しみがあからさまに示され、亡き母親への思いがいっこうに薄れようとしなかったからだ。

ジェイミーは継母から逃れられる時はいつでも、私の家か、ミス・エスパーソンのところに逃げ込んだ。彼女はジェイミーの母親を知っていたので、虐待も苦痛もない、あの大切な過去の日々とを繋ぐ存在だった。またジェイミーは私たちにだけ、何があったかを洗いざらい話した。他の誰にも――父親にすら言わなかったのは、継母が彼の言い分をねじ曲げ、自分に都合良く変えると知っていたからだ。と言っても、ジェイミーは熱心に話したわけではなく、聞いてもらうことで、自分が受けた苦しみをなんとか減らす必要に迫られて、むしろ仕方なくという感じだった。そしてミス・エスパーソンは、優しい口調で彼を慰め、実に巧みに話を引き出したものだ。

「あなたが思ってるほど悪いことは、世の中にはないのよ」

「あの女は朝食に、腐った牛乳しか出さないんだ」ジェイミーは打ち明けた。いつでも「あの女」と呼び、他の呼び方をしようとはしなかった。たとえ鞭で叩かれても、親子関係を示すような呼び方はしなかっただろう。

「じゃあ、ここで好きなものを食べればいいわ」彼女は言った。

するとジェイミーは、出してもらったものを食べながら、身の上話を続けた。泣き言を言う子ではなかった。少なくとも、めそめそした、哀れっぽいところは全然なかったのだ。いかにもか弱そうで、大きな優しい目をしており、白い肌からほんのりと、血管が青く透けて見えてはいたが。彼はただ自分の苦難を、平板で単調な声で、戸惑いがちに語るだけだった。自分がせずにはいられない話が、あまりにも途方もなく、私たちのように信用の置ける人間にさえ、信じてもらえないと思っているかのように。

窮状が終わりに向かうにつれて――当時の私たちは考えてもいなかったが、それには終わりがあったのだ――ジェイミーは時々ミス・エスパーソンに説き伏せられて、やせた背中に負ったみみず腫れを見せた。今になって思い出すと、心の目にはっきりと映る。彼女が最初はひるみ、それから顔が青白くこわばり、瞳が厳しさを帯びて光るのが。

「まあ、可哀想に！」彼女はそう叫んで、ジェイミーを足早に奥に案内し、傷ついた背中を洗い、軟膏を塗ってやった。そして送り返す時には、おそらく彼の悩みを紛らすために、何か特別なもの――チョコレートや、時折作るハチミツのケーキのようなものを持たせた。

ジェイミーは泣き言は言わなかったが、悩み事をすっかり忘れたわけではない。それは自分の家を見やる時、いつもその目の表情から読み取れた。もっとも、木々や生垣のせいで、彼の家はほとんど見えなかったが。そこには私の家や、ミス・エスパーソンの家と同様、川のほうまで伸びる美しい裏庭があった。だが低木の植え込みや花壇は、以前より減っていた。彼の母親が亡くなってしまい、継母はわざわざ時間を割いて、庭で過ごしたがるような人間ではなかったからだ。進んで庭いじりをするでも、いつも町の黒人の中から雇うことになっていた庭師たちに、指示を与えるでもなかった。またジェイミーはずっと前から、ミス・エスパーソンを訪ねることを禁じられていた。継母は息子が同情を買っていると思ったに違いない。と言うのも、まだジェイミーを鞭で打ったりはしていない頃、ミス・エスパーソンの家の裏庭まで乗り込んできて、彼をつかまえると、文字どおり引きずって帰ったことがあるのだ。その前には、自分の意見をミス・エスパーソンに伝えたが、思いやりのない不愉快な言葉だったため――彼女はレースのハンカチを口に押し当てたまま、全身を震わせて立ち尽くし、木々の間を遠ざかる二人を、驚きの目で追っていた。そしてジェイミーの怒りまじりの抗議の声が、切れ切れに聞こえてきた――さらにファロン夫人が殴りつける音も。

私はその時、母から聞いた言葉を口にした。「ファロン夫人は、上品な人じゃありませんね、ミス・エスパーソン?」

「残念ながらね、スティーヴン」彼女は言った。「あの人の振る舞いは、上品とは言えないでしょ?」

だがそれでも、ジェイミーはやって来た。ミス・エスパーソンの避難所が必要だったのだ。どこに行っていたかを知られたら、継母から明らかに罰を受けるだろうが、それを恐れもしないほどに。つまり、彼が避難所探しを余儀なくされた理由は、体罰あるいは精神的な虐待を免れないと悟って、普通に抱く嫌悪感よりも、もっと致命的なものを感じたからだ。

母はいつもファロン氏のことを、「愚かな男」だと言っていた。二番目の妻からどんな話を聞かされたのかは知る由もないが、息子の身に起きていることを把握しているべきだった。おそらくファロン夫人は、夫が家にいる時はいつでも、ジェイミーの愛情に訴えるという、用意周到な芝居をしたのだろう。誇りと怒り故の拒絶を期待しつつだ。日がな虐待されたあとでは、ジェイミーがそんな態度を取るのも、当然だっただろうから。彼女が夫をだましおおせる方法は、きっといくつもあったのだろう。事の真相を隠し、夫に実の息子への偏見を巧みに抱かせる機会も。ファロン氏はいずれにせよ、父が言ったように、「女に関しては阿呆」だったわけだ。

ジェイミーへの拷問は、一年ほど続いたと思う。二十年もたった今は、定かではないが。完璧に記憶している事柄はあっても、時間的なことは年とともにぼやける。それは長い期間だったのは確かで、もしかすると一年以上だったかもしれない。と言うのも、ついにはジェイミーが明らかに健康を害してしまい、殺人はさておき、いかなる手段を使ってでも、継母が彼を追い払うつもりでいるのは明白だったからだ。逃げ切れるとなれば、おそらく躊躇なく殺したかもしれない。だがジェイミーの窮状を知って、私のような少年が継母に反感を持つのは容易なことだし、感情的な少年は証人にはふさわしくないだろう。

ある日、ジェイミーは何かいわくありげだった——季節外れの寒い夜のあとの、暖かい日のことだ。彼はひどい風邪をひいていた。ミス・エスパーソンは、空咳をしているのを気遣い、どうしてそうなったのかと優しく尋ねた。

「毛布が足りなかったんだ」彼は言った。

「あら、でもキルトのベッドカバーを広げればよかったのに、ジェイミー」ミス・エスパーソンは彼が寝る時に、ベッドの足元に小さなキルトのカバーを丸めておくことを知っていた——たいていい誰もがするように。そうすれば、もし夜に冷えて、もう少し暖かくしたければ、手を伸ばしてそれを広げればいいからだ。

「あの女が取ったんだよ」

ミス・エスパーソンはしばし、返事に窮した。戸惑うような表情のあと、驚きを顔に出した。「いつのこと?」と、ついには尋ねた。

「窓を開けに入ってきた時さ」

その夜は窓を開けておくには寒すぎた――あまりにも。

「あなたは眠ってたの?」ミス・エスパーソンは優しく尋ねた。

「あの女はそう思ったんだね」

当時の私のような八歳の子供にはぴんとこなくても、ミス・エスパーソンにはきっと明白だったのだろう。継母がジェイミーの就寝中に部屋に入ってきて、窓を開けるなり、キルトのカバーを取り去ったとすれば、風邪をひかせるつもりだったか――もしくは、もっと悪いことを考えていたに違いない。おそらく、もっと悪いことだろう。少なくとも、ジェイミーは寝たふりをして、継母の裏をかいたわけだ。ミス・エスパーソンは彼を奥に連れて行き、ガチョウの脂を胸にすり込んだ。それから食器棚の上段から、風変わりな布の小袋をいくつか取り、それで作った温かい飲み物を与えた。子供にとってはとても素晴らしい、ぴりっとした甘い香りのするもので――間違いなくハーブティーだろう。彼女が町の外れの川沿いの沼地で、ハーブを採集していることは有名だったからだ。そこは黒人たちの居住地でもあり、彼女を見かけた黒人の多くは、小屋に退散してドアや窓をぴたりと閉ざした。不合理な恐れからなる、おぼろげな悪い予感に備えて。

こうしてジェイミーの風邪は治まった。

だがミス・エスパーソンが抱えた悩みは、そう簡単には収まらなかった。またつねに、あからさまな懸念もあった。いつの日か、ジェイミーがこっそり生垣を抜けてくる必要がなくなるとは、確信できないかのように。彼はもう二度とこの避難所に来られなくなり、自分が役に立ってやれなくなるかもしれない、とでも言いたげに。いやむしろ、私たち二人が、だろう。ジェイミーを守ることにかけては、二人は一心同体だと思わせる才能が、彼女にはあったからだ。実際に私たちは、一心同体だったのだと思う。もし憤怒だけで人が殺せるものなら、私はファロン夫人を易々と殺してしまっただろうから。私はやり場のない怒りや、彼を意地悪な継母から守れない不甲斐なさに、実にしばしば嘆いたことを覚えている。つまり私たちは、悩みと懸念を共有していたのだ――甘いケーキやハチミツとか、様々な遊びとかばかりでなく。

またある日、ジェイミーはひどく具合が悪そうに、生垣を這って抜けてきた。彼は立って歩くことができなかった。ミス・エスパーソンは、客間からそれを目撃すると、駆け出して行き、自分の寝室に運び込んだ。私があとで訪ねた時、彼はまだそこに横になっていた。ミス・エスパーソンがすでに何か飲ませていたが、依然として具合が悪かった。彼女は窓際の花瓶の中のヒナギクさながら、顔を真っ白にして歩き回っていた。そして私を目にするや、ジェイミーの吐いたものを、ベッド脇の皿から蓋付き瓶に移し、短い手紙を添えて持たせ、ルフェーヴル先生のところに使わしたのだ。老齢でもう引退していた先生は、ミス・エスパーソンと同様、ルイジアナの旧家の出だった。

あとになって、ジェイミーが少し快復すると、何を食べたのかとミス・エスパーソンは尋ねた。彼は朝食を食べただけだった。

で、朝食には何を？

「牛乳とトーストさ。変な味がしたよ」

ジェイミーはどんどん具合が悪くなり、正午頃までには嘔吐を始めていたという。継母は息子を洗面所に、文字どおり閉じ込めて放置した。彼は生命の危険を感じて怖くなり、身体が弱っていたにもかかわらず、窓から這い出したのだ。ミス・エスパーソンは間違いなく、彼の直感が正しかったと思ったらしい。

彼女はそのあと、付け紐のある帽子をかぶり、日傘を持って家を出た。

しかし結局、ファロン夫人にも、ジェイミーの父親にも会わなかった。まっすぐにファロンの家のほうに向かったのだから、会うつもりだったのは明らかだ。だが生垣のところで向きを変え、私が彼女の言いつけどおり、ジェイミーの看病をしている部屋に戻ってきた。そして何も言わずに帽子を脱ぎ、日傘を片付けたのだ。

ジェイミーはまだひどく弱っていたが、少しは気分が良くなっていた。

私は彼女が戻ってきた時の様子を覚えている。とても奇妙な目つきをしており、もし彼女のことをよく知らなければ、怖くなったかもしれない。彼女はジェイミーのかたわらに腰掛け、両手でその手を取って話しかけた。とても奇妙な話しぶりで——ふだんとは違うが、いつもどおり優しい口調だった。

「ジェイミー、あなたの義理のお母さんって、きれいな髪をしてるわね」

「僕は赤毛は嫌いだな」

「で、髪をとかす時、何本か抜けるでしょ」

「全部抜けちゃえばいいのに。むしり取ってやれたらなあ」

「ジェイミー、あの人は髪の毛を取っておいてる？」

「うん」

「それを何本か、持ってきてもらえるかしら？」

「いいよ」

そうしてミス・エスパーソンが微笑むと、彼も笑みを返し、部屋の空気がどこか変わった。それは奇妙ではあったが、その時はおそらく、ほんの少しいつもと違うくらいにしか思えなかったのだろう。子供というのは、大人には受け入れられない様々なものを受け入れる。子供の世界は絶えず思いがけないことの連続で、原因と結果について知る必要などないからだ。当然ながらファロン夫人は、その町の白人女性のご多分に漏れず――当時はこの国の小さな町では、どこでも同じようにしていただろうが――とかした時の抜け毛を取っておき、あとで髪を結う際の詰め物にに使っていた。ジェイミーが直感的にどう思ったか、むろん私には分からなかった。だが彼は確かに、ミス・エスパーソンの企みに加担しようとしている、と考えたに違いない。継母は抜け毛を取られるのを好まないだろう、と思っていたのは間違いないし、おかげで約束が固いものになったのだ。

ジェイミーはある日、ひと握りの髪の毛をミス・エスパーソンに渡した。彼女はそれを太陽にかざした。「まあ、見てちょうだい。日差しの中だと、なんて赤く輝くのかしら！　あなたにもらったと知っても、あの人は怒ったりしないでしょうね！」そして私たちは笑い合った。秘密を共有することに浮かれて。「でも、取ったのは全部じゃなくて――入れ物を空っぽにはしてないんでしょ？」

「うん、もちろんさ、ミス・エスパーソン」

「そう。じゃあ、もし気づかれたとしても――これくらいなら、変に思うだけでしょう」彼女は言うと、赤い髪の毛の束をポケットに入れた。

そのあとは、ファロン夫人の髪の毛の話は、一言も出なかった。だがジェイミーへの懸念は、けっして減らなかった。彼は食べ物に気をつけるよう言われた。変な味のするものは食べてはいけない。もし食べてしまった時は――あるいは、無理やり食べさせられることも、ミス・エスパーソンは想定していた――ルフェーヴル先生が処方した、小さな錠剤を飲まなければいけないと。それは胃の中の悪いものを、きれいに吐かせるための薬だった。

その二週間くらいあとだったろうか、私たちはミス・エスパーソンの手ほどきで、新しい遊びを始めた。それは庭に金魚を飼う「池」を作ろうという遊びで、彼女は従うべき手順を細々と計画した。まず最初に芝生に穴を掘り、石を組んで砂を敷き、池を作ること。次に家から管を引いて、池に水道水を通すこと。そしてあふれた水を流す通路を作り、芝生の外れにある川へと逃がすこと。さらにミニチュアで風景を仕立て、水が出入りするところも含めて、その池を大きな湖か、川の淵のように見せることだ。

来る日も来る日も、私たちは作業をした。ミス・エスパーソンは時々、助言をくれたり、細かい部分を変えたりした。ようやく池が完成すると、水が張られ、川へ流れ出した。その「池」の向こう側には、小さな森が作られた——ちょうど彼女の家の庭から、川の向こう側に見える森のように。そして家側には、下り坂に沿っていくつかの花壇が作られ、池の土手のど真ん中に、花壇を仕切る生垣が作られた。ミス・エスパーソンは金魚を放すでもなく、池の細かい部分を日々作り替えたので、私たちは金魚のことをいぶかる余裕もないほどだった。そしておそらく彼女は、通りがかりの猫たちが前足で金魚を取り出し、食ってしまうのが心配なのだろうと思った。別に金魚はどうでもよかった。池を作るのは新しい遊びであり、三人の話題はこの遊びのことばかりで——それなりの大きさの小川や、堰や滝を作ろうと話し合った。するとミス・エスパーソンは言った。そう、それはできそうね、たぶんいつかやるでしょうけど、今ではなく——そのうちにと。

ジェイミーは毎週木曜日に、音楽を習っていた。もし楽しんでいると継母に気づかれたら、習わせてもらえなかっただろう。だが彼は、嫌で仕方ないふりをした。なので継母は無理に通わせることで、彼のささやかな生活を、さらに不快なものにしていると思っていたわけだ。そしてたいてい、私が付き添った。だがその日は暑くて、おまけにジェイミーが通うミス・クエンティンの家は古く、カビ臭くてじめじめしていた。だから午後の間そこで待ち、ジェイミーの音楽に耳を傾けるとすれば、なかなか辛いことだっただろう。あまりにも暑いので、ジョージ・ワシントン・オズモンドをはじめ、黒人の子供たちと庭の隅で遊ぶことさえできなかった。だから私は付き添わずに、暑い部屋で寝られるだけ寝た。それから、ミス・エスパーソンの家に行くつもりで起きた。

　だが彼女はもちろん、来るとは思っていなかっただろう。私はいつもなら、ジェイミーのお供をしているのだから。

　私は二階の自室の窓辺まで行った。階下では母が食器を片付けながら、黒人の料理係のリビーと話していた。裏庭のぶらんこでは、先に起きた妹が人形たちを相手に、ままごと遊びをしている。黒人の子供たちは庭の隅で、叫んだり騒いだりしており、暑さがちっともこたえていないらしい。そしてミス・エスパーソンはと見やると、生垣の向こうの裏庭で、池に何かを施していた。おそらく、やっと金魚を放したのだろう。

　私はすぐさま、走って行きたくなった。

　だがミス・エスパーソンの動作には、なじみのない姿勢のせいか、そうさせない雰囲気があった。ひざまずいているとは珍しい。ふだんは立って指示を与えるか、屈んであれこれ作り替えているかだったから。背筋をぴんと伸ばしてひざまずき、時たま上体を屈めている。そしてその間ずっと、妙なピクピクとした動きが伴い、機械仕掛けの玩具でもまねているかのようだ。どうやら独り言を言っているらしい。さらにしばらく観察していると、彼女は目の前の地面に何かを置いて、時々それを池のほうに押している様子だった。私は窓辺にひざまずき、レースのカーテン越しに外を覗いているうちに、奇妙な感じがしてきた。ネズミをもてあそぶ猫を目撃した時のように。猫がネズミを放し、ネズミは猫が去ったと思う。ちょうどその瞬間、猫は再び前足でネズミをとらえ、それから再び放し、またつかまえる――何度もこの繰り返しだ。ぞっとするような光景だった。その時にとても無意味に思えたからこそ、今になっても、あの身の毛のよだつ感じを覚えているのだ。

しかしそろそろ、ジェイミーが帰ってくる頃だ。彼はきっと、私がどこに行ってしまったのかと思い、うちかミス・エスパーソンのところに来るだろう。立ち上がって、窓辺を離れた。ミス・エスパーソンの姿が視界から消えた途端、身の毛のよだつ感じもなくなった。

外に出た。ああ、なんて暑い日だ！　暑さのあまり、妹のクララをからかうこともできず、そのまま通り過ぎた。「ほら子供たち、スティーヴンおじさんが行くわ」と、クララが人形たちに言う。あまりの暑さに、犬も尻尾さえ振らず、日陰に横たわっている。犬は眠そうに片方の目だけ開けて、こちらを見た。

生垣を抜けた。

ミス・エスパーソンはまだ、そこにひざまずいていた。私は彼女を驚かそうと考えた。たぶん、びっくりして跳び上がるのを見たら、面白いだろうと思ったのだ。

音を立てずに芝生を横切り、茂みから茂みへとこっそり移動する。彼女にさらに近づくと、その声が聞き取れた。ふだんとは違う、耳障りなしゃがれ声に聞こえた。リビーが台所で仕事をしながら、口笛混じりに言う、独り言のように。あるいは貸し馬屋のモーズじいさんが、馬たちに話しかける時の――低く親しみのこもった、しかし粗野でしわがれた、つぶやきめいた声だった。ミス・エスパーソンにしては、風変わりでおかしな口調だ。奇妙な感じもしたが、怖くはなかった。その言葉は英語ではなく、意味を持たない、獣じみたもののようだった。それが彼女の口から出ると、聖人が罰当たりな言葉を吐いているかのごとく聞こえた。

背後に近寄ると、彼女が気配を察した。即座に手を下ろし、そこにある何かを覆い隠した。そして長い人差し指で、何かを池に沈めるのが見えた——浅い水際に、日差しを浴びて浮かんでいたものを。だが彼女が沈める前に、私は見た——それはちっぽけな人形で、白い服を着て、髪は赤かった。ファロン夫人のように。

「まあ」ミス・エスパーソンは、驚いたふりをして声を上げた。「驚かすなんて！ 悪い子ね、スティーヴン！」

「違いますよ」私は言った。

ちょうどその時、ジェイミーが反対側から、生垣を抜けて走ってきた。「今日はどこにいたんだい？」と、私に叫びながら。

「暑くてうんざりしてたんだ」

「あなたが着替えもせずに来たことを、お母さんは知ってるの？」ミス・エスパーソンは厳しく尋ねた。

「ううん、あの女は家にいないんだ」ジェイミーが答える。「君は何をしてたんだい？」そう尋ねながら、とがめるように池に目をやった。「なんで待っててくれなかったの？」

「別に。ちょうど今、ここに来たばかりさ」

ミス・エスパーソンは微笑んだ。「わがままを言わないで、ジェイミー。今日は小川作りを始めましょう、約束どおりに」

彼女は手を下に伸ばして、手近の景色をかき消しはじめた。作り物の木々や、ジェイミーの家のほうにある右手の生垣、先ほどあの人形を沈め、おそらく水の下の砂や泥の中に埋めてしまった辺り――すべてがたちまち消え失せる。彼女が池の向こう側に手を伸ばすと、そこにある森が崩れた。池の向こう端を少し持ち上げるや、滝がぱっと出現した。二人ともその間、彼女の横にひざまずき、辛抱強く指示を待つ。出された指示は、計算され尽くしていた。

「ジェイミーはシャベルで小川を掘って、川まで繋げてちょうだい」彼女は言った。「そしてスティーヴンは――水が流れ出さないように、堰を作って。わたしの金魚がついに、この池で泳ぐところを思い浮かべてみましょう――逃げてしまうと困るわよね？」

ミス・エスパーソンが笑うと、私たちも笑い、作業に取りかかった。

それが少年時代の思い出に、しかと刻みつけられた彼女の姿だ――いろいろな意味で、風変わりな女性として。だが今になって、しばしば自問することがある――あの奇妙な小さな池には、彼女が逃がしたくないものが、本当にあったのではないかと。そしてどうにも思い出してしまうのは、家寄りの池の眺めが、実際の景色とよく似ていたこと――生垣や何かをすべて含めて。さらに二度と目にしなかったあの人形が、水に沈められた場所は、あの生垣のファロンの屋敷側とおぼしき辺りだったことも。だがそれは子供の頃には思いつきもせず、大人になった今、そう考えているだけかもしれない。

その夜、なんとも深刻な顔つきで、父は遅くに帰宅した。

母はすぐさま、それに気づいた。「ジョン——何かあったのね！」

「まだ聞いてなかったのか？」

「ええ。どうしたの？」

「ファロン夫人のことだよ。今日の午後、川で溺れ死んだんだ」

「まあ、なんて恐ろしいこと！」

「たった今、遺体が上がったばかりさ。かなり深いところに沈んでた。何かが絡みついててね——根っこか石みたいなものが。理由は分からないが——自殺したんだな」

私はジェイミーのことを思い、どんなに喜んだか覚えている。彼もとても喜んでいたが、ミス・エスパーソンと私以外には、誰にもそう見せまいと努めた。だが今になって、黒人たちがミス・エスパーソンを、「女呪術師《オビウーマン》」と呼んでいたことを思い出す。あの赤毛の人形のことも。そして、彼女の驚くほど黒い瞳の本質を知るのだ——子供たちに見せるよりも深いものを秘めた、あの底知れぬ不可解さを。

Miss Esperson（1962）

ロスト・ヴァレー行き夜行列車

夕暮れ時の街の明かりを見ると、「地方回り」をしていた昔を何故か思い出す。馬具や革製品を扱う行商人は——ドラムを鳴らして客を集めたので、当時は「ドラマー」と呼ばれていた——世紀の変わり目を過ぎたばかりの頃には、確かに単調な仕事だった。奇妙な話だが、ニューハンプシャーのあの丘陵地帯の道筋には、明かりがあまりなかった。ブライトンからヘンプフィールド、ダーク・ロック、ゲイルズ・コーナーズ——そして終点がロスト・ヴァレー。ブライトンからの支線で、ロスト・ヴァレーとの間を行き来する、小さな田舎列車。私はそれに乗ってロスト・ヴァレーに行き、営業をしながらブライトンまで戻っていた。その列車はいろいろな点で、確かに珍しいものでもあった——旧式の蒸気機関車で、石炭車が連結され、荷物車の付いた客車は、一両しかなかったのだ。

その夜行列車を利用していたのは、他に方法がなかったからだ。夕方にブライトンを出発し、翌朝には戻ってくる列車だった。奇妙な荒れ果てた土地。住民も変わっており——きわめて無学で、いろいろな点で古めかしかったが、時代遅れというわけではなく、私もそう言うつもりはない。ただ彼らには、ある古い風習があった。それは一八九〇年代の面影がまだ、この国の広い範囲に残っていた、今世紀初頭の十年間でさえも、そうそうはお目にかかれない風習だった。だがそんな奇妙なところがあっても、美しい場所だったことは否定できない。薄暗い、闇が垂れ込めているような土地で、至るところ森ばかりだったが、朝になってロスト・ヴァレーを出る帰路には、目の前に驚くべき景色が開けた。

支線がロスト・ヴァレーまで走っていた理由を、私はいぶかったものだ。それでも線路が開通した時には、町の将来は大いに嘱望されたが――明らかに高望みだった。と言うのも小さな町で、家々が密集し、木々が多く、大通りにさえも大木が生い茂っていたからで――どうやら板張りの遊歩道は、木々を囲んで造られたらしい。道路はほこりっぽく、木々の間を曲がりくねっていた。だが町は農耕地帯の中心に位置するため、いかに住民が少なくとも、古くから大きな馬具店があった。なので季節ごとの注文のために、ロスト・ヴァレーを訪れるのは、重要な仕事だったわけだ。

列車はブライトンの側線で待機し、蒸気を上げて、出発の準備を整えていたものだ。たまに人々が式典なり、ちょっとした買い出しなりに、コンコードまで行く場合は、客車をもう一両増やしたが、二両とも満員になった。だがふだんは、はるばるロスト・ヴァレーまで――およそ七十マイルも旅する者は、ほとんどいなかった。私とてそこまで行ったことはさして多くないが、実にしばしば、たった一人の乗客であり――一緒に乗っているのは、車掌と制動手と機関士、あとは機関助手だけだった。時がたつにつれ、乗務員全員とかなり親しくなったのは、その顔ぶれが十年間、ほぼ変わらなかったからだ。

車掌のジェム・ワトキンズは、年寄りでやせており、やや猫背。鋭く意地悪なユーモアが、きらきらした小さな目と薄い山羊髭に、どういうわけかぴったりだった。私は他の三人よりも、ジェムのことをよく知っていた。ゲイルズ・コーナーズからロスト・ヴァレーまでの、二十マイルちょっとの間、彼はたびたび客車に入ってきては、座って話をしたからだ。乗客が私だけの時は、制動手も客車まで来て話をした。背の高い陰気な男で、名はトビー・コルター。口数は多くないのに、天気についてでは雄弁になれた。とりわけロスト・ヴァレー付近の天気については、話しだしたら止まらなかった。機関士のアブナー・プリングルと、機関助手のシブ・ホワットリーのことは、それほどよく知らない。この二人とはいわば、あいさつを交わす程度の付き合いだったが、どちらもいつも愛想が良かった。四人とも丘陵地帯の出身で、実際にロスト・ヴァレーかその近くに住んでおり、そこの土地の言い伝えに詳しかった。

奇妙な言い伝え——古事や、ずっと前に忘れられた古い習慣と密接に結び付く、不思議な言い伝え。その古い習慣がどの程度まで、ロスト・ヴァレーに残っていたのかと、私はあれ以来たびたび考えてきた。だが最後の旅がなければ、あの町と古い習慣との間に、そもそも密接な関係があるとは思わなかっただろう、ということには疑問の余地がない。途方に暮れた気分で、いまだに驚嘆して考え込んでしまうのは、きまって最後の旅と、あの晩の出来事についてなのだ。その他はすべて——往復の旅のことも、ジェム・ワトキンズやトビー・コルターとの長話も、町の住民たちのことも、ロスト・ヴァレーで受けた大口の注文も、景色の荒々しい美しさの大部分さえもが——結局は単なる思い出となった。だが、あの最後の旅だけは別だ。

しかし鮮明に覚えてはいても、疑念は晴れていない。あれは結局、本当に起きたことだったたのか？　夢ではなかったのか？　疑うまでもなく、あれはいかにも夢らしい出来事で、夢にありがちなぼんやりした余波があったのだ。あまりにも現実離れしているため、人が自分の感覚を疑いがちな出来事が、時として起きる。逆に現実だと納得できるような証拠を、わざわざ探してしまうほど、現実味を帯びた夢もある。夢か現《うつつ》かは、重要ではない。何かがあの晩、ロスト・ヴァレーで起きた。その出来事においては、あの列車と乗務員たち、そして私自身が不可欠な役割を果たしていた。それはいつまでも変わらぬ驚きと、激しい混乱を記憶に刻みつけた。そこには自分が敢えて、考えてみようとも思わなかった、意味があったのかもしれない。

私は事務職に異動することになり、今回が最後の旅だと分かっていた。だからこの旅自体が、ふだんとは異なるものだった。さらに列車にも異なる点があり——今までの十年間で初めて——定刻より早く出発したのだ。もし私がゆうに三十分も早く、ブライトンの駅に着いていなければ、列車に乗り損ねて、翌日にロスト・ヴァレーに行くはめになっただろう。しばしば考えるのは、あの晩に体験した出来事が、次の晩でも起きたのだろうかということだ。

定刻より早い発車の件は、その晩の奇妙な出来事の、幕開けにすぎなかった。例えば私が機関車両を通り過ぎて、一両だけの客車に向かう途中のこと。アブナー・プリングルに手を振ると、ふだんは穏やかな顔に、滑稽なまでの狼狽の表情が浮かんだ。それにはびっくりさせられたが、彼は仕方なさそうに手を振り返した。あまりにも意外な反応で、私は十歩も行かないうちに、自分の想像だったのだと思い込んだほどだ。だが想像ではなかった。ジェム・ワトキンズもこちらを見るなり、同じように不快そうな驚きと、狼狽の表情を示したからだ。

「ウィルソンさん」と、彼ははっきりしない口調で言った。

「会えて嬉しくないようじゃないか、ジェム」

「行くんですか――今夜？」

私はこの頃までには、客車に乗り込んでいた。ジェム・ワトキンズはあとについて、片方の手で車掌の帽子を持ち、もう片方の手で頭をかいている。

「今年は遅くなってしまってね。でも、行かないと」彼に目をやると、向こうもこちらを見た。自分はジェム・ワトキンズが最も予期していなかった、あるいは会いたくなかった乗客なのだ、という直感は振り払えなかった。「だが連れて行きたくないなら、そう言ってくれ」

ジェムはごくりと唾を飲んだ。やせた首筋で喉仏が上下する。「明日にしてもらえませんかね？」

「今夜だ。言っておくが、これは最後の旅なんだよ」

「最後の旅？」彼は弱々しい口調で繰り返した。「つまり――俺たちみたいに、あそこに住むつもりですか？」

「いいや、そういうわけじゃない。事務職に異動になったんだ。このあとは新人が来るだろう。私にいつもしてくれたように、良くしてやってほしいな」

妙なことに、これが最後の旅だと知って、車掌はやや気分が和らいだらしい。こちらは少々うぬぼれがあったのか、残念がってくれるかもと思っていたのだ。それでも相手は、いっこうに嬉しそうではなかった。おそらく私が下車して、自分抜きでロスト・ヴァレーまで行かせてやる以外、彼は喜ばなかっただろう。他の時だったら、何故こんな扱いを受けるのかと戸惑いつつも、降りたかもしれない。だが今は昇進を間近に控えており、セールスマンとしての最後の仕事を片付けるべく、一分も無駄にしたくなかった。なのでどっしり構え、ジェム・ワトキンズの奇妙な様子を、気にかけていないふりをしようとした。向こうは客車の通路に立ったまま、両手で帽子をもてあそんでいる。何を言うべきか分からないかのように。

「あそこの人たちは、この時期はすごく忙しくてね」彼はようやく言った。「どうでしょう、ダービーさんからの注文は、郵送にしてもらっては？」

「で、さよならを言う機会を逃せと？」私は答えた。「あちらはお気に召さないだろうさ」

ジェム・ワトキンズは、急いで腕時計に目をやってから、困惑した様子で引っ込んだ。そして間もなく、列車は駅を出発した。三十分早めだったのを、きっかり四分無駄にして。乗客は私だけだったので、ジェムが戻ってくるのは分かっていた。列車がブライトンを出て、二マイルも行かないうちに、彼は客車に入ってきた。トビー・コルターが一緒で、どちらも不安げな硬い顔つきだ。

「二人で相談しました」ジェムがゆっくり言うと、トビーは物々しくうなずいた。「で、こう考えてみたんです。今夜はゲイルズ・コーナーズに泊まり、朝になってから、ロスト・ヴァレーに行ってもらえませんか？」

これには笑った。実に巧妙な考えに思えたからだ。「おいおい、ジェム。目的地はロスト・ヴァレーで、他の場所じゃないんだぞ。ゲイルズ・コーナーズに寄るのは明朝だろ？　私たちは十年間、年に二回こうしてきて、君は一度も変えようとは言いださなかったじゃないか」

「でも、今年は遅いものですから、ウィルソンさん」トビーが言う。

「そうだとも。だから今急がないと、私は二日までに、ボストンに戻れないだろう。ええと、今日は四月三十日で、ボストンに戻る前に、ゲインズヴィルに駆け込まなきゃならん。ぎりぎり間に合うな」

「ダービーさんには、今夜は会えませんよ」ジェムが言う。

「どうしてだい？」

「あそこにはいないからです」

「じゃあ、朝になったら会おう」だが残念に思ったのは、馬具店のあの古いストーブを囲んで、くだらない話をしながら、夜を過ごせないことだ。それこそが田舎町の楽しみなのに。

ジェムが私の切符を取り、パンチで穴を開けた。トビーはこちらに困惑の目を向けたあと、客車を離れた。ジェムはもう諦めたらしく、腰を下ろして、窓の外をびゅんと通り過ぎる景色を眺めていた。太陽の最後の光が、陸地を離れつつある。東のほうからは、黄昏を告げる青と紫のもやが、丘陵地帯の谷間に集まりはじめていた。列車はおそらく、ブライトンを出て十マイルほどの地点にあり、すでにヘンプフィールドに近づきつつあるのだろう。その頃までには、私の心はこの奇妙な列車の旅のことで占められていた――予期せぬ早めの出発から、車掌の信じがたい態度まで、ありとあらゆることで。

列車は荒れ地が多くなる辺りに差しかかり、この時間の景色は特に美しかった。最後の陽光がなおも丘の頂きを染め、谷間からは夕闇が湧き上がっている。頭上の空はこの上なく透明な、柔らかな青で、わずかに浮かぶ小さな巻き雲は、驚くほど真っ白だ。それは一日のうちで、天と地の様相が、非常な速さで変化する時間だった。白かった雲が、たちまち桃色になる。さらにもう少したつと、雲の下側は深紅、てっぺんは灰紫になり、間もなくラベンダー色に変わった。青空の上のほうは暗くなって、アクアマリンとアメジストの色に変わり、その下にはレモンとターコイズの色の夕焼けが広がった。列車は西へと進み、私は刻々と変化する世界を、車窓から喜びとともに眺めた。この特別な景色を見ることは、もう二度とないだろう。そう思うと、喜びはますます深まり、いっそう感謝に満ちたものになった。

ロスト・ヴァレーへの道筋は、着実に丘陵地帯へと変わって行く。ゲイルズ・コーナーズを四マイルほど過ぎた辺りまで、線路はほとんど気づかないほどの上り勾配。それから十六マイルほどのところで、下り勾配が始まるが、その前の上り勾配とは違って急なものだ。ロスト・ヴァレーは明らかに、ゲイルズ・コーナーズの先の、さらに高い丘陵地帯の小さな谷間にあるわけだ。ヘンプフィールドでしばし停車したのは、どうやら郵便物を下ろすためらしく、そこから先は停まらずに進んだ。私は窓の外を眺めて、ヘンプフィールドの駅長が早めの到着に、少しでも驚いてはいまいかと目をこらした。だが驚いていたとしても、そぶりも見せない。車掌は窓から身を乗り出して、駅長とあいさつを交わし、今夜は晴れそうだなと言った。そして再び向かい側の席に陣取り、胡散臭くて仕方がないと言わんばかりに、時折こちらをちらりと見た。

彼が不自然なほど寡黙なので、私はついに心配になった。「ジェム」と声をかけた。「パーキンズのおばあちゃんはどうしてる？　この前に寄った時は、かなり具合が悪そうだったが」

「ああ、亡くなりましたよ、ウィルソンさん」ジェムがひどく痛ましげにうなずく。「二月にね」

「気の毒に。それとビール夫妻の、あの足の悪い赤ん坊は？」

「可哀想なことです、ウィルソンさん、可哀想に」ジェムはちょうどその時、おかしな目でこちらを見た。非常におかしな目つきだったので、私は一瞬、彼が何か言おうとしているような気がした。だが明らかに、考え直してやめたらしい。「可哀想に」と、もう一度言っただけだった。

「今夜はダービーさんに会えなくて、残念だな」私は続けた。「店に入ってくるおじさん連中と、あのストーブを囲んで座るのが楽しみなんだ」

ジェムは何も言わなかった。

「今夜はどんな予定があるんだろう？」

「まあ、今時分には、冬季の営業は終わってるでしょう。ご存じのはずですが、ウィルソンさん。だから帳簿をまとめたり、物を整理したりで大忙しですよ」

「そうだな」私は言った。「だが四月のもっと早い頃に、会ったことがある。その時は店じまいなんかしてなかったぞ」

「ダービーさんはもう年ですから」ジェムの口調は、思いがけぬ激しさだった。

彼はその言葉を最後に、ゲイルズ・コーナーズを過ぎるまで、無言でいた。それからこちらは途方に暮れて、定刻より四十五分ほども早く運行しているのに、沿線の駅長が一人も驚きを示さなかったと話した。ブライトンを出てから、かなり速度を上げていたのだ。

「この時期はいつも、早めにするんです」ジェムはそうとだけ答えた。そしてまたあのおかしな、困惑した目つきになった――まるで私が何かを知りながらも話そうとせず、彼としては疑惑を一掃してほしいと考えているかのようだ。

そうこうするうちに、ロスト・ヴァレーが視界に入ってきた。もしくは暗くなりつつある中で、あれこそロスト・ヴァレーだと分かる――数は多くないが、一箇所にまとまった明かりがだ。その町にはせいぜい、三十軒の建物しかない。なので明かりがついているのは、住民のためと言うよりもむしろ、丘陵地帯の奥で商売をする人々のためだった。列車が駅に停まると、ヘンリー・パースリーじいさんの姿が見えた。ランプのともった部屋で、上体を屈めて電鍵を打ち、黄色い光がプラットホームに流れ出している。心地良い温かみのある光景だ。

だが私が列車から降りて、光の中に入るよりも早く、彼は顔を上げてこちらを見た。いつものあいさつもせず、口をあんぐりと開け、私を見つめたまま座っている。そしてジェムに非難めいた目を向けたあと、ようやく落ち着いて、あいさつをくれた。それから出てきて、小声でジェムに話しかける様子は、何かを忘れたのを叱責しているかのようだった。

駅から離れて、街路沿いに進んで行った。「ダービー馬具店」が実際に真っ暗だと分かったので、通りを渡り、町で唯一の二階建ての家へ向かう。それは未亡人のエマーソン夫人と、娘のアンジェリンが住む家で、私の定宿になっていた。するとそこでも、同じく狼狽と驚きで迎えられ、ほんの一瞬、今回ばかりは追い払われるのではないかと思った。だがそれから、アンジェリンがドアを開けて、招き入れてくれた。背が高く、肌の浅黒い少女で、黒い瞳をしており、耳の下に炎のような形の傷跡がある。

「この春は遅かったですね、ウィルソンさん」彼女は言った。

私はそれを認めた。「でも、今回が最後の旅なんだ」と説明して、理由を話した。

エマーソン夫人がこちらに鋭い目を向けた。「お食事はまだでしょ、ウィルソンさん。ご不満そうだわ」

確かに不満だった。そして彼女たちも何も言ってはくれまい、と気づいていなければ、不満の理由を告げてしまっただろう。自分は結局はよそ者であり、さほど孤立した場所でなくとも、小さな町ではどこでも、「よそ」の人間が住民の信頼を得るまでには、二十年以上もかかることがあるのだ。私は食事はまだだと認めた。

「じゃあ、召し上がらなくてはね、ウィルソンさん」

「ご面倒をかけるつもりはなかったんですよ。お構いなく、エマーソン夫人」

しかし相手は、アンジェリンにただちに食べ物を用意させることの他は、耳を貸そうとしなかった。そしてベルガモットとミントから作ったという、苦いお茶を運んできた。確かに香りはミントだが、味はもっと苦い。なので女二人がしばらく居間を出た隙に、それを大きなシダの植木鉢の中に捨てた。シダに何も害がないよう願いながら。いずれにせよ、もう充分にお茶を飲んでしまっており、嫌な後味が残っている。エマーソン夫人が現れるなり、苦かったと伝えると、すぐに昔ふうの甘いホットチョコレートを出してくれた。

「あまりお好きじゃないかもと思ったんですが、身体にはいいんですよ。でも、これでお口直しになるでしょう」

なるほど口直しになった。食事自体も旨くて、量もたっぷりで、さらに口直しになった。するとその日のブライトンでの慌ただしさや、ここまでの道中のことやらで、疲れていると気づいたのだ。夜の九時で、まだ遅い時間ではないが、寝床に行きたくてたまらなかった。そこで長年の間に当てにするようになった、女主人たちのもてなしに甘えて、自分の部屋へと案内してもらった。

ベッドに入るや、珍しくすぐに眠りに落ちた。

その時点からの出来事は、現実のものだったのかどうか定かではない。夢だったのかもしれない。だが不安になるようなことが次々と起こり、継ぎ合わせてみると、自分の狭い世界を完全に超えた結論に至った——その狭さには初めて気づかされたが。あの出来事は超越的で鮮烈な夢だったのかもしれないし、そうではないのかもしれない。

それは目覚めとともに始まった。急に目が覚めるや、頭痛がしており、エマーソン夫人の苦いお茶の味が、口の中に濃く残っていた。水を飲みに行こうと起き上がり、ズボンと靴とシャツを身に着け、暗がりで手探りしつつ階段を下りる。いちばん下までたどり着かないうちに、戸外の騒動に気づき、足を止めて窓の外を眺めた。すると駅の方角に、おびただしい数の人々が向かっていた。街路に沿って目をこらすと、あの列車が——私が乗ってきた、ロスト・ヴァレー行きの夜行列車が——駅で蒸気を上げているではないか。だが最も奇妙なのは、人々がとんがり帽子をかぶり、黒い外套を着ていることだった。松明を持っている者もいれば、持っていない者もいる。振り返ってマッチを擦ると、階段の下に開けっ放しになったトランクが見えた。衣類は外に放

り出されたままで、まるで誰かが大急ぎで去ったかのようだ。その品々に混じった、黒い外套と
とんがり帽子は、おそらく故エマーソン氏の持ち物だろう。しばしたたずんで見下ろしていると、
マッチの火が消えた。

あそこの街路での騒ぎは何ごとだろう？　あの人々はどこに行こうとしているのか？　男も女
も、そして子供たちまで――あたかもロスト・ヴァレーの全住民が、町を離れようとしているか
のようだ。

暗がりで手を下に伸ばすと、黒い外套に触れた。それを持ち上げて肩にはおり、首のところで
紐をしっかり結んだ。すると首から爪先まで、すっぽり覆われた。とんがり帽子を取り上げてか
ぶってみると、顔を隠すひだのようなものも付いていた。

それから奇妙な衝動に駆られ、ドアを開けて外に出て、移動する人々の群れに加わった。
全員が列車のところに行き、残らず乗り込んでいる。だが列車の先頭が指しているのは、ロス
ト・ヴァレーから出るための方向ではない。さらに駅の真ん前ではなく、少し先に停車している。
朝にはブライトンに戻るべく、いつもならそこで向きを変える、転車台のもっと先だ。客車の明
かりはついていないが、火室からの明かりと乗客の持つ五つ六つの松明の火が不気味に闇夜を照
らしている。列車のヘッドライトが指すのは、前方の森だ。その方角に目をやると驚いたことに、
新たに敷かれたには違いないが、新品ではない線路があり、ロスト・ヴァレーの向こうの、真っ
暗な丘陵地帯へと続いているではないか。

そこまで観察したところで、客車に乗り込んでみると、黙りこくった人々でいっぱいだった。

そのあとは何も起きず、混み合った車内に明かりはつかないまま。誰もしゃべらない。信じられないほどの静寂で、一言も聞こえず、人の声もせず、姿は見えないが赤ん坊の泣き声が一度したきり。満員なのは客車だけではなく、荷物車と石炭車もだった。機関車の車両から、客車後部のデッキまで、人々が列車にしがみついている。大勢の静かな群衆――ロスト・ヴァレーの全住民がこんな夜更けに、一つの使命を胸に抱いて。時刻はきっと、午前零時に近い頃だろう。そう判断したのは頭上の星々や、東の空低く黄色く掛かる、ふっくらした半月の位置からだ。客車に漂うのは、異常な興奮と緊張と驚きの気配。自分もそれに感化されるにつれ、動悸が速くなり、帽子と外套を着けた同行者たちから、不安混じりの高揚感が伝わってくる。

ベルの音も警笛の音もなく、列車は出発し、ひとけのなくなった町を離れ、真っ暗な丘陵地帯へと入って行った。進んだ距離を推測してみても――せいぜい七マイルくらいにしか思えない。それでも列車は老木のアーチをくぐり、数々の峡谷や狭い谷間を抜け、さらさらと流れる小川をいくつも越え、悲しげな声で鳴く、ヨタカやフクロウたちをやり過ごし、まさに闇の王国に突入してから、ようやくゆるゆると停まったのだ。同時に乗客全員が、黙りこくって緊張したまま、下車しはじめた。だが今度は、松明を持った人々が先導し、何人かが真後ろにつこうと突進した。他の人々はその間、辛抱強く待って列につく。もしや順番が決まっているかもしれないので、私は最後まで待った。そして皆と同じ帽子をかぶった男の横につくと、それが他ならぬアブナー・プリングルだろうと確信できた。そんな胴回りと背丈の男は、彼しかいないからだ。

さほど遠くまで行かずに、急に開けた場所に出ると、松明を持った人々だけが前に進み、奇妙な石像の下で整列した――あるいは、本当に石像だったのか？　松明の明かりが激しくまたたき、森の中のその石を照らしていたため、定かではない。それでも石像に見えたのだ。そしてほどなく、先に行った人々が皆、石の前の地面にひれ伏し、私だけが取り残された。やがて松明を持った人々の、真後ろを歩いていた一行が立ち上がり、緩やかでリズミカルな踊りを始めた。すると一人がまっすぐ石に近づき、詠唱を始めたが、それはダービー氏の声に間違いなかった。響きからすればラテン語だが――純粋なラテン語ではなく、自分には理解できない言葉が混じっている。話の内容が分かるほど、充分に聞き取れたわけでもないが。確かに、神への呼びかけだろう。しかし、なんの神だ？　ここにはキリスト教の神は存在しない。あの妙な石と、それに通じる祭壇みたいなものには――教会でもないのに、祭壇と呼べるとしてだが――キリスト教の影響は見られないのだから。だがなんらかの宗教に基づき、そこの木々は切り払われ、草も伸びないようにしてあった。そして、「大地の実り」というような言葉が聞こえ、「アーリマン」（ゾロアスター教の暗黒と悪の神）とか、「贈り物」とかいう言葉が続いた。

　やにわに青い炎が石の前で輝き、それを目にするや、ひれ伏した人々が立ち上がり、どこからともなく聞こえてくる音楽に合わせて、激しく踊りはじめた。そのフルートの調べは突然、真っ暗闇に押し入ってきたのだ。森に住む生き物たちの驚きの声さながらに。音楽が激しさを増すにつれ、踊りもさらに激しくなった。私も抗えない強迫感にとらえられ、彼らに混じって激しく踊った。時には一人で、時には誰かと一緒に――一度は確かに、アンジェリンを相手に、感覚に訴える荒々しい騒ぎの中で。音楽が力強いクライマックスに達すると、人々が四方八方で叫び、訳の分からない言葉を唱え、踊りもどんどん奔放になって行った。すると始まった時と同じく、いきなり音楽がやんだ。

その瞬間、石の前にいた男が進み出た。身を屈めて何かを取り上げ、覆いを引きはがす。それを高々と掲げて、頭上で三度回すと、石に向かって投げつけた。するとその泣き声がやんだ。あれはなんだ？　生贄になったのは、いかなる種類の生き物だったのか？　毛皮も羽毛も付いていないように見えた。白くて裸のようだった。赤ん坊か？

大きなため息が上がった。続いて、静寂。石の前の青い炎がまたたき、緑に赤にと変わり、弱まりはじめた。

松明を持った人々が、石のところから縦一列で行進を始め、帽子をかぶった参加者たちが、その後ろに並んで待つ。だが進行役のもとには二人が合流し、今度は三人揃って、石を囲んで身を屈めた。他の人々は待機中の列車へと、無言で引き返した。

そこで我々はまたもや、沈黙を破ることなく待った。やがて全員が元どおりに乗り込み、列車の至るところにしがみついて、あらゆる隙間を埋めた。それから再び発車し、ロスト・ヴァレーに戻って行った。一時間かそれ以上前に、あとにした場所に。どれくらい経過したのかは断言できない。この気味の悪い夜に、時間はなんら意味を持たないように思えた。だが月は前よりも、かなり高い位置にあった。おそらく、二時間だろう。そんなに長く町を離れていたとは、信じられない気がしたが。

私は賢明にも、客車のドアの近くに陣取った。素早く逃げ出して家に戻り、外套と帽子を脱いで、エマーソン夫人とアンジェリンが戻る前に、自分の部屋にいられるようにと。そしてこっそり列車から出て、暗がりに紛れ込んだ。女二人が家のドアを開け閉めした時、こちらは再びベッドの中にいた。

だがはたして、そのベッドを離れたのか？

確かに、起きた時はくたくただった。だがそこは、自分が見知っていたロスト・ヴァレーだった。どこからが夢だったのだろう？

朝食のテーブルで、エマーソン夫人から、あのお茶は口にあったかと尋ねられた。合わなかったと答えた。

「わたしもですよ。おかげで頭痛がしたわ」彼女が言う。「それに、あの味ときたら！」

「わたしがあれを飲んでるのを見た人なんか、誰もいやしないわよ」アンジェリンは言った。

馬具店に出向くと、オーガスト・ダービーはいつもと変わらず、かくしゃくとして愛想が良かった。愉快な男で、頬はふっくらしており、ゲルマン人っぽい顔つきだ。豊かな口髭を生やし、陽気な目をしている。

「昨晩は町にいたそうだね。なんだ、家に来てくれればよかったのに。わしは家にいたんだよ。夜中の一時まで、帳簿を付けてたんだ」その微笑はさわやかで明朗で、無邪気なものだった。「だが今日は――くたびれてる。わしもそろそろ年だな」

彼はたくさん注文してくれたが、こちらが去る前には、さらに増やしてくれた。二度と会えないかもしれないと知って。

私は駅の付近を懸命に歩き回った。

そこには、町の向こうの森に続く線路はなかった。まるで見当たらない。そんな線路があった形跡など、何もなかった。列車は向きを変えて待機しており、私が通り過ぎるのを見るや、ジェム・ワトキンズが大声で呼びかけた。「やあ、ウィルソンさん——準備はもうお済みですか？」

「もう少しさ」と、答えた。

向きを変えて町中に戻り、ビール夫妻の家に立ち寄る。ドアをノックすると、夫人が応対に出てきて、夫はそう離れていない後ろに立っていた。変だぞ！　彼は今まで泣いていたかのようで、目を真っ赤にし、口元は苦々しげだ。しばらく立っていたが、後ずさりして、どこかに姿を消してしまった。

「こんにちは、奥さん。赤ちゃんの具合は？」

夫人はひどく奇妙な目つきをして、私を見つめた。視線を落としたので、こちらもそれにならう。彼女は畳んだ赤ん坊の服を抱えていた。

「良くないわ」そう言った。「ちっとも良くないの、ウィルソンさん。たぶん、もう長くはないでしょう」

「会ってもいいかな？」

夫人は長い間、こちらを見つめていた。「悪いけど、ウィルソンさん。娘は眠ってるの。苦労して寝かしつけたところよ」

「残念です」

私は別れを告げて、そこを離れた。だが先ほどドアをノックした際、見てしまっていたのだ。夫人は赤ん坊の服を何枚も畳んで重ね、片付けていた——タンスにではなく、居間に置かれたトランクの中に。

駅に出かけて行き、列車に乗り込んだ。窓からロスト・ヴァレーの見納めをした。「ドラマー」として町に入ると、そこは当たり前のものになり、他の旅行者ならすぐに気づくかもしれないことを、見落とす場合がある。例えば、教会などだ。私は十年間も気づかずにいて——今になって気づいた。ロスト・ヴァレーには、いかなる種類の教会もないのだ。

それは些細なことだと、誰もが言うだろう——確かにそのとおりだ。そんな些細なことがいくつ集まれば、重要なことになるのだろうか？　七マイル分の線路を敷くのに、時間はどれくらい要するかと考え、一晩では無理だろうと思った。いいや、二晩でも無理だ。しかし、それほど短時間でやる必要はまったくない。線路は長い間ずっと、そこに敷かれていたのかもしれず、ならば駅から森の外れをちょうど越えた辺りまでの、およそ四分の一マイル分を隠せば済む。あとで再び敷いて、またしまっておくことも簡単だろう。

さらにロスト・ヴァレーのような、時代遅れの場所には——自分みたいな偶然の旅行者が来ても、一晩かそこいらいるだけで、他に誰も訪ねてこない小さな町には——様々な古めかしい遺物があると、私は理解している。おそらく、呪術さえも。あるいは人身御供にまつわる、大昔からの言い伝えもあるだろう。邪悪な異国の神の怒りをなだめ、代わりに豊穣な大地を保証される、という類いのものだ。そうした場所では、何が起きるか誰にも分からない。だがそんな町にもだいたい、ロスト・ヴァレーとは異なり、少なくとも教会が一つは存在する。

あとから思い出したが、四月三十日は、ヴァルプルギスの夜祭り（ドイツのブロッケン山ではこの夜、魔女たちが魔王と酒宴を開くと言われている）の前日だった。そしてブライトンとロスト・ヴァレーを結ぶ、路線沿いの住民たちは皆、その日は列車が定刻よりも早く出発すると知っていたようだ。彼らが理由を知っていた可能性は？　どうやらなさそうだ。この私はどうだろう？　知っていたとは断言できない。

夢はどこから始まり、どこで終わるのか？　それを言うなら、現実についてはどうだ？　現実にもまた、始まりと終わりがある。ジェム・ワトキンズとトビー・コルターは帰路、あれこれしゃべっていたにもかかわらず、明らかに疲れていた。松明の明かりのそばで、ジェムが淫らな踊りに興じる姿は、想像できなかった。トビーの不器用な踊りもだ。またダービー氏のこともある！彼のような声の持ち主が、他にいただろうか？　自分の知るかぎりではいなかった――とは言え、ロスト・ヴァレーの住民をすべて知っていたわけではない。ダービー氏とエマーソン夫人も疲れていた。だが彼は帳簿を付けながら、遅くまで起きていたし、彼女は苦いお茶のせいで、眠れぬ夜を過ごしたのだ。あるいは、本当にそうなのか？

私は誰の夢の中にいたのだろう？　自分のか――それとも、彼らのか？

おそらく、ビール夫妻の家を訪ねなければ、あれは夢だったと思い込んだだろう。私は赤ん坊の服が畳まれ、片付けられている様子を見たからこそ、森の中の物言わぬ石に向かって投げつけられた、あの生贄のことを鮮明に思い出し、疑いを持ったのだろうから。帰りの道中、ジェムはいつもどおり親切に、ブライトンまでの支線の各駅で、しばし停車してくれた。こちらはその間に下車して、地元の馬具店から注文を取りつつも、あのことを考えていた。そしてヘンプフィールドで列車に戻り、ブライトンへの最後のひと走りという時、とうとう赤ん坊の話をしたのだ。

「ビール夫妻の赤ん坊に、会いに寄るつもりだったんだが」と、口を切った。

ジェムは騒々しくさえぎった。「そうしなくて幸いでしたね、ウィルソンさん。あの可哀想な子は、夜の間に亡くなりました。会いに行ったら、向こうは困ったかもしれませんよ」

私が夫妻の家を訪ねた時、赤ん坊は寝ついてから、せいぜい二時間くらいの感じだった。ジェムはこの日当たりの良い客車で、赤ん坊は夜の間に亡くなったという。これがやはり、古来からの森の中の儀式に一役買った、あの邪悪な列車なのか？　田舎町を走る――石炭車と荷物車と、きしむ客車の付いた、くたびれた蒸気機関車。日に一度ロスト・ヴァレーに行き、翌日に戻ってくるのみの列車。そして夜間はいつも、ロスト・ヴァレーの駅で、静かに休んでいたのか？　あるいは年に一度、ヴァルプルギスの夜祭りの前日だけ、暗闇の中へとこっそり繰り出していたのか？

ブライトンで、列車に別れを告げた。ジェムとトビー、アブナーとシブにさよならを言うと、彼らは生涯の友であるかのように、握手をしてくれた。だがどういうわけか、私はロスト・ヴァレーには、きっぱりと別れを告げられなかったらしい。それは視界から消えただけで、意識の境界線上に留まっている。ほんの一瞬、記憶を呼び起こす偶然の出来事があれば、心の目に再び映ろうと待ち構えて。きっかけは例えば、ささやかな支線を走る田舎列車。あるいは仮装や、とんがり帽子。もしくは、夕暮れ時の街の明かりとか……。

そのあと一度だけ、間接的にロスト・ヴァレーの話を聞いた。

それはケンブリッジ大学のパーティ――いわゆる多種多様な人々が来る、集会でのことだった。パンチボウルに向かう途中、少人数のグループのそばを通りがかった時、ロスト・ヴァレーという言葉が聞こえたのだ。振り返ると、話し手が誰だか分かった。ジェフリー・キナン。才気あふれる、若きハーバード大学の社会学者だ。私は耳を傾けた。

「遺伝子学的には、ロスト・ヴァレーは非常に興味深いね。どうやらあそこでは、何世代にもわたって、近親婚が行われてきたらしい。あの付近では間もなく、退化現象が顕著に見られるはずだ。遺伝子学においては……」

私はその場を離れた。何が遺伝子学だ！　こちらが見たのは、メンデルが生まれ落ちるよりも、ずっと昔からの風習だ。話してやってもよかったが、どうすれば確かめられただろう？　あれが夢だったのか否かを。メンデルの遺伝子学に夢中のキネンなら、悪夢と呼んだことだろう。

The Night Train to Lost Valley（1947）

ビショップス・ギャンビット

屋根裏部屋の気ままな調査を始めて六日目、アルバートは祖父のチェス盤と駒を見つけた。鍵の掛かったトランクの中の、鍵の掛かった箱に入っていたが、今のところ家には自分しかいないので、鍵を両方とも壊すことにためらいはなかった。さっさと実行したのは、この先何カ月間も誰も屋根裏部屋に入ってきそうにない、と分かっていたからだ。ともあれアルバートは、箱やトランク、古い家具や忘れられた玩具でいっぱいの屋根裏部屋を、自分だけの世界にしていた。たぶん、子供でなければ分からないし、楽しくもない世界に。

別にチェスセットを探していたわけではない。目録を作るつもりで、自分の世界をいつものように調べていただけだ。屋根裏部屋は毎年、驚くべき、それもたいていは嬉しい発見をもたらしてくれた。と言うのも、成長するにつれて、彼は違うものを賞賛するようになったからだ。七歳である今は、チェスセットに引きつけられた。祖父のジョサイア・ヴァリアントが亡くなってから、まだ三カ月しかたっていない。なので対局中の老人を眺めて楽しく過ごした、永遠に続くかのような時間を、まざまざと思い出すことができた。チェスセットを切妻窓のところまで持って行き、ほこりっぽい室内に差し込む日の光にさらし、小さな折り畳み式テーブルの上に並べた。

祖父の指した手の一つ一つを、はっきりと覚えていた。祖父はまず白のポーンを持ち、それを進めた。どら声で説明する老人の言葉が、聞こえてきそうな気がした。「これがビショップス・ギャンビットだよ、アルバート」と。次の手は盤の反対側から指される——黒が迎え撃つ、カウンター・オープニングだ。それから白のビショップが進む。アルバートは夢中になって、祖父の日当たりの良い部屋へと、記憶をどんどんさかのぼった。心の目に映るのは、ふだんはひどくぶっきらぼうだが、孫にはつねに寛大な、肩掛けをはおった老人の姿。そしてそこに座り、うっとりと対局を眺めている自分自身の姿だ。駒は老ジョサイア・ヴァリアントの手で、思うさま進められ、また彼と数時間を過ごしにやって来た、友人に催促されて進められる時もあった。

「アルバート！　アルバート・ヴァリアント！」

回想が妨げられた。いらいらして立ち上がったが、呼ばれて背く気はない。返事をするより先に、屋根裏部屋から出た。服を手で払いながら、長く薄暗い階段を下りて居間へ向かう。母親は何時間か留守にしており、息子がその間、何をしていたかを知りたがっているのだ。

ヴァリアント夫人は、見栄っぱりの愚かな女で、退屈な容貌の持ち主だ。灰青色の瞳に、どんな表情も人形じみて見える小さな口。髪はブロンドで、ごてごてと着飾っている。ちょうど今は、あの背の高い、黒い口髭の卑屈な男と一緒ではなかった。それは母親がおもに、「ペリーおじさん」と呼んでいる男だ。彼女は自分の留守中、お行儀良くしていたかと尋ねた。

「うん」と、アルバートは従順に答えた。

服にはほこりが、両手には煤が付いている——母親はそれを見て取り、こう言った。今すぐ洗面所に行きなさい、ディナーのためにきれいにしなくてはと。「ねえ、アルバート」母親は続けた。「今日のディナーには、誰が来ると思う?」

アルバートはむっつりした。当てるまでもなく、分かっている。彼は黙っていた。

「当ててごらん、アルバート」母親は陽気に言った。

返事はなし。

「坊やはきっと、お口がきけなくなったのね」母親がたしなめるように言う。

アルバートは言葉を濁し、頑固な足取りで洗面所に向かった。

諦めたように、母親の声が追いかけてくる。「ペリーに嫌われてるなんて、どうして思い込んだのかしら! あの人は本当におまえが好きなの。だからおまえも、好きになってあげるべきよ。ああ、わたしには分かってる。亡くなった父さんの代わりが務まるふりなんか、あの人はしてないって——。でもわたしには分かってるし、自信を持って言えるわ。もしヘンリーが生きてたら、おまえにペリーを好きになってほしいと、きっと望むでしょう。あの人がおまえを好きなように。それにね……」

アルバートは洗面所のドアを閉め、つきまとってくる母親の声から、自由になれる喜びを噛みしめた。その声はおきまりの、愚痴めいた響きを帯びはじめている。祖父のように、こう言えたらいいのにと思った。「おい頼むよ、ヴァーナ、その忌々しい泣き言はやめてくれ!」と。だがもちろん、言えなかった。

洗面所での用事が終わると、用心深くドアを開けて、覗いてみた。台所から物音が聞こえてくるので、母親が近くにいないことが分かる。アルバートはこっそり洗面所を出て、再び屋根裏部屋へと上って行った。太陽の最後の光が、完全に消えてしまう前に。光は切妻天井に赤く映え、淡い灰紫色っぽい輝きとなって、下のチェス盤に反射し、鮮やかなもやで駒を覆っていた。

駒を見つめた。さっきは何をしたのだったか？　そうだ、ビショップス・ギャンビットで始め、ポーンを二つ進めたのだった。最初のポーンのあと、黒の防御を受けて、次のポーンを指した。その時点で母親に呼ばれたのだ。そしてそこから——おや、誰かに見つかったに違いない。対局がかなり進行しており、黒は大荒れの様相を呈し、あとわずか何手かで、王手詰み《チェックメイト》の状態だからだ。白は決定的な勝利に向かって、容赦なく進んでいる。盤に目を据えたまま立ち尽くすうちに、太陽の光は薄れ、西方の深紅の夕焼けに溶け込み、屋根裏部屋にたちまち夕暮れが訪れた。誰がここに来たのだろうか、といぶかった。とは言え、家には母親と自分しかいない。だがもちろん、料理係の女はもう出勤している。彼女が仕事の前に寄ったのかも。いいや、それはあり得ない。チェスのことを何も知らないのだから。

盤のところに行き、白の側に陣取った。夕暮れが迫ってはいるが、外からコマドリの陽気なさえずりが聞こえ、対局を終わらせるだけの明るさはある。黒が二手進み、白が三手進む。指したのは自分だ。チェックメイト。

「僕の勝ちだ」アルバートは言った。

「我々の勝ちさ」と、誰かの静かな声。

彼は辺りを見回した。そこには誰もおらず、先ほどまではなかった、たくさんの影があるだけだ。夕暮れが夜の到来を待ち受けており、闇はあらゆる影を集めて、真っ黒で巨大なものと化していた。また声が聞こえないかと待っても、何も聞こえない。コマドリたちがさえずり、遠くのほうでマキバドリが鳴き、軒下ではナゲキバトたちが、悲しげな鳴き声を上げていた。そして街路からは、生活音が控えめに聞こえてくる。遊んでいる子供たちの叫び声、車の通過する音、交差点で往来をさばく、警官たちの笛の音、ガタゴトと走る路面電車の音。

アルバートは意を決して、盤を元の状態に戻した。白の駒を戻し、黒の駒を戻して——元どおりにきちんと並べる。さてさて——対局は次の日までお預けだ。今すぐならいいのに。もうディナーも済んで、「ペリーおじさん」も帰っていればいいのに。

屋根裏部屋を出て、おとなしく階段を下り、自分の部屋に戻る。そこで母親からディナーに呼ばれるのを待った。

ペリー・クロスは長身で、洗練された二枚目だった。女好きのする——と誰もが言ったし、確かにヴァリアント夫人のような、うわついた馬鹿な女に好かれる魅力はあるだろう。彼女は未亡人となって一年がたち、理屈から言っても、もはや舅の保護下にはないのだ。クロスはぎらぎら光る黒い瞳に、見事な黒い口髭を生やしている。ぱりっとした服装に、ぱりっとした口元。たくさんの指輪に、籐のステッキ、骨ばった顔の持ち主だ。忍耐力と抜け目のなさ、不屈の精神を備えている。捕食者ではあるが、態度は慇懃だ。女たちは彼を愛し、彼も女たちを愛した——金のある女たちを。彼は惜しみなく愛し、たっぷりと見返りを求めた。ヴァーナ・ヴァリアントのように、面白味のない女を愛することができたのは、他でもない金を持っていたからだ。

「いらっしゃい、アルバート」母親は言った。

「うん」アルバートは冷ややかに応じ、食卓を品定めした。

「あなたも子供だった頃があるの、ペリー？」母親が尋ねる。「とてもそうは思えないけど」

クロスが小声で何か言い、母親がクスクス笑う。

アルバートは胸が悪くなった。ありったけの嫌悪を込めて、二人を見つめる。クロスが一度だけこちらを見据えた目に、紛れもない悪意をしかと感じ取り、嫌悪にますます拍車が掛かった。

「子供って時々、ひどく扱いにくくなるでしょ？」ヴァリアント夫人はそう尋ねてから、ディナーを始めるよう、ベルを鳴らして合図した。料理係の女に、服を着替えるだけの時間しか与えずに。

ペリー・クロスは一度、お金の節約と管理の仕方を心得ている女は素晴らしい、と言ったものだ。

「ああ、正しい躾をすれば、驚くほど効き目があるさ」クロスは薄い唇に微かな笑みを浮かべて、向かい側の子供をちらりと見た。

アルバートは内心たじろいだ。

「おまえったら、ペリーおじさんに歓迎のごあいさつもしてないわね」母親が言う。

息子は無言だった。

「アルバート！」

「歓迎してないよ」

「少なくとも、正直な子だな」クロスが彼に向けた視線は、その誉め言葉を裏切っていた。

母親は今や、おろおろしている。息子をせっついて、余計なことを言わせてしまったため、狼狽しきっていたのだ。

食事が運ばれてきた。コンソメスープ。木のボウルに入った、ドレッシングで和えたサラダ。ラムチョップ。クランベリーのプディングとコーヒー。食事の間の会話は軽いもので、アルバートは無視されていた。彼には好都合だった。母親が「ペリーおじさん」を、これほど頻繁に家に出入りさせるようになって以来――祖父ヴァリアントの亡きあとだ――アルバートはいよいよ自分の世界に引きこもっていた。それは選り抜きの世界で、そこには愚かな女たちや、明らかに子供嫌いな、口先の上手い男たちは含まれていない。ペリー・クロスはその境界線上にいた。母親は流星さながらの速さで、クロスと同じ場所まで退却しつつある。結局はこの子の母なのだという自覚によって、思いとどまることもなく。

ディナーのあと、クロスは上体を後ろにそらせ、思慮深く吟味するように、アルバートを見つめた。

「この子に話したほうがいいかな、ヴァーナ?」と、彼から視線を外さずに尋ねる。

「まあ、あなた! もう話すべきよね?」母親は息子に向き直った。「ペリーおじさんに、新しいお父さんになってもらうのはどうかしら、アルバート?」と、見るからに不安そうに尋ねた。

アルバートはぞっとした。一瞬、吐きたくなったが、クランベリーのプディングがもったいないので我慢した。明らかな軽蔑の目でクロスをにらむと、椅子を後ろに押してテーブルから離し、憤然と大股に部屋を出た。ぶつぶつ独り言を言いながら、階段を上る。何がお父さんだ! 下から聞こえてくる母親の甲高い怒声に、それをなだめようとするクロスの声も相まって、南極のつららのように冷え冷えとした気分になった。

「おじいちゃんがここにいてくれたらなあ」と、部屋の暗闇に向かって言う。「きっと、ペリー・クロスに思い知らせてくれるのに！」

ほどなく眠りに落ちると、夢を見た。ペリー・クロスが新しい父親になって、自分をさんざん殴りつけ、「正しい躾」とやらを叩き込んでいる夢だ。

朝になると、母親が部屋に来て、不平たらたらにぼやいた。アルバートが前夜、どんなに悪い子だったか。ペリーおじさんがどれほど傷ついたか。ペリーおじさんがいかに、彼に愛されたいだけなのかと……。

「あいつなんか大嫌いだし、あいつも僕が大嫌いなんだ」アルバートはずばりと言った。

母親はさも高潔ぶって息子の顔を叩いたが、たちまち後悔し、わっと泣きだした。「ほら、おまえのせいだわ。なんて悪い子なの」と、泣きながら言う。「こんなにいらいらさせるから、ぶたなきゃならなかったのよ――可愛い坊や」

「ぶたなくてもいいのに」

「アルバート！」

不機嫌な沈黙がそれに応じる。

「アルバート、クロスさんを好きにならなくちゃ」

沈黙が長引いた。

「聞こえたの？」

「うん」

「よしよし。試してみるだけでいいわ。あの人はおまえを愛してくれるでしょう。小さな子供たちをすべて愛してるようにね」

「それに、これまでの奥さんたちを、愛したようにだろ」アルバートは復讐するように言った。

「アルバートったら！」

「知ってるんだ。おじいちゃんが教えてくれたよ。あいつは五回も結婚してるんだって。そのたんびに、どんどんお金持ちになったってね。保険金のおかげだったり、単に奥さんたちが馬鹿だったりで……」

「アルバート・ヴァリアント！」

「あんたみたいにさ」

母親はハンカチを口に押し込み、目をまん丸くして見つめた。彼はまばたきもせずに、見つめ返した。小さな口元と顎をきりりと引き締めて。「悪い子ね、本当に悪い子」と、母親はようやく言った。ハンカチ越しのせいで、遠くから聞こえてくる、窒息しかかったような声だ。だが息子の怒りが芽生えつつあると知り、退散して行った。

アルバートは起き上がり、朝食を取ったあとで外に出た。だが心が満たされず、しばらくしてから、また屋根裏部屋に行った。チェス盤上の駒に、再び驚くべき変化が見られるのではないかと思いながら。しかし何も変わってはおらず、置いた時のままだったため、安堵しつつ座って駒に向き合った。この屋根裏部屋では、安堵感が不可欠な要素だった。ここではあらゆる厄介ごとから、離れていられるからだ。ペリー・クロスのことや、あと一カ月もせずにまた始まる学校のこと、あるいは今や、来るべき母親の再婚のことも――何も考える必要はない。ここは自分の世界だった――傾斜した壁に囲まれ、うっとりするような香りや刺激的なものに満ちた、薄暗い部屋は。二つの切妻窓から、街全体が見渡せた。と言うのもヴァリアントの屋敷は、小さな丘の上に建っているからだ。そして少なくとも、片方の切妻窓からは海が見え、時にはその青い水面に浮かぶ船も見える。さらに星ほども遠い世界に住む、幻想的で現実離れした生き物さながらに、飛んでいるカモメたちの姿も。

チェス盤の前に腰を据えた。

そうするが早いか、以前と同様、勝負をしたい衝動に駆られた。白のポーンを四のマスに進める。それが祖父ヴァリアントの始め方、ビショップス・ギャンビットだ。手を伸ばして黒のポーンを持ち、白のポーンをにらむ位置に置いた。盤の中央で対峙する位置に。そして自分の側に戻り、犠牲を生じさせた――白のビショップを四のマスに進めて。次に黒は何をすべきかと、想像しようとした。もしも、祖父ヴァリアントのやり方とは違って、黒が挑戦を受け入れなかった場合は？　そうしたら、どうなる？　だがもちろん、黒は受け入れるか、もしくは自らのポーンを失うしかない。だが実際――黒のポーンを取る必要はあるのか？　それを言うなら、あるいは白のポーンを取る必要は？

手を伸ばして駒を指そうとし、盤の上で宙に浮かせる。

黒のポーンが白のビショップのマスに立ち、代わって白のビショップは、盤の側面を越えて横たわった。彼は思いにふけり、手を引っ込めた。

「僕はやってないのに」と、声に出して言う。

「ああ、もちろん違うとも」

しかし、その声には聞き覚えがあった。「どこにいるの、おじいちゃん？」

「さあ、勝負だ」

アルバートは無駄と知りつつも、あの優しい、髭をたくわえた顔を探した。とても激しく挑戦的になれる瞳を持った顔を。それがチェス盤の向こう側に見えた気がするや、今度は再び自分の肩越しに、一心に盤を見つめているような感じがした。奇妙なことなのに、奇妙には思えない。上体を屈めて勝負をしながら、まずい指し方をするたびに、何かが手を握って、正しい指し方へと導いてくれるのが分かった。なんという楽しさ！　祖父の部屋で過ごした日々さながらだ。あれはペリー・クロスが、あのような影響力と決意を持って、母親の生活に割り込んでくる前のことだった。

対局の最中にさえ——その午後はもう四戦目だったが——クロスが心に忍び込んできた。そしてアルバートは間もなく、祖父ヴァリアントにあらいざらい話している自分に気づいた。時々見える影のようなものを除いて、老人の姿を目にすることはできないようだが、控えめなうなり声や、咳払いの音が聞こえたのだ。それらは祖父が話に耳を傾けてくれている時、いつも立てる音だった。

「だからね、もしあいつが新しい父さんになるとしたら、僕を殴ったり、鞭で打ったりする気なんだ」アルバートは熱心に言った。「僕を見る目つきで分かるよ。母さんには、あいつを止める方法なんかないだろうし。有り金をすっかり与えてしまえば別だけど」

「ふん!」

「おじいちゃんがいつも、ここにいてくれたらいいのに。そうしたらあいつは、こんなふうに毎晩来ないだろうさ。それにあいつが母さんを奪い去っても、僕はおじいちゃんと一緒にいられるしね」

「ふん!」

あまり満足のいく会話とは言えないが、少なくともアルバートには、中断せずに耳を傾けてくれる相手がいた。また母親のように、そわそわしたり泣いたり、非難し返したりもせずにだ。


夜になると、またもや屋根裏部屋にいた件で叱られた。

母親の話はほとんど支離滅裂だった。いわく、二度とあそこに行かないこと。だがもし行くなら、お古の服を着るべきだし、あまり汚れてはいけない。何故なら、良い子は汚れたりしないからだ。「ペリーおじさん」を好きにならなくては。あの人は継父になる予定だし、そうなればおまえは、息子も同然に違いないのだから。約束しなさい、と。

「約束って何を?」

「ペリーを好きになるって、約束するわね?」

返事はない。

「やってみてくれる?」

返事はない。

「アルバート、これっきり言わないわよ。とにかく、ペリーを好きになるよう努力するって、約束しなさい」

「うん、母さん」

「それだけ?」

「とにかく、あいつを好きになるよう努力するって、約束するよ」

「あと、屋根裏部屋には近づかないこと。まるでホームレスみたいな格好だわ」

「でも今のところは」と、彼は修正した。「ペリー・クロスが大嫌いさ」

「まあ、なんて悪い子!」

母親はさらに泣き、さらに非難し返した。その最中にペリー・クロスがやって来た。花束を抱えている——通り沿いの花屋で買ったバラの花束だ。いかに取り乱していようと、ヴァリアント夫人は甘えた声を出し、胸を躍らせた。一体全体どうしたのかと、ペリー・クロスは問い詰めた。そんなに目を赤くしている彼女は、見たことがなかったのだ。まさか、泣いていたのではあるまいな!

「あのいけない子のせいよ」母親は叫んだ。「屋根裏部屋に入り浸りなの。毎日午後になると——お昼のあと夕食の時間まで——あそこにいるわけ。汚い格好をして、まるで——ホームレスみたい！　言うことを聞かないのよ！」

クロスは大声で笑った。階段の上という有利な位置でさえ、アルバートは身震いした。

「近いうちに、私がやってみようか」と、クロスが言う。

「まあ、やってくださるの？　できそうかしら？」

「あそこにはたぶん、誰にも見せたくないものがあるんだろう。君と二人で、不意を突いてやれるかもしれないぞ」

「ペリーったら、頭のいい人ね」

アルバートは忍び足で、階段を上って行った。祖父の親身な言葉を、まるで昨日のことのように思い出す。「アルバート、お母さんはあまり利口じゃない。だがとても優しい人だし、なんと言っても、おまえの母親だ。わしがいなくなったあとは、おまえが見守ってやらなきゃならん」と。

彼はどさりとベッドに倒れ込み、枕に顔を埋めてすすり泣いた。「どうにもできないよ」惨めで無力な気分で言う。「僕は小さすぎるし、あいつは大きすぎる！」


次の四日間は、チェスを十七戦もした。自分では気づかぬまま、アリョーヒンのオープニングや、クイーンズ・ギャンビットを使った。フィリドール・ディフェンスや、インディアン・ディフェンスにも対抗した。ルイ・ロペスのオープニングや、レーティのオープニングも使った。それでもなお、お気に入りはビショップス・ギャンビットだった。そのほうが違和感が少ないのは、あまりにも長い間、祖父の好みに慣れていたせいだ。

祖父とは長く愉快な会話をした。かなり一方通行のものだとしても。そしてほこりっぽい屋根裏部屋にいるかぎりは、どういうわけか安心できる気がした。

しかしペリー・クロスと母親が、自分のことを話し合っていると知り、それを凶兆としてとらえた。さらにクロスが正しい躾をさせてくれと、今にも母親を説得しそうに思えた。だが母親を確実に丸め込むまで、行動には移さないだろうと、直感的に分かっていた。

その週が過ぎて、次の週が始まった。

八月のある晴れた午後遅く、対局中のアルバートの後ろで、床板をわざときしませる音がした。くつろいだ会話をぱっと打ち切り、振り向いた。

クロスがそこに立ち、好奇の目で見つめている。「独り言かい、アルバート?」

返事はない。

クロスは近づいてきて、彼のきゃしゃな肩越しに覗いた。「ああ、チェスか。こいつはたまげた!チェスができるのか?」

沈黙が流れた。

「もちろん、できるんだよな。でなきゃ、対局などしちゃいまい——そうだろ?」

クロスが折り畳み式テーブルを回り込み、窓を背にして、向かい側の箱に腰掛ける。箱が小さいため、猫背になった。日差しが逆光となり、悪意に満ちた人間に見えた。

アルバートは危険なものに取り巻かれ、殻に閉じ込められた気分だった。勇敢にも顎を突き出し、小さな手を握り締めて座っていた。

「母さんがここに来るように言ったの？」と、問い詰める。

「私がいることは承知の上さ、アルバート」

「そんなの信じない」

クロスの手がたちまち、テーブルの向こうから突き出され、拳骨となって頬を襲う。アルバートはたじろぎ、痛む部分にとっさに触れた。

「他人の嘘を指摘する時は、用心すべきだぞ、アルバート。行儀のいいことじゃない」クロスは微笑んだが、目は笑っていなかった。「君と私はもっと、お互いを知る必要があるな、アルバート」

「あんたのことは知ってる」アルバートはもごもごと言った。涙が喉にせり上がっていたが、それを見せるのは誇りが許さない。「嫌になるほど知ってるさ」と、荒々しく言う。「あんたはただ、出て行くがいい。ここは僕の場所だ。僕と――おじいちゃんの」

「おや、人がいるのかい？」クロスはひどく大げさに、室内を見回すふりをした。だが視線はアルバートへと戻り、そこからぐるりと盤の上に落ちて、じっと見つめた。

「対局を始めよう、アルバート」そう言い放つや、彼の同意も待たずに、盤を元どおりにしはじめた。「私もちょっとたしなむんだよ。ある意味ではな、アルバート、腕がいいんだ――少なくとも、駒あしらいにかけてはね。チェスじゃないとしても」

「女あしらいだろ」アルバートは言った。

クロスは鋭い怒りの目を向けたが、こいつは何を言ったのか、分かっていないのだと決めつけた。当のアルバートも分かっておらず、言うつもりもなかったのだ。その時点では、そんなふうに考えてもいなかった。内側にある何かが、その言葉を口から出させたわけで、自分の耳にも奇妙に聞こえた。本心では、あんたとチェスをするつもりなどない、と言いたかったのだから。そして今でさえ出て行きたいのに、何かに引き留められ、去らせてもらえなかった。

「始めようか?」クロスは穏やかに尋ねたが、その声は挑戦的だった。

「いいよ」アルバートが言う。だが頭の中ではうろたえ、拒絶の言葉が轟いていた。「何を賭けるの?」これも自分の内側から出た言葉ではない。

クロスは長い間、まじまじと見つめていた。「ほう」と、ようやく言った。「これはこれは、アルバート——誰かさんの入れ知恵かい。ほんの七歳だしな。だがせっかくだから、申し出に応じよう。君が負けた場合は、私を好きじゃないということを忘れたまえ。もしこっちが負けたら、しばらくの間は嫌っててもかまわん」

「だめさ」アルバートの声には、自分ですらなじみのない、茶化すような軽蔑の響きがあった。「僕の命か、あんたの命を賭けよう」何を言っているのかと、絶望的な気分になった。内心では祖父ヴァリアントに、抗議の叫びを上げながら。

クロスは舌打ちをして、クスクス笑った。「つまり、こういう条件かい? そっちの負けなら、私は君を思いどおりに扱える。そしてこっちの負けなら、君が私の命を思いどおりにできると。それでいいのかね、アルバート?」

「もちろんだ」激しい否定の言葉は、自分の内側に封じられたままだった。

「よろしい。始めたまえ、アルバート」クロスが命じる。

アルバートは戸惑い、なおも恐れつつ、盤に身を乗り出した。白のポーンを前に進める。

「ああ、ビショップス・ギャンビットか？　割と平凡だな」予想どおりの反撃が返ってきた。

黒対白。二つのポーンが、盤の中央をはさんでにらみ合った。同時に盤越しに、二人がにらみ合う。

アルバートは再び指した。知っている唯一のやり方で。指しながら、痛いほどの不安を感じた――クロスは挑戦を受け入れるだろうか？

彼がゆったりと、白のビショップを捕らえる。

すると突然、不安が消えた。アルバートが手を持ち上げて、再び指す。勝負をしているのは、己の力ではないと分かっていた。そして奇妙なものでも見るように、自分の手を見つめると、それを上から包んでいる何かが見えた気がした。いわば、節くれ立った年寄りの手、へらのように指を大きく広げた、祖父ヴァリアントの手だ。

対局は進み、盤上を行ったり来たり、白熱戦が繰り広げられた。

しかしクロスにとっては、容赦なく不可解にも、着実に不利な状況に変わった。当初の自信は揺らぎ、それから消え失せた。目の前で起きているのは、理解を超えた出来事だ――ビショップス・ギャンビットという、ごく単純な手で始めた子供に、勝負を支配されるとは！　だが考え抜いて指したにもかかわらず、支配されていたのだ。そしてゆっくりと確実に、黒は詰まれつつあり、ついには避けられないもののごとく、白の最後の手が指された。

「チェックメイト！」と、アルバートが叫ぶ。

クロスは怒り狂い、テーブルから駒をなぎ払った。追って盤が宙を舞う。次の一撃で、折り畳み式テーブルを吹っ飛ばした。その場にしゃがみ込んだ子供の前に立ちはだかる。

「さて――君の勝ちだ、アルバート。で、この私をどうするつもりかね？　仮に命じることができるとしてだが？」

「投げ捨ててやる」アルバートはびくともせずに言った。

何かが自分のほうに、ふわりと屈み込んだ。丈の高い、雲のごとく真っ黒なもの。祖父ヴァリアントのような、大きな節くれ立った手を備えている。それがクロスを玩具さながらに持ち上げ、窓に向かって投げつけた。ガラスが粉々に割れ、彼は宙に放り出されると、三階分をまっすぐに落下し、さらに裏庭の斜面へと向かった。そして恐ろしい音とともに、もろに路地に落ちたのだ。

分署のモロイ署長は、パトカーの七号車を呼び出した。

「ケリー、ホイットニー一丁目十一番地に急行せよ。たった今、廃品回収屋から通報があった。そこの路地に、死亡もしくは負傷した男性がいるそうだ。途中でジャクソンをその住所に派遣して、ヴァリアント夫人の尋問を頼む。例のクロスという男が、現地で目撃されてる。こっちは奴の五人目の女房の、剖検を終えたところだ。間違いなく、砒素の痕跡があった。もし奴がそこにいたら、逮捕してくれ。以上だ」

アルバートはできるだけ手早く、チェスの駒を元どおりにした。

「明日また戻ってくるよ、おじいちゃん」

そう言って二階に下り、そのまま一階まで下りて行く。

母親は好奇と不安の目で、台所の窓から外を覗きながら、人だかりのことでブツブツ言っている。一体何があったのかしら、と。

「母さん?」

母親が振り返った。「あら、また屋根裏部屋にいたのね……」

「クロスさんのこと、約束しただろ」彼はきっぱりした口調で言った。「今なら、あいつが好きだよ」

Bishop's Gambit（1947）

マニフォールド夫人

「船乗りの憩い亭」の窓に貼られた、「求むフロント係」と走り書きした汚い厚紙。それを見る前に女将《おかみ》に会っていたら、あの宿屋に勤めたかどうか定かではない。だがおそらく、勤めただろう——所持金が一シリングにも満たず、増やすチャンスもほとんどない男は、あまりためらってはいられないからだ。それでもマニフォールド夫人には、感じ取れはしても、言葉にはできないような何かがあった。あんなに太った人間には、お目にかかったことがない。背は低いが、体重は三百ポンドを超えていた。なので四階の自室——破風部屋に閉じこもるのを好んでいた理由も、容易に理解できる。

「フロント係のご経験はおありかしら、ロビンソンさん?」彼女は尋ねた。

それはか細くて高い、ほとんど小鳥のさえずるような、あれほど大きな女にしては小さな声だった。だが非常に甲高く、よく通るため、いっそう驚くべき対比をなしていた。

「いいえ。でも読み書きはできます。それと、足し算もできますし」と答えた。

向こうは鋭い視線を投げた。「明らかに、学校教育は受けたようね。運が傾いたってわけ?」

私は認めた。

マニフォールド夫人は座って私を見つめながら、奇妙な曲をハミングしていた。後《のち》に彼女が歌うのを聞いて、それが船員のはやし歌だと分かった。そのとてつもない巨体の中で、動くのは目だけのように見えた。まつげの短い、小さな黒い目。呼吸をしている様子がなく、身体は震えもしない。着ている黒いサテンのドレスには、そんな巨軀にもかかわらず、子供用のスモックさながら、フリルとひだが付いており、忌まわしい感じすらする。あからさまだが盗み見るような目つきで、こちらを吟味した。奇妙にも動かない身体を載せた椅子の肘掛けに、ずんぐりした両手を預けて。彼女にはどこか、動物的な感覚ではなく、人の精神に訴えてくるような、実におぞましいところがあった――それも一つではなく、いろいろな部分に――恐怖と悪寒を感じさせるようなものが。

「うちのお客はね」と、急に声を低くしたが、悪賢い微笑を浮かべている。「好ましい人ばかりとは限らないわ、ロビンソンさん。荒っぽい連中よ、ロビンソンさん。ウォッピングでは今どき、そうじゃない奴がいるとは思えないでしょ？　あるいは、アンブローズ・マニフォールド夫人の宿のお客なんかにはね？」

それからクスクス笑った。巨体が微かに波打ち、ひどく恐ろしい様相を呈した。

「私なら耐えられます」と答えた。

「まあ、そうかもね。お手並みを拝見しましょう、ロビンソンさん。あなたの仕事は簡単よ。宿屋のフロント係がすべきことは、ご存じのとおり。お客が来たら、宿帳に記名させてちょうだい、ロビンソンさん。理由をつけて、書こうとしない人もいるから。週に一度、宿帳をあたしのところに持ってくること。自分で調べたいの。お金が五十ポンドに達したら、いつでもすぐに、ブリズリー銀行のあたしの口座に預けること。あたしは誰とも面会しないわ。すぐに始めて」

そしてマニフォールド夫人が小さなベルを鳴らすと、先ほど階段の上まで案内してくれた支配人が、また下へと連れて行ってくれた。私がただちに仕事を始めることになるからと、彼女に言いつかっていたのだ。

私は時を移さず、周りの状況を把握した。クレイターという名の支配人は、窓から求人の看板を外し、注意深くしまい込んだ。間違いなく、すぐにまた必要になるさ、と言いたげな態度で。その間にこちらは、宿帳を覗いてみた。それはただの古い宿帳で、最初のページには、「船乗りの憩い亭——宿帳」と、達筆で書いてある。客室は二階分で、誰かの好きな数だったのか、全部で七室あり——二階に四室、三階に三室だ。一階は台所と小さなロビー、そして従業員用の小部屋三つに充てられている。そのうちの一室にはクレイター氏、もう一室にはジェファーズ夫妻が住み、もう一室がフロント係用だ。客室のうち六室は埋まっていて、夜だけなら四シリング、朝からなら六シリング。どうやら、週ぎめの料金はないようだ。ロビーは落ちぶれながらも気取った雰囲気で、けっして汚いわけではないが、確かに清潔ではない。今生きている人間が思い出せるかぎり、ぴかぴかに清潔だったためしがないという印象だ。街路に面した窓とドアのガラスには、小さなしみや、ほこりの筋が付き、微かだが紛れもない川の臭いが、建物全体に漂っている。テムズ川がそう遠くないところを流れていて、夜にはその臭気が霧とともに立ち上り、古びた建物を包んで、隅々まで行き渡った。

クレイター氏は長身痩躯で白髪、疲れきったグレートデーンさながら、憂鬱な顔をしている。彼が最後に教えてくれたのは、ロビーは毎晩九時きっかりに閉めるということだった。だがそれ以降に、飲んで騒ぎながら帰ってくる客が一人ならずおり、ドアを開けろと呼び出されるかもしれないそうだ。

おそらく、むさ苦しいちっぽけな宿屋のフロント係ほど、退屈な仕事はないだろう。そこは人間のクズばかりを惹きつけるべく、設計されたような場所だ。悲惨にも夢破れた、年老いた海の男たち——ライムハウスやホワイトチャペル、ウォッピングに入り浸る、どうしようもない浮き草連中——追放され、苦悩にさいなまれ、途方に暮れた者たちを。けれども、こんな状況に好《この》んでいるわけではない者は、誰もが同じことを悟っているのではなかろうか。すなわち、人間はどこにいようが、基本的に弱くて不安定なものであり、もしそこが楽しい場所でない場合は、その弱さ自体が不満の種となって表れ、どこに行っても今いる場所よりはましだ、という確信が芽生えるのだと。船乗りの憩い亭での仕事は、読む本がある時でさえ単調で——それも頻繁にありはしないため、すぐに一つのパターンができた。

だがどういうわけか、マニフォールド夫人の破風部屋への毎週の訪問は、そのパターンにはまったく当てはまらなかった。彼女のいる位置は、けっして変わったようには見えないのに、毎回やや違ったところがあった。にもかかわらず、夫人はある週から次の週まで、そして私が最初に会った時からずっと、全然動く必要がなかったのだ。毎回宿帳を手に取っては、新たに記入された箇所を調べるのが習慣だった。

「ロアール・イェンセン」と、ゆっくり読み上げた。「さて、どんな感じの人かしら？　背は高い？　それとも低い？」

「背は高くてやせ形、茶色がかった赤い髪、片方の脚は木製の義足。口髭を生やしてます。前回の航海は、『ロフォテン』号で、オスロからでした」

「じゃあ、フレデリック・シュヴァルツ。彼はどんな感じの人？」

「背が低くて太ってます。ドイツの市長みたいな外見で。真っ赤な頬に、青い瞳。えらく話し好きで、きついドイツ訛りあり。前回の航海は、『シュトレーゼマン』号で、ハンブルクからです」

「おや、ロビンソンさん」彼女は折に触れて言った。「警官になるべきだったわね。あなたの観察力には恐れ入るわ」

だがそう言うたびに、その小さな黒い瞳の奥で嘲っているという、紛れもない印象を受けた。そしてどうやら、宿帳を調べ終わるたびに、安堵するようだと確信した。なのでしばしば不思議に思った。いつもそんなふうに、明らかに満足げな様子で終わるなら、こんな骨折りをすべきだと言い張るのは、そもそも何故なのかと。

マニフォールド夫人は一度だけ、冗舌になったことがある。さほど詳しく語ってくれたわけではないが、数年ほど前にシンガポールで、夫婦で店を経営していたという。そのあと彼女は、イギリスにやって来たそうだ。

「で、ご主人は今どちらに？」私は尋ねた。

「ああ、誰も知らないのよ、誰も。誰一人としてね、ロビンソンさん」
そこでもう用は済んだという、明白なそぶりを示した——目を閉じて、上体を後ろにそらし、微動だにしない。震えている分厚い唇だけが例外で、時々披露する例のはやし歌をハミングした。

「おお、船長は営倉入りだ、者どもよ
一等航海士が頭を撃ち抜かれてさ
七つの海を渡ろう、者どもよ
それらをすべて、我らがものにするのさ……」

まれにだが、気晴らしになるような出来事もあった。
スコットランドヤードの刑事たちが時々、誰かを捜しにきた——平均して二週間に一度だ。宿泊者が出かけたきり戻らず、荷物をすべて置き去りにすることもあった。それは客が戻ってくるまで、保管しておくのだが——戻ってこないかもしれなかった。霧の中では様々なことが起き得る。誰にも知られないような出来事——強盗に突然死、時には自殺も。私は霧深い夜には、外出したいとは毛頭考えなかった。船乗りの憩い亭の界隈は、日中でも充分に殺伐としており、あまり良い環境ではなかったからだ。それなりに良くはあったが、以前はもっと良かったのではないかと思う。またマニフォールド夫人も栄えた時期があり、たとえシンガポールでであろうとも、今よりは商売繁盛していたと言えそうだった。

シンガポール！　おそらくそこにも、船乗りの憩い亭のようなしけた宿屋や、ウォッピングのような地域があるのだろう。だがロンドンからは遠く離れているため、摩訶不思議な場所という印象があり、色彩や活気や、劇的な事件に満ちているのではないかと想像させた。どうにも現実離れした、つねに素晴らしく刺激的な、彼方の地を思い浮かべる時のように。マニフォールド夫人は何故、シンガポールを離れて、ロンドンにやって来たのか？　よりによって、ウォッピングに足を踏み入れるほど、落ちぶれた理由は？　しかし彼女はここにおり、明らかに満足しているらしい。不平も言わず、落ちぶれた暮らしぶりを、時には茶化してみることさえあった。けれども、ここにいる必要はなかったのだ。銀行の預金残高はつねに五桁で――すぐに用意できるだけでも、五万ポンド以上の財産を持っていたのだから。

だが垣間見える育ちの良さにもかかわらず、彼女から伝わってくるあの恐ろしい感じは、どうあっても振り払えなかった。それはひどい肥満体のせいか、もしくは他に隠れた原因があったのだろうか？　激しい不快感は実にしばしば、嫌悪や憎悪を刺激する。不安や恐怖の原因を暴くのが、不可能な場合もあるのだ。興味深いことに、彼女のタブーは一つしかなかった。私はある晩、部屋にやって来たクレイター氏から、それを聞かされた。

「マニフォールド夫人の仰せで、ワインは飲まないようにとのことだ、ロビンソン君。この家ではワインは御法度、とね。これが船乗りの憩い亭の規則だよ」

私が尋ねてみると、彼女はこう答えた。「ワインには我慢ならないの、ロビンソンさん。ビールは構わないし、ウイスキーも結構。お好みなら、ジンも。ベルモットはもちろんよ。なんでもお好きにどうぞ――ワイン以外ならね」
彼女は自分の破風部屋に、貴族のように堂々と陣取っていた。それなりに堂々と、ではあるが、自制心が邪魔をすることはなかった。彼女は誰にも負けない不屈の意志で、船乗りの憩い亭を支配していたのだ。ある意味で、彼女こそが船乗りの憩い亭であり、船乗りの憩い亭は彼女自身だった。私は夜になると、眠りと目覚めのはざまで時折、その古い建物がどういうわけか息づいて、軒を連ねた古めかしい建物の間に、忌まわしくうずくまっている様子を想像した。マニフォールド夫人の小さな黒い目のような窓を持ち、まっすぐな黒髪を真ん中分けにして後ろに流し、隠した両耳から金の輪っかのイヤリングをぶら下げている様子を。小さなしみや、ほこりの筋の付いた正面の大きな窓が、ほんの束の間だけ広がり、悪戯な微笑を、あるいは流し目に似たものを作り出す様子を。霧やテムズ川の臭気と同じく、マニフォールド夫人の存在感は、まさしく建物の壁にしみ通り、隅々にまで自らの存在を認めさせ、静かな空気の中に漂っていた。

勤めはじめて十一週目のなかば、ある暑い夏の夜の早い時間のこと。シンガポールからの「帝国軍艦マラヤ号」に乗船する老水兵がやって来た。見たところアメリカ人で、短い髭を顎に沿ってぐるりと生やしている。確かクエーカー髭という形だろう。たぶん六十代で、宿の外観が気に入らないとぼやきはしたが、他に宿はないし、と言い添えた。

「一晩泊まるよ」男は言った。

「アメリカの方?」と尋ねた。

「生まれはね。人生の大半は、シンガポールで過ごしたが」

アンブローズ・マニフォールド夫人の噂を聞いたことがあるかと、私は尋ねてみたが、それはおそらく自然な流れだっただろう。たとえ男が大声を出しても、彼女に聞かれそうな気配はなかった。

「マニフォールド夫人か」男はニヤリと笑った。「そうさな、そんな女がいたよ。普通の女を五、六人合わせたくらい、でかい女さ。シンガポールじゃ、あれほどいい売春宿はなかったね。あの女が姿をくらましたあとは」

「どうして姿をくらましたんですか？」

「知るもんかい。女ってやつは、分別のあることはしないからな。彼女は使うのが追いつかない早さで、金を儲けてたんだ。それからアンビーに見捨てられて、店を畳んで、出て行っちまった。あんな派手な消え方には、お目にかかったことがない！」

「ご主人はどうなったんです？」と尋ねた。

「誰も知らないんだよ。あの二人は時々、あまり折り合いが良くなかった。アンビーは酒好きだったが――ワイン党でね――シンガポールでだぞ！　奴はジャック・ロビンソンと言うより早く（あっという間に、の意）、ワインをしこたま飲んで、つぶれちまったもんだ。君の名前はジャックじゃないよな？」

「そうです」私は言った。「でも、お気になさらず」

「アンビーは女房を見捨てたが、どんな手口だったかは、神のみぞ知るさ。おまけに地下貯蔵室にあった、いちばんでかいワイン樽を持ち逃げした。女房が目を光らせたりしてる最中に、奴は悪賢くも素早く、出て行ったわけだ――しかも、あのワイン樽まで持ってだぜ！　ずらかるところは誰も見ちゃいないが――あの樽を運び出すとは、大胆不敵だ！　やっこさん、心に決めてたんだよ――君だってそうしただろうさ。もし一度でも、マニフォールド夫人を目にしたことがありゃな。あんなに太った女、どうしてくれようか、ってなもんだ。分かるだろう？」

男は意味ありげに、私の脇腹を肘で突き、もう疲れたと言った。

朝になると、男はいなくなっていた。だが前払いしていたため、好きな時に出て行く権利があった。こういう去り方に備えて、一晩分の料金を前もって取る必要があったのだ。

そしてその週末。マニフォールド夫人は男の名前に出くわすと、じっと目を留めて、わななきはじめた。まるでゼリーが揺れているかのような奇妙な光景で――身を震わせる様子は、気持ちの悪いものだった。

「ジョシュア・ベニントンね、ロビンソンさん――体格のいい、茶色い髭を生やした人でしょ？　シンガポールから、しかも一晩！　週の真ん中に。まあ残念、残念だわ！　どうして知らせてくれなかったの？」

「お会いになりたいだろうとは、今の今まで知りませんでしたよ。言いつけを守ってますから」

「ええ、そうね――それはそうだけど。シンガポールとは！　その人と話ができたらよかったのに」

彼女はそれ以上は言わなかったが、目には不思議な表情が浮かんでいた。なんであるかは理解できなかった。歓喜、慰め、後悔——それらすべてがあった——あるいは、私自身の想像を反映しただけだったのか？　マニフォールド夫人の表情を見分けるのは難しい。だが彼女の身震いは、しばらく続いた。こちらは逃げ出したくて仕方がなかった。あの破風部屋から、視線の重荷から、逃れたいとばかり思っていた。

それから三日後、古い宿屋にある変化が起きた。

変化はマニフォールド夫人にも起きたが、それは空き部屋の七号室が埋まったあとのことだ。男が入ってきたのは、受付時間寸前だった。足を引きずった小柄な男で、帽子を目深にかぶり、霧に備えて顔をすっぽり覆っている。あまりにも霧深い夜で、ロビーにまで入り込んだ霧が、デスクの明かりで黄色く見えるほどだったのだ。男は霧に濡れ、身体の中はワインで潤っているようだった。と言うのもワイン臭くて——ロビーにしみ付いた、霧や川の臭いよりも、強いくらいだったのだから。やや吐き気を催させるような、甘ったるいワインの臭いが、雲のごとく身体にまとわりついている。

奇妙な男は、無口でもあった。

「こんばんは、お客さん」私は言った。

返事はない。

相手に宿帳を向けて、ペンを差し出す。「七号室が空いてます」と、言った。「お泊まりは一晩でしょうか？　それとも、長期のご予定で？」

男が口にした言葉は、「長期」と聞こえた。だがあまりにもくぐもった声で、すぐには聞き取れなかった。

「湿っぽい晩ですね」

男はひどく読みづらい字で、宿帳に署名をした。書きづらそうで、しかもぼろぼろの手袋をはめたままだ。

「三階の奥の、最後の部屋です。ドアは開けてありますから」

男は一言もなしに、ロビーを出て階段のほうに向かった。その吐き気を催させる、ワインの臭いを漂わせながら。

宿帳に目をやった。

読みにくい筆跡だが、まずどうやら読める。霧のせいでも、むかつくような甘いワインの臭いのせいでも、気の迷いのせいでもなく、こう読めた。「アンブ・マニフォールド、自シンガポール、出マデイラ」と。

宿帳をつかんで、四階まで上がった。ドアの下の隙間から、まだ明かりが漏れている。私はノックした。

「ロビンソンです、マニフォールド夫人」そう言った。「シンガポールからまた誰か来たら、とのことでしたので……」

「お入り」

こちらは中に入った。彼女は相変わらず、そこに座ったままだ。黒いサテンのドレスを着て、女王さながら、部屋の真ん中に。

「見せてちょうだい」と、待ちきれぬように言った。

彼女の目の前に宿帳を置く。

向こうはそれを見た途端、浅黒い顔が真っ白になった。以前のが軽い身震いだとするなら、今やがたがた震えており――すさまじく忌まわしい震えが、その巨体を操り人形のように動かしていた。押しのけられた宿帳が床に落ちる。私は屈んで拾い上げた。

「あなたと同じ名字のようですね」

彼女は自制しようと努めつつ、おなじみの質問をした。「どんな感じの人？」

「背の低い――小柄な男で――足を引きずってます」

「今はどこに？」

「七号室です――ここの真下の」

「会いたいわ」

「今ですか？」

「今すぐよ、ロビンソンさん」

私は階段を下りて、七号室のドアをノックした。返事はない。さらに大きくノックする。やはり返事はない。無愛想で不愉快な男だ、まったく。もう一度ノックする。それでも返事はない。

ドアを確かめてみると、鍵は掛かっていなかった。

少し押し開けて、闇に向かってそっと呼びかける。「マニフォールドさん？」

返事はない。

ドアを全開にして、明かりをつけた。

部屋は空っぽだった。空っぽとは、すなわち無人であり——あの強烈で酔ってしまいそうな、ワインの臭いでいっぱいだ。吐き気を催すような甘い臭いが、うんざりするほど不快だった。ベッドには手を触れた形跡がない。だが先ほど開けておいたドアは、閉まっていた。他に誰も入っていないのだから、男がそこにいたことになる。

階下のロビーに行ってみたが、誰もいなかった。私が離れた時のまま、外側のドアには鍵が掛かっていた。マニフォールド氏の姿は、どこにも見えない。

破風部屋に戻ると、マニフォールド夫人が待ち受けていた。

「で?」と、私が一人きりなのを見て尋ねる。

「見当たりません」こちらは答えた。「部屋を確かめてみたんですが、いなくなってました」

マニフォールド夫人はまだ震えていたが、動揺を隠しながら尋ねた。「ロビンソンさん、あなたワインを飲んでたの?」

「いいえ。この臭いは、男と一緒にやって来たんです。男が飲んでたんでしょう。おそらく、マデイラ酒か——同じくらい強いのを。甘口のポートワインとか……」

だが向こうは聞いていなかった。と言うよりも、私の話は聞いていなかった。小さな目を細めて少し傾き、巨大な肩の上に載ったばかでかい頭を、やや左下に向けている。まるで下からの物音に、耳を澄ませているかのように。

「誰か歌ってないかしら、ロビンソンさん?」と、耳障りな囁き声で尋ねた。

「聞こえませんね」しばらく耳を傾けてから答える。

「こんなふうによ」彼女は言うなり、恐ろしく焦って、お得意のはやし歌のいつものくだりを歌った――。

「おお、船長は営倉入りだ、者どもよ
一等航海士が頭を撃ち抜かれてさ
七つの海を渡ろう、者どもよ
それらをすべて、我らがものにするのさ……」

「いいえ」と、私は答えた。

彼女は目を閉じて、上体を後ろにそらした。「その人をまた見かけたら、知らせてちょうだい、ロビンソンさん」

その出来事のあと、マニフォールド夫人は日に数度、ベルを鳴らして私を呼んだ。

最初はこう言った。「あのワインの臭いを、この家から追い出して、ロビンソンさん」

だが、無理な相談だった。ドアや窓を開けてみても、追い出せはしなかったのだ。臭いはそこに残り――今にも酔いそうなほど強烈で、吐き気を催させた。中に入り込んだまま留まっており、我慢するより方法はなかった。彼女はワインを嫌悪していたのだから、それがいかに悩みの種だったかは想像できる。だが自身の部屋にも残っていたため、私たちと同じく耐えねばならなかった。

それ以降は、マニフォールド氏について質問してきた。彼を見かけたか、と。

いいや、私は見かけてはいない。二度と見かけなかった。宿代を払わずに行ってしまったとは言え、正確には部屋を使用したわけではない。ワインの臭いを残しただけで、そのことに料金は課せられなかった。

そして、あの歌声を耳にしたか、と。

いいや、私は一度も。

だがマニフォールド夫人は耳にしたため、気に病んでいた。さらに追い打ちとなったのは、マニフォールド氏の足音を聞き、それが聞き覚えのあるものだったこと。夫人はその歩き方を知っていた。すなわち、悪いほうの足をやや引きずるという。私は足音を一度も聞いていないし、他の人たちも同様だった。と言うのも、夫人はクレイター氏にも尋ねたのだ。彼は私と違って、マニフォールド氏に会ってさえいないのに。

私は自分によく問いかけた。もしあの男が本当に、彼女の夫だったのなら、何故やって来たのか？　来たのなら、「やあ」とか「さらば」とかくらい、妻に言葉をかけずに去った理由は？妙な話だった――だが船乗りの憩い亭は、単調な日々にも普通に、妙な出来事が起きる場所だったのだ。

マニフォールド夫人は、以前と同じではなくなった。

それどころか、もっとひどい様子になった。より落ち着きがなくなり、茶化すようなところが減ったばかりか、ユーモア自体がほとんどなくなった。どう見ても不快そうなのに、派手な虚勢で隠しているようだった。そして何にもまして、これまでよりもさらに、彼女を恐ろしげに見せるものがあった——それが私に死や、死の不安や、暴力や、想像もつかない恐怖について考えさせた。何か気味の悪い、言い表せないほど恐ろしいもの。マニフォールド夫人の心の奥底で脈打つもの。そのぼってりした贅肉の山の中で、真っ赤な血が、生命を維持する心臓を巡るのとともに。

　そして私が一緒にいなければならない時間は、ごく短かったにもかかわらず、不愉快きわまりないものになった。彼女がつねに耳を澄まし、固唾を呑んで聞き耳を立て、物音がしない時でも、何かを聞き取っていたからだ。またこちらがつねに、満足な答えを出せないような質問ばかりした。さらにあのワインの臭いを一掃しろと、がみがみ言ってきた。それは不可能なことだったが——どんなふうに思われようと、そう告げるには及ばなかった。また時には、夫についてまくし立てた。

「いつだってワインにかまけて、ちっとも仕事に専念しないのが、アンブローズって奴なのよ」彼女は言った。「それに、女にかまけてね。けっして道楽がやめられなかったわけ。あたしはワインをくれてやったわ——飲みきれないほどたっぷりと。まったく腹黒い野郎ったら！」

　その話を何度も繰り返し聞かされた。仮に前に聞いていたとしても、何度でもだ。彼女が聞き耳を立てる、あんな恐ろしい姿を見るよりはましだった。自分自身でそれを経験するまでは、どんなものか想像もつくまい。船乗りの憩い亭での短い勤めを終えて、かなりたつ今でさえ思い浮かぶ。あのおぞましく肥満した女が、椅子の両脇から贅肉をはみ出させ、背もたれの横木をぐいぐいと押しながら、巨体を乗り出して耳を傾けている姿が。黒い髪をして、金の輪っかのイヤリングを、部屋のぼんやりと黄色い明かりにきらめかせつつ、歌声と足を引きずる音を聞こうとする姿が。彼女が小鳥のさえずるような甲高い声で、ワインの悪臭についてぼやくのが、今もなお聞こえる。例の霧深い運命の夜、船乗りの憩い亭に持ち込まれた、吐き気を催すほど甘ったるい、うんざりするような臭いについてぼやくのが。

そしてある夜、終わりが来た。

私が眠りから覚めてみると、息が詰まりそうなくらい、あのワインの臭いが強く漂っていた。起き上がって自室のドアを開けた時、歌声が聞こえた。彼女から聞いたような歌詞だが、ほんの少し違っており、こんなふうだった――。

「おお、老いぼれ男は海の底だ、者どもよ
女将が荷物をこさえて、流したのさ――
我は七つの海を渡るぞ、者どもよ
彼女の家を見つけるまで……」

それは階上のどこかから聞こえていた。なので部屋の中に戻り、取りあえず何か着た。再びドアの外に出て、階段を上りはじめる。するとマニフォールド夫人がいつも聞こえると言っていた、あの引きずるような足音がしたと思ったが、定かではない。

三つ目の階段の下まで行くと、マニフォールド夫人の悲鳴が聞こえた。甲高く恐ろしい声で、夫に向かって悲鳴を上げていたのだ。

「あっちへ行って、アンブローズ！　下がりなさい！」例の身の毛もよだつ、あの肥満体にしてはひどく不自然な、小鳥のさえずるような声が叫んだ。「触らないで！」

次に恐ろしく異様な悲鳴が上がり、息苦しそうな、喉をゴロゴロ鳴らす音に変わって行った。恐怖で身動きできずにいるところへ、クレイター氏が動揺しておびえつつ、後ろから階段を上がってきた。それからこちらは気を静めて、四階まで駆け上がった。彼が真後ろにいたことが、自分には好都合となった。あとで証言してくれたからだ。それにスコットランドヤードの連中は、私に対して何もできなかった。

何故なら、マニフォールド夫人は死んでいた――窒息死していたからだ。彼女は白目をむいて床に横たわり、黒いサテンのドレスの片側は下まで引き裂かれ、真っ白い贅肉が裂け目からはみ出していた。部屋中に漂う甘いワインの臭いが、あまりにも濃厚で――そのむかつくような臭い以外、呼吸できる空気がないと思えるほどだ。

また別のものもあった――あってはならない、誰にも説明できないものが。

部屋には骨が散らばっており、それは人間の男のものだった。そして窒息したマニフォールド夫人の首には、鋭く深い傷跡があった。さらに布の切れ端が少々と、使い古した帽子。その帽子は前に一度だけ、目にしたことがある。船乗りの憩い亭のフロントで、霧が明かりに照らされて、黄色く見えた夜に……。

スコットランドヤードの連中が、すべてを説明できるような証拠はなかった。

それどころか、彼らが二件の関連性を思いつく理由は、何もなかったのだ。一件はマニフォールド夫人が隠れていた、あの破風部屋で起きた出来事。もう一件はテムズ川の河口からはるか上流の、ウォッピングで発見された品だ。それはシンガポールからやって来た古いワイン樽で、かつてはマデイラ酒が入っていた。今や片端に穴が開けられており、中身は他ならぬ、二本の足指と一本の手指の骨だ。こんなふうに語ってくれる証拠は何もない——すなわち、マニフォールド夫人は亭主を殺し、そのワイン樽に入れて、はるばる海まで運ばせ、おそらくは重りを付けて沈めさせた。やがて時と潮の流れが、樽をシンガポールから遠く離れた場所まで運んだ——ちょうどその頃、なんだか得体の知れないものが、あの霧深い夜、船乗りの憩い亭に入ってきて、宿帳にこう書き付けたのだと——。

「アンブ・マニフォールド、自シンガポール、出マデイラ」

あるいはそれは、誰かの残忍なユーモアだったのか？　なるほど、マデイラ酒の樽を出た代物だ！　私は今日に至っても、あの臭いには我慢ならない！

Mrs. Manifold（1949）

解説

植草昌実

アメリカの小説家、ジャーナリスト、詩人であるオーガスト・ダーレス（一九〇九—七一）の、もっとも有名な仕事は、出版社〈アーカム・ハウス〉を創設したことだろう。彼は友人である小説家・詩人のドナルド・ワンドレイと同社を興し、二人の創作の師であった小説家H・P・ラヴクラフトの作品集『アウトサイダー　その他の物語』を一九三九年に出版。以降、ラヴクラフトはじめクラーク・アシュトン・スミス、ロバート・E・ハワードらアメリカの作家はもとより、J・S・レ・ファニュやウィリアム・ホープ・ホジスンなど、アメリカでは知られていなかったイギリス作家の作品も刊行。さらにレイ・ブラッドベリやロバート・ブロック、フリッツ・ライバー、ラムジー・キャンベル、ブライアン・ラムレイほか、のちに巨匠と呼ばれる英米の作家たちの最初の著書も世に送った。ダーレスは一九四〇年代から三十年ほどの間、英米の幻想文学の先導者の一人だったのだ。

小説家としてのダーレスは、日本ではもっぱら〈クトゥルー神話〉の作家、ラヴクラフト・サークルの一員として知られているようだ。ラヴクラフトとの神話観の相違で評価は分かれているようだが、代表作『永劫の探究』（青心社『クトゥルー2』所収）はじめ、合作やラヴクラフトの遺稿の補作など、邦訳作品は数多い。

またミステリでは、熱心なシャーロッキアンでもあった彼が生涯にわたって書き続けた〝プレード街のシャーロック・ホームズ〟ソーラー・ポンズの物語があり、日本でも傑作集『ソーラー・ポンズの事件簿』（東京創元社）と、アンソロジーや雑誌などでの邦訳で知られている。

ただ、これらはまだ、ダーレスの作品のごく一部に過ぎない。未訳作の中には、故郷であるウィスコンシン州ソーク・シティをモデルにした架空の町の住人群像を描いて、バルザックの〈人間喜劇〉に比された代表作〈サック・プレーリー・サーガ〉や、ソーラー・ポンズと並ぶ名探偵で、やはりホームズの影響があるという〈ペック判事〉シリーズ、新聞記者が怪事件を追うSF色の濃い連作〈ハリガンズ・ファイル〉など、興味を惹くものがまだ数多くある。

だが、彼の作品で注目すべきなのは、やはりホラー短篇だろう。作品数でいえば、〈クトゥルー神話〉よりも、それ以外のホラーのほうが数は多いのだが、邦訳はアンソロジーや雑誌などに散見されるものの、短篇集は『淋しい場所』(国書刊行会)のみにとどまっている。

アンソロジー『贈る物語 Terror』(光文社)を編んだ宮部みゆきは同書に短篇「淋しい場所」を選び、こう述べている。「ダーレスの書く恐怖小説の持つこぢんまりとした温かみ――日常に接したところにある親しみみたいなものが、わたしは好きなのです」。師ラヴクラフトがポオやマッケンら先人の作を理知的に読解し、文学における「恐怖」を純粋に探究したのに対し、ダーレスは自作にユーモアやノスタルジーなどを加えて、「恐怖」のそばにある何か「別のもの」を語ろうとしていたような印象がある。「温かみ」や「親しみ」は、そこから生まれてきたのではないだろうか。そして、その「別のもの」が、ブロックやブラッドベリ、チャールズ・ボーモントら、後続の作家たちを導いたのではないか、と思えてならない。そして、その延長線上に、六〇年代のTVドラマ「ミステリーゾーン」や、日本では高橋葉介のホラー・コミックがあるのではないか、とも。

ここに完訳の成った本書『ジョージおじさん――十七人の奇怪な人々』*MR.GEORGE and Other Odd Persons* は、『淋しい場所』に続く短篇集で、一九六三年にスティーヴン・グレンドン名義でアーカム・ハウスから出版された。翌六四年にベルモント・ブックスからペーパーバックで出版されるさいに、ダーレス名義に改めている。詳細は前書きで著者が述べているが、この筆名は四〇年代後半に集中して使用された。なお、ジャック・サリヴァン編『幻想文学大事典』(国書刊行会)のダーレスの項では、幻想文学研究者ロバート・ホウが本書を挙げ、グレンドン名義の作品を「この分野(ホラー)では彼の最高作といえる」と記している。

そう、本書はまさに、ダーレスの粋を集めた一冊、と言っていいだろう。奇怪な、それでいてすぐそばにいそうな「親しみ」を覚える人々の登場する、怖くて優しく、どこか「温かい」十七の奇妙な物語を、お楽しみいただきたい。

では、収録作品について、以下に簡単に紹介しておこう。発表年は各作品の末尾に原題とともに記してあるが、ここでは初出誌を記載した。なお、「プラハから来た紳士」「B十七号鉄橋の男」「黒猫バルー」「余計な乗客」「ミス・エスパーソン」以外は本邦初訳である。

「ジョージおじさん」（〈ウィアード・テールズ〉一九四七年三月号初出）

ダーレスの別名義とは知らないまま、平井呈一がエッセイ「海外怪談散歩」で取り上げ、称賛したという名品。幼いヒロインを守る「おじさん」はなかなかに怖しい活躍を見せるが、欲得まみれの大人たちが悪すぎるので、むしろヒーローに思えてくる。物語の陰に淡いロマンスを忍ばせているのも巧みだ。

「パリントンの淵」（〈ウィアード・テールズ〉一九四七年七月号初出）

ルアー・フィッシング怪談。日本の釣り怪談（たとえば岡本綺堂の作）と読み比べると、アメリカの空気の向こうに同様の「水辺の怖さ」や「釣り人気質」がうかがえて、さらに興味深い。

「プラハから来た紳士」（〈ウィアード・テールズ〉一九四四年一一月号初出）

異国情緒ある古物奇譚。第二次大戦中の作だけに、台詞に「ミュンヘン協定」やドイツ軍が出てくるのが興味深い。ラヴクラフト風に仕立てられそうなアイデアだが、タクシー運転手を登場させてユーモラスな味わいを加えているのが、なんともダーレスらしい。

「B十七号鉄橋の男」（〈ウィアード・テールズ〉一九五〇年五月号初出）

くだけた機関士の語り口から、語られていない部分を想像するうちに、じわじわ怖くなってくる。つい読み返したくなる、鉄道怪談の逸品。

「幸いなるかな、柔和なる者」（〈ウィアード・テールズ〉一九四八年一一月号初出）

虐待される子供を超自然的な存在が救う、という話がダーレスには多く、本作もその一つだが、終始お伽話のような空気を湛えており、作品の色調は明るい。

「マーラ」（〈アーカム・サンプラー〉一九四八年冬号初出）

現世と死後を結ぶ愛の物語。心理学用語を交えて語る男性の真摯な一人称から、亡き女性への思慕が滲み出す名品である。

「青い眼鏡」（〈ウィアード・テールズ〉一九四九年七月号初出）

これも古物奇譚。マルティグラの夜の狂騒に、主人公の焦りや当惑を重ねて、独特の雰囲気を醸し出している。冒頭の郵便物の取り違えが後で生きてくるのが心憎い。

「アラナ」（〈ウィアード・テールズ〉一九四五年三月号初出）

古い邸宅に潜む「何か」、新任の家庭教師と魅入られた少年、という設定は、ヘンリー・ジェイムズの「ねじの回転」を思い出させるが、実際に触発されたのかもしれない。静謐な空気を湛えた逸品だ。

「死者の靴」（〈ウィアード・テールズ〉一九四六年三月号初出）

第二次大戦後まもなく発表された、ミステリ味のある作品。中古の軍用ブーツが中心になるが、本筋とは別に、戦勝国もまた物資に窮乏していたことも感じさせる。

「客間の干し首」 The Tsantsa in the Parlor（〈ウィアード・テールズ〉一九四八年七月号初出）

いきなり小包で届く干し首、というブラックユーモアに始まる、惨事が起きてもどこかコミカルな一篇。本作もまた、ミステリの趣向を具えている。

「黒猫バルー」 Balu（〈ウィアード・テールズ〉一九四九年一月号初出）

エジプト探検家の父が遺した猫が、少年をいじめから救う。本作もまた、怖さとユーモアが共存する物語だ。黒人たちが呪術的なものに敏感な点は、発表当時の人種観だろうか。

「余計な乗客」 The Extra Passenger（〈ウィアード・テールズ〉一九四七年一月号初出）

鉄道利用のアリバイ工作を描く倒叙ミステリ風に始まり、魔術談義を挟んでM・R・ジェイムズの怪談を思わせる結末を迎える。動かない同乗者の気味悪さは出色。

「ライラックに吹く風」 The Wind in the Lilacs（〈アーカム・サンプラー〉一九四八年春号初出）

ライラックが咲き誇る庭園から姉妹が目を背けて暮らす理由は？　ゴシック的な雰囲気を強く感じる一篇。ダーレスはこの花が好きだったのか「ライラックの茂み」

という掌篇も書いている。

「ミス・エスパーソン」Miss Esperson（アンソロジー『漆黒の霊魂』初出　一九六二年）

継母から少年を守ろうと手を尽くす不思議な女性の物語。本作にもまた、黒人の子供たちが、呪術を鋭敏に察知する役を与えられている。

「ロスト・ヴァレー行き夜行列車」The Night Train to Lost Valley（〈ウィアード・テールズ〉一九四八年一月号初出）

行商人が夜汽車で馴染みの町に着くと、いつになく不穏な空気が……。片田舎に息づく秘儀の恐怖を描きながら、どこか懐しく心地よいのは、宮部みゆきの言う「温かみ」ゆえか。本集中でも指折りの傑作だろう。

「ビショップス・ギャンビット」Bishop's Gambit（〈エイヴォン・ファンタジー・リーダー〉第三号初出　一九四七年）

少年と母親、その恋人と、祖父の幽霊の物語。少年のチェスへの集中ぶりや結末の台詞は、〈恐るべき子供〉ものの印象もある。

「マニフォールド夫人」Mrs. Manifold（アンソロジー*The Girl with the Hungry Eyes* 初出　一九四九年）

イギリスの港町の宿を舞台にした怪談。体重三百ポンドの女主人の存在といい、彼女を見舞う怪異とその結末といい、恐怖とともに飄逸な印象も残す。

なお、初出のアンソロジー（編者名はないが、ドナルド・A・ウォルハイムによるものらしい）には、フリッツ・ライバーの表題作「飢えた目の女」をはじめ、他にウィリアム・テン、P・スカイラー・ミラー、フランク・ベルナップ・ロング、マンリー・ウェイド・ウェルマンが書き下ろし短篇を寄稿している。

【編集部より】作中、現在の観点では差別的と思われる用語や表現がありますが、原著者が差別意識をもって用いていないことは作品に明確であり、また作品の歴史的および文学的な意味を尊重し、訳者と相談のうえ原文を尊重しました。

オーガスト・ダーレス August Derleth
1909年、米国ウィスコンシン州に生まれる。26年〈ウィアード・テールズ〉誌に小説家としてデビュー。以降、ホラー、ミステリ、郷土小説など数多くの作品を発表。39年に出版社アーカム・ハウスを設立し、H・P・ラヴクラフトやC・A・スミスの作品をはじめ、幻想文学の刊行に尽力した。71年歿。邦訳に『淋しい場所』(国書刊行会)『ソーラー・ポンズの事件簿』(東京創元社)などがある。

中川 聖(なかがわ しょう)
1961年、東京都生まれ。英米文学翻訳家。訳書にディーン・R・クーンツ『バッド・プレース』(文藝春秋)、ダグラス・ケネディ『ビッグ・ピクチャー』『報復と幸福』(新潮社)、スティーヴン・キング『1922』(共訳・文藝春秋)、デボラ・クーンツ『私の職場はラスベガス』『規格外ホテル』(東京創元社)などがある。

ナイトランド叢書 2-5

ジョージおじさん
——十七人の奇怪な人々——

著 者 オーガスト・ダーレス

訳 者 中川 聖

発行日 2017年4月27日

発行人 鈴木孝

発 行 有限会社アトリエサード
東京都新宿区高田馬場1-21-24-301 〒169-0075
TEL.03-5272-5037 FAX.03-5272-5038
http://www.a-third.com/ th@a-third.com
振替口座/00160-8-728019

発 売 株式会社書苑新社

印 刷 モリモト印刷株式会社

定 価 本体2400円+税

ISBN978-4-88375-258-4 C0097 ¥2400E

 Printed in JAPAN

www.a-third.com